最忆故园情

梁宗强 著

经济日报出版社

图书在版编目（CIP）数据

最忆故园情／梁宗强著. -- 北京：经济日报出版
社，2023.2
ISBN 978-7-5196-1277-1

Ⅰ. ①最… Ⅱ. ①梁… Ⅲ. ①散文集-中国-当代
Ⅳ. ①I267

中国版本图书馆 CIP 数据核字（2023）第 022664 号

最忆故园情

作　　者	梁宗强
责任编辑	王　含
责任校对	蒋　佳
出版发行	经济日报出版社
地　　址	北京市西城区白纸坊东街 2 号（邮政编码：100054）
电　　话	010-63567684（总编室）
	010-63584556　63567691（财经编辑部）
	010-63567687（企业与企业家史编辑部）
	010-63567683（经济与管理学术编辑部）
	010-63538621　63567692（发行部）
网　　址	www.edpbook.com.cn
E - mail	edpbook@126.com
经　　销	全国新华书店
印　　刷	成都兴怡包装装潢有限公司
开　　本	710mm×1000mm　1/16
印　　张	15.00
字　　数	230 千字
版　　次	2023 年 2 月第 1 版
印　　次	2023 年 2 月第 1 次印刷
书　　号	ISBN 978-7-5196-1277-1
定　　价	82.00 元

序

故园的歌者

冯　瑶

立秋前后一直雨水不断，中国多地遭遇暴雨突袭，灾情严重，加上新冠病毒在全球肆虐，国内疫情也因境外病例输入关联而"硝烟"四起，自然界的神秘强悍和不可捉摸令人心生敬畏，人类命运不可预知的未来令人茫然。那段时间增添的忧虑与愁绪，让日子显得无序而凌乱。这时，梁宗强给我打来电话说，在市作协林迎主席的一再鼓励下，他决定出版首部散文集，嘱我给这部集子写点感受。

宗强近年勤奋笔耕，在《海南农垦报》《中山日报》和《阳江日报》等报刊发表了大量的散文作品，近几年阳东作协的年度工作总结里，会员在地级市以上报刊发表作品的统计排名中，宗强总是排在前列。时有写稿任务，他完成得又快又好，有"快枪手"之美誉，如此种种，足见他的写作功力。他发表在《阳江日报》的散文，我读过不少，多是一些对故乡的回忆性文章，关联20世纪八九十年代，乡村风情风貌、儿时记趣、亲恩人情等温暖细腻的描述，带有浓郁农耕文化的气味……宗强把这些文章拾掇结集出版，也是水到渠成的事情。

七夕那天是周六，一大早便倾盆大雨。室外风雨大作，室内潮气氤氲。把书房的门窗关上，打开空调，旋亮台灯，便进入了另一个安静的世界里。拿出宗强的散文集打印稿，沉甸甸的。这部命名为《最忆故园情》的散文集所展示的散文篇章，宗强做了编排归类，共分为6辑，分别为"童梦斑斓""亲恩难忘""田园村居""花果飘香""人在旅途""人生百味"。把题材接近、主题相关的文章归为一类，是对自己书写历程的整理，也是引导阅读者对阅读对象的感悟和思考。随着阅读的渐次打开，这些散文所表达的情感，犹如涓涓暖流，引导我进入他那个春光明媚、草木扶疏、自然和谐、人情温暖的故园里。多日来困扰我的思虑与愁绪，也因此一扫而光。

读宗强的散文，比较强烈的感受是，他总是围绕自己的故园，流连忘返，把自己在故乡成长的那段岁月，以真挚和一往情深，尽情歌吟。宗强说这种歌吟，便是他欲罢不能的乡愁。乡村生活，是我们许多人记忆里共有的情境，乡愁是一个柔软绵长的意象。在宗强的文本里，乡愁关乎他少年生活的方方面面。父母亲情、美食、玩乐、乡村风俗、田园村居、一草一木，都在宗强的笔下活灵活现、活色生香起来。

比如亲情："情急之下，母亲只好用祆带背着我一路跑到镇上去看医生。由于雨后的山路湿滑，途中，母亲摔了好几跤，每次摔跤的时候，母亲都紧紧地护着我，生怕我被什么碰伤，而她自己手脚上好几处都被蹭破了，鲜血直流，她在路边摘了几片草药叶子，放在口中嚼碎敷到伤口处，然后继续上路……那一夜，母亲没有睡，一直守在我的身边，用温水帮我擦身，每隔一段时间就摸一下我的额头，直到我的体温下降到 36.5℃，她紧绷着的脸才露出了笑容。我醒来的时候，发现母亲还坐在病床边，嘴巴正打着大大的哈欠。"（《祆带上的母爱》）

"母亲白天要干很多农活，到了晚上才有时间织毛背心。不知多少个不眠的夜晚，母亲挺着疲惫的身躯在微弱的灯光下穿针引线，挑、钩、平针、加针、减针，手指也被针尖戳破了好几次。那些日子，我每次早晨起来的时候，都能看到母亲的眼珠里布满了殷红的血丝，她大大地打个哈欠，又继续一针一线地织起来。"（《幸福就是一件毛背心》）

比如美食："露兜叶富含一种大米增香剂，当它与大米合煮时，能使米饭的香味增加 100 倍。所以，每到端午节，村里人总喜欢拿它来包粽子，那股粽香是用其他叶子包的粽子所无法媲美的……调好配料后，母亲把煮过的露兜草的叶子卷成圆锥状，先放糯米垫底，再放配料，最后又放一层糯米捂实，把露兜草叶子压过来包住，再用露兜带灵巧地绕上几圈，粽子就成了。父亲煮粽子用大锅或大罂煲，加柴火煮上五六个钟头，粽子才出锅，我一口气吃了三颗，还不过瘾。"（《露兜草，满满的童年回忆》）

"最甜蜜的时刻要数收获蜂蛹的时候了，如果是少量的蜂蛹，我们直接连着蜂窝用火烤着吃，粉粉的，嫩嫩的，吃起来挺香的。如果是大量的罂蜂蛹，我们则需要一条一条地把蜂蛹和'娘仔'（刚长成蜂形状的幼虫）扯出来，用一个小盘盛着，然后再放到烧开水的锅中飞下水，再捞起来把水沥干，用油锅煎至微黄就可以了，如果加蛋煎，最好先把蜂蛹和蛋搅匀，再放到油锅当中。满口蛋白咬在口中，真是唇齿留香，回味无穷。"（《童年蜂蛹香》）

比如玩乐："打玻珠的玩法有好几种，最常见的一种是打'出纲'。我们先在地上挖一个比玻珠大一些的小圆坑，再在距小圆坑两三米的地方画一条边界线，然后参加游戏的小朋友依次站在界边将玻珠向小圆坑投去，这相当于'开球'，谁投的玻珠最靠近小圆坑，谁就可以先进攻，用自己的玻珠射击别人的玻珠，将其打出界就算胜出。当然，进攻者也可以先把自己的玻珠打进小圆坑，我们叫作'做王'。"（《童年弹珠飞》）

"夏秋时节，蕉农收获了香蕉，就会把香蕉树砍掉……我们有时也会将几棵香蕉树砍头除尾后一字排开，然后用几根藤条严严实实地捆绑在一起，就成了简单的'蕉排船'。我们就用'蕉排船'作战，大家分工合作，有人划船，有人进攻，把对方船上的人全部逼落水中才算获胜。"（《香蕉船》）

比如乡村风俗："吃完东西后，母亲就会带领我们'游花园'。母亲说：'每一个人生来都会有一个花园在天上，有缘人才能进入自己的花园。'在母亲的带领下，我们几姐弟都在月光底下闭上眼睛，默不作声，大约一刻钟后，母亲才把我们叫醒，问我们看到了什么？大姐说她看到了美丽的宫殿，宫殿后面有一个很漂亮的花园，里面有桃花、桂花、白玉兰，还有一条弯弯的小河流过，两岸芳草鲜美，水中游鱼可爱，小鸟在树林间穿梭着，撒落一地的啾啾声。二姐说她的花园也很大，里面有菊花、向日葵、荷花，还有五彩瓢虫停在叶子上，蜻蜓飞舞，小蛇走动，蚂蚁成群。可是我当时什么也没有看到，一脸的苦恼与茫然。母亲笑着走过来，安慰我道：'万事讲究缘法，今年你没有看到，或许明年就会看到！'但很多年过去了，我始终没有看到自己的'花园'。"（《儿时过中秋》）

再如田园村居："故乡的老屋门前有一口小小的水塘，父亲在塘里种了一小片荷花，我则喜欢在门前的一块空地上种丝瓜……小小的丝瓜棚，满眼的苍翠……整个夏天，小小的丝瓜棚俨然成了我们一家人的避暑胜地。父亲在丝瓜棚下泡壶茶水，歇一下脚；母亲在丝瓜棚下穿针引线，缝补衣服；我在丝瓜棚下读书，做作业；小黄狗在丝瓜棚下吐着舌头，轻轻地喘着气；小鸡在丝瓜棚下抓虫子。"（《荷风小院种丝瓜》）

"'一月穷，二月空，三月铲太公，四月踩湴瓮，五月包裹粽，六月腰骨痛……'夏收开始了，母亲4点多钟就起床煲粥，炒点瓜咸、蒸点豆豉与榄角作菜。她把姐姐和我从睡梦中叫醒，全家人匆忙地吃完早餐，5点多钟就出发去割禾。父亲推着双轮手推车，上面放着禾镰、竹担、扁担、雨伞、薄膜胶衣等，当然还有我们要吃的粥和开水。我们踏着田基上青草的露珠，拨开一张张蜘蛛网，打着哈欠，向着自家的稻田里进发。经过一天的劳作，稻田变成了一个个禾头桩，父亲挑着一担担的稻穗放到手推车上……吃完晚饭，我就跟着父亲到地堂（晒谷场）去碌禾（牵牛用石磙子脱粒）。父亲牵来大水牛，架好牛轭，套上牛篓（牛嘴罩），他左手牵着牛索，右手拿着细竹棍，'嘿'的一声，打在牛脚上，水牛就拉着笨重的石碌（石磙子）在铺满稻穗的地堂上转着圈圈，不时地传出石碌与木架摩擦的'吱呀'声。"（《难忘六月田》）

此外，《鹞怪孙长风》《捉河蚌》等篇章，宗强讲述了村里长辈与小孩之间的温情故事，让人倍感温暖；《冬至的圆子》《母亲叫我回家吃饭》等篇目，宗强追忆母子情深的一些生活场景，温馨而感人；《父亲的浪漫》一文，细腻描绘了乡村夫妇在特定的场景里，诠释乡村爱情的多元个性，让人会心一笑的同时，顿悟有爱的婚姻甜如蜜；还有"花果飘香"一辑，以及"人在旅途"一辑中的一些篇章，作者深情咏叹故乡绮丽的山水风光和丰富的地方风物……

所有这些元素，构筑了一幅安居乐业、人情温暖且恬淡美丽的乡村图景，读者能从这里品读出 20 世纪八九十年代农耕时代丰富的历史文化内涵。当下，我们的生活里，目睹故园的消失、故乡的沦陷，有人描绘出来的乡愁，总是满目疮痍，颇具荒凉之感，而在宗强这里，乡愁却是另一番充满温情的感触和意味。马尔克斯说："生命中真正重要的不是你遭遇了什么，而是你记住了哪些事，又是如何铭记的。"以此来考量《最忆故园情》这本书，你会发现，宗强以 20 世纪八九十年代乡村生活为文学创作对象，向读者展示出来的，是炊烟袅袅、鸡鸣犬吠、生机盎然的怡人景象，这对当下现实生活中，人们普遍存在的紧张焦虑情绪，无疑具有一定的治愈功能。由此看来，宗强这部集子，具有一定的历史价值和社会人文意义，是新时代如何写好中国故事的一个成功例子。

宗强是"80 后"，出生于阳江市阳东区大八镇的乡村，现为阳东区一名中学教师。他 2014 年开始业余文学创作并加入阳东作协。在文学创作的道路上，他属于新手上路，他的文字，有些显得清浅、平淡，在语言和叙述技巧方面，尚欠成熟，但作为一名文学新人，他近三年来所取得的成绩，已超出预期，令人瞩目。此外，宗强性格平和友善，热心助人，对文学热爱而执着。为此，在 2019 年秋，他被推举为阳江市阳东作协副主席。路漫漫其修远兮！愿宗强以此为契机，不断沉淀自己，潜心创作，在文学路上走得更远、更好。

是为序。

2021 年 8 月 25 日

（冯瑶，广东省作家协会会员、阳江市阳东区作家协会主席）

Contents 目录

第一辑 / 童梦斑斓

散落在橡胶林里的童年时光　　　　　　/ 002

木薯香里旧时光　　　　　　　　　　　/ 006

儿时米花香至今　　　　　　　　　　　/ 009

岁月流金稻草垛　　　　　　　　　　　/ 012

露兜草，满满的童年回忆　　　　　　　/ 015

鹞怪孙长风　　　　　　　　　　　　　/ 018

童年弹珠飞　　　　　　　　　　　　　/ 021

童年棋事　　　　　　　　　　　　　　/ 024

香蕉船　　　　　　　　　　　　　　　/ 027

捉河蚌　　　　　　　　　　　　　　　/ 030

童年蜂蛹香　　　　　　　　　　　　　/ 033

童年蘑菇鲜　　　　　　　　　　　　　/ 036

儿时过中秋　　　　　　　　　　　　　/ 038

第二辑 / 亲恩难忘

父亲心中的圣树　　　　　　　　　／ 042

父亲的香煎河鱼仔　　　　　　　　／ 045

父亲的浪漫　　　　　　　　　　　／ 048

"猪爸爸"的苦与乐　　　　　　　　／ 050

慈母甜歌　　　　　　　　　　　　／ 054

扁担悠悠　　　　　　　　　　　　／ 057

琪带上的母爱　　　　　　　　　　／ 060

冬至的圆子　　　　　　　　　　　／ 063

母亲叫我回家吃饭　　　　　　　　／ 066

幸福就是一件毛背心　　　　　　　／ 069

坐火车　　　　　　　　　　　　　／ 072

清明不忍看牵牛　　　　　　　　　／ 075

爷爷长成一棵荔枝树　　　　　　　／ 078

奶奶迷上了视频聊天　　　　　　　／ 081

怀念外公　　　　　　　　　　　　／ 083

外婆的山外西　　　　　　　　　　／ 086

第三辑 / 田园村居

锄上荣光　　　　　　　　　　　　／ 090

露珠里的村庄　　　　　　　　　　／ 093

越来越好　　　　　　　　　　　　／ 096

荷风小院种丝瓜　　　　　　　　　／ 098

咸水歌的记忆　　　　　　　　　　／ 102

满犁膏雨趁春耕 / 106

难忘六月田 / 110

阳江处处是画廊 / 115

爬上楼顶看星星 / 118

甜蜜的甘蔗林 / 121

绿竹荫浓夏日长 / 124

养猪的回忆 / 127

醉美稻花香 / 130

八月芋头香 / 133

"回南天"的囧与乐 / 136

"讲古仔"的人 / 139

夏云之绚烂 / 142

冬寒火堆暖 / 145

又见蟿蟿屁 / 148

月亮光光照地堂 / 152

第四辑 / 花果飘香

春风骀荡风铃美 / 156

三月桃花醉春烟 / 159

一丛新芽浅遇春 / 162

又是枇杷橙黄时 / 165

年年相约荔枝红 / 167

故乡的锥栗树 / 170

第五辑 / 人在旅途

寻梦走马坪   / 174

端州砚遇   / 177

徐闻古港遐想   / 181

瓦北的天空更蔚蓝   / 184

游合山沿江路河堤   / 187

在高村聆听早春的声音 / 190

秀美田畔河   / 194

冬日爬紫罗山   / 198

烟雨蒙蒙雷冈行   / 201

第六辑 / 人生百味

书香做伴生活美   / 206

渌水亭边念纳兰   / 209

风雨"鸭仔尾"   / 212

凤凰花又开   / 214

红窗布绿窗布   / 216

心中有朵大红花   / 219

萦绕在心间的师爱   / 222

又见恩师"大树佬"   / 225

期待百花盛开战士凯旋 / 228

寻找年味   / 230

后　记   / 233

最忆故园情

第一辑 **童梦斑斓**

Chapter
1

美好的童年色彩斑斓。穷并快乐的农村生活给我带来了无限的乐趣。在我内心深处，童年的乡村是快乐的净土，它给予了我甜美的回忆和不断向前进步的动力。

散落在橡胶林里的童年时光

　　是满地的黄金吗？黄爽爽，金灿灿，闪亮着我的双眼。那一排排慈祥的橡胶树或高或矮、或肥或瘦地站满了整个山坡，像热情的乡亲们在列队欢迎我这个归家的游子。

　　北风从耳边呼啸而过，像稻田中的收割机一样，收割着大片大片的金黄。人从树下过，景自心中生，"无边落木萧萧下"的意境浮现在我的脑海中，心中充满了诗情画意。

　　落叶，是缤纷的蝴蝶，带着一树的华美，和着风的节拍，从容地跳起了空中芭蕾。哪怕是离开，也要保持生命中最美的姿态，把最后一支独舞献给自己最敬爱的母亲——橡胶树。风停了，舞倦了，散落了一地的金色霓裳，没有忧伤，没有眼泪，像一群静谧的黄衣少女躺在大树底下，透过斑驳的枝叶仰望蔚蓝的天空，一双双深邃的眼神里，蕴藏着冬日的美梦。此情此景，令我想起了印度诗人泰戈尔所写的"生如夏花之绚烂，死如秋叶之静美"。看着满地的落叶，我顿时肃然起敬，心想：人生倘若能像落叶一样从容、潇洒就好了。

　　橡胶树不同于银杏树、柿子树和苦楝树，它的落叶季节不在秋天，而是坚持到了寒冷的冬天。它用尽自己身上最后的力量，在叶落之前来一次彻底的容光焕发。每一片黄叶寄托着多少情感，这值得我们细细去思量。冬天是它最美的季节，身披金黄的羽衣是它最绚烂的时光。午后暖暖的阳光撒落在茂密的橡胶林，金黄的叶子熠熠生辉。漫山黄遍、层林尽染的壮美景观，给人一种"满城尽带黄金甲"般的视觉冲击，震撼着人们的心灵。

我弯下腰，拾起一颗刚从橡胶树上掉下的胶籽，同时，也拾起了我散落在橡胶林里的童年时光。

故乡与红五月十四队相邻，家里的田地离农场也很近，我的童年时光，大半都在橡胶林里度过。场部里生活着很多归国的华侨，他们大多身强体壮，胸高臀宽，肤色黝黑，泛着古铜色的光芒。在众多的华侨中，令我印象最深刻的是阿勇，他有点矮肥，肤色黝黑乌亮，一看就知道是混血华人。阿勇在农场里开了个小卖部，我们经常到他那里去买东西，可以这样说，阿勇是看着我长大的长辈。阿勇有一个特殊嗜好，喜欢养火鸡。我第一次见到火鸡，被它的长相惊呆了，白、棕、褐三色相间的羽毛，闪耀着油亮的金属光泽，高瘦的脖子上长着珊瑚状的皮瘤，喉下长着由红到紫的赘肉。阿勇喂火鸡时的情景至今记忆犹新，他撮圆大嘴巴，发出"咕咕咕"的叫声，几只火鸡就争先恐后连跑带飞地向他奔去，那笨拙的样子令人忍俊不禁。阿勇笑眯眯地撒下几片嫩绿的蔬菜叶子，火鸡们争抢着进食，每到这个时候，他的双眼便笑得眯成了一条线。阿勇有一个儿子，他有 11 只手指，我们都叫他"十一贡"。平时阿勇在家的时候是不允许我们碰他的火鸡的，他不在家的时候，我们和"十一贡"玩，才能摸几下他十分"宝贝"的火鸡。

父亲的朋友林伯伯是十四队里的一名胶工，我和父亲跟着林伯伯体验过一段时间的胶工生活，如今回想起来，用一个字形容，那就是：累！林伯伯凌晨 5 点多就把我们叫了起来。我们戴上头灯，穿上雨鞋，林伯伯和父亲各挑一担胶桶，大家腰带后面别着一个小工具箱，里面放着三角形的割胶刀、磨刀石、测皮尺等工具，夏夜里的橡胶林除了蜘蛛网，蚊虫还特别多，简直防不胜防，即使点燃蚊虫香，在那荒野胶林也是收效甚微。每次割胶回来，我们身上总会带着点点红斑，有时还会遇到毒蛇、蝎子，甚至是成群的马蜂追击。在体验割胶生活的那段日子，我们遇到过藏在橡胶树积肥坑里的两条"过山乌"（眼镜王蛇），幸亏父亲发现得早，带我们远远地避开了。如今回想起来，我的心还在"扑通、扑通"地跳个不停。

割胶也是很有讲究的，首先要做到"三看"：看天气，看季节物候，看树情况割胶。其次要做到"一浅"：在叶蓬稳定前、高产树、高温高产季节，干旱、风大的天气要浅割，割胶深度离形成层 1.5～1.8 毫米。最后，还要遵守"四不割"：气温低于 15℃时不割，第一蓬叶不稳定不割，雨后树干不干不割，严重受灾、病害的树及死皮树不割。

割胶既是个技术活，也是个苦力活。当你用三角形的胶刀在树皮上割出弧形时，你要拿捏好皮层的深度，既要流出充足的白色乳汁创造经济效益，又要不伤害橡胶树的根本，这样才能细水长流。我童年尝试割胶的时候，林伯伯是站在一旁看着的，"浅一点！再浅一点！"看着林伯伯那紧张的样子，我手中拿着的胶刀不禁慢了半拍，额角却在不停地沁着汗。作为一名老胶工，橡胶树就像林伯伯的孩子一样，他对它们有着浓厚的感情。看着乳白色的液体沿着铁片滴落到用青篾箍着的胶杯里，林伯伯一颗悬着的心才放了下来。割胶的时候，胶工通常要用扁担挑着两只胶桶满山跑，一只胶杯一只胶杯地收集胶水，肩膀承受的重量可想而知。此外，除草、挖坑、挑粪积肥等工作，又苦又累又闻臭味，可见当一名胶工真的不容易！难怪有些胶工会唱起客家山歌《来世莫做割胶郎》："鸡啼三到天盲光，昏昏沉沉放早床；咸鱼冷饭填落肚，担起胶桶上芭场。不怕老虎不怕狼，只怕山蚊帮打帮；头一口来面一口，割胶估俚系凄凉。日出山头高三丈，口渴肚饥饿难当；等待工头吹螺角，收杯快步转胶房。算盘打得噼啪响，头家满面放红光；树榕（胶水）好价有粮出，山芭店仔买米粮。树榕没价头家愁，估俚荷包也空荡；一日三餐挨粥水，臭封咸鱼缺碗装。割胶估俚苦难当，工钱不够养儿郎。只怨今生命不好，来世莫做割胶郎。"

正是有了不怕苦、不怕累、不怕臭的一代代胶工们无私奉献的精神，我国曾经著名的"三大荒"之一的"南大荒"才能绿满山头，变成天然的"氧吧"，实现了橡胶林经济的创收。

"岁月不居，时节如流。"转眼间，30 多年一晃而过，我手中捧着"花鸡䐉"胶籽从记忆中回过神来，双脚已经积满了一层厚厚的黄叶。如今的十四队，华侨走的走、散的散，走不了的长眠于橡胶林下，阿勇和"十一贡"我再也没有见到过，听说他们是出国了；林伯伯退休后也回广州居住了，多年未曾谋面。新的胶工多是来自广西、云南等地的贫困农民，他们继续在这一片片的橡胶林里挥洒着热血，奉献出青春。

我爱慕橡胶树风华茂盛的春天，欣赏橡胶树华美、瑰丽的冬天；我还佩服它为人类所做出的贡献，其乳汁、种子、果壳、木材、叶子等都发挥着作用；我更爱慕像橡胶树一样有着高尚品格的人，他们或驻扎在祖国的边疆，或深深地扎根基层，默默耕耘、无私奉献。我要为他们点赞，为他们歌唱！

2019 年 1 月

木薯香里旧时光

"芝麻糊，豆腐花，八宝粥，木薯糖……"洪亮悠长的吆喝声穿过一条条小巷，推开明亮的窗户，钻进我的耳朵里。听到有木薯糖的叫卖声，我一下子来了精神，淡淡的木薯香就像泛黄的乡村画卷徐徐展开，故乡的一景一物浮现在我的眼前，一片片木薯林沐浴着万道霞光，似童话般梦幻的王国。

一小片一小片的木薯林散落在故乡的小山坡上，淹没在风姿摇曳的竹林里。心灵手巧的村民则把木薯种在菜园的边上，构成了一道天然的"篱笆墙"，把贪吃的牛和羊隔开。

除大米外，木薯和番薯、马铃薯一样，是重要的主粮替代食物。听父亲说，当年遇上饥荒，要不是靠种植在边角或荒坡上的木薯，还真的挺难熬过去。

关于木薯，村里还流传着一段爱情故事。成伯是村里有名的贫困户，他的父亲生前疾病缠身，欠了一身的债，撒手人寰，13岁的成伯成了孤儿。凭着勤劳的双手，成伯倒是养活了自己，可是一直娶不到老婆。每次听到村里哺乳的女人在唱童谣"鸡公仔，尾圆圆。爱娶（娶）老婆未有钱，等到风吹时运转，娶个穿针娶个连，娶个抬头斟酒吃，娶个打火食筒烟"时，他的眼泪就会不自觉地流下来。本以为是"寡佬仔，寡定煲，自己执柴自己煲"，没有想到在饥荒时期，成伯却"风吹时运转"，一名叫阿菊的外乡流浪女走进了成伯的世界，她首先爱上了成伯在荒地种的一大片番鬼木薯林，慢慢地又爱上了勤劳善良的成伯。对于天上掉下的"林妹妹"，成伯当然是笑得合不拢嘴了，很快两人就登记结婚了。这一段故事，被添油加醋一番，成了方圆十里村民茶余饭后谈笑的佳话。

《甄嬛传》中有华妃利用木薯粉伤害温宜公主、陷害甄嬛的情节。可见，早期的番鬼木薯是有毒的，它含有一种叫亚麻仁苦苷酶的物质，经胃酸水解后产生游离的氢氰酸，从而使人体中毒。以前的人吃木薯是要先把木薯放到河水中浸泡一个星期左右，把大部分毒素去掉才敢煮熟食用。纵然如此，番鬼木薯有时候还是会醉人的，在饿与醉之间，醉又算得了什么呢？吃木薯醉了的人一摇一晃地行走在山间田里，留下歪歪斜斜的背影，成为村中一段辛酸、不堪回首的往事。

小时候，我家里也种木薯，大多时候种在旱地或者是边角地里。这时候的木薯品种已经不是大叶的番鬼木薯了，而是细叶木薯。大量种植用来喂猪和加工淀粉的是白肉木薯，而用来自家吃的则是面包木薯，面包木薯分为白肉和黄肉两种，白肉的较粉，黄肉则软糯Q弹些。

种植木薯是一项体力活，每年3月份左右，父亲就会挑选一些身圆粗壮、节密、色泽鲜明的木薯梗砍成一段段作为木薯种，然后深耕碎土，打上一条条排水的小沟，在坑中撒上农家肥后才把木薯种放上去回土。过一段时间，青绿色的秧苗破土而出，像一把把绿伞立在天地间，微风拂来，叶子翻卷，似波浪一样起伏着，很是养眼。

木薯的收获时间通常在每年的12月份左右，这时的木薯苗早已经高过成人头顶，褐色的果子高高地悬挂在树枝上，像一个个小铃铛，煞是可爱。薅木薯的时候要特别小心，我们用双手抓住木薯梗靠近根部的地方，口中叫"一二三，起"，然后发力向上一扯，木薯就连苗带薯一起被拔了起来，这样薅木薯的好处是不会伤害木薯的薯块。如果用尽了吃奶的力气也拔不出来就只能用锄头轻轻地挖了，挖一会儿再用力薅一下，直到把整棵木薯拔出来为止。一棵普通木薯大约有10根薯块，面包木薯则会少些。我每次看到一条条粗壮的木薯从地里被请出来，内心都会升腾出一阵阵的惊喜。

　　说到木薯的吃法，其实是有很多的。有人用来煲着吃，有人用来蒸着吃，有人用火煨着吃，有人用泥窑焗着吃，有人用来炒着吃，有人用来煮木薯糖水吃……最令我回味的是木薯粉所做的木薯大饼了，那种香甜软糯和 Q 弹是南瓜饼无法比拟的。母亲做木薯饼的时候，村里的孩子闻到香味都会围过来。为此，母亲每次都会做多一点，让更多的小孩能分享到这清香可口的美食。而孩子们每次从我母亲手中拿到木薯饼的时候都向我投来羡慕的眼神，我的心中可乐了。寒冷的冬天，我们在烤火的时候，把一段段木薯放到柴火中慢慢地烤，用火钳不时地翻滚一下，直到香气扑鼻的时候，再把木薯夹出来吃。刚出火堆的木薯被我们捧在手掌中，烫得在两只手间不停地跳来跳去，我们把皮慢慢剥开，香气在周围弥漫开来，先一口咬过去，清香粉嫩，软糯绵甜，接着便是狼吞虎咽，风卷残云。尽管我们的手上、嘴边、衣服都沾了一层黑色的火炭灰，心里却满是甜蜜和幸福。烤木薯的日子，木薯香里渗透着灿烂的童真，令人回味无穷。

　　如今，木薯也进城了。不单在肉菜市场能买到新鲜的面包木薯，在超市里有木薯粉做的粉丝和汤圆，在热闹的街头也有人卖蒸熟的木薯，就连奶茶店里的"珍珠"据说也是木薯粉做的。寒冷的冬日里，飘香的木薯穿街过巷，吃上一段能解馋，吃上一条直呼过瘾。哪怕不买，闻一闻久违的清香，内心也会倍感温暖和舒畅。

　　一块小小的木薯触动了我舌尖上敏感的味蕾，让我努力找回失去的时光。虽然童年时光一去不复返，然而，吃木薯的美好回忆却在我的脑海里熠熠发光，照亮着我那一颗不断追求梦想的心。

2020 年 1 月

儿时米花香至今

这几天，女儿嚷嚷着要去看电影，我就在星港汇的影城给她订了《冰雪奇缘2》的票。我们一进售票大厅，浓浓的爆米花香味像灵动飘逸的小精灵，一下子钻进我的鼻孔，没入我的脑海中，我的记忆大门猛地被推开，童年炸谷爆（爆米花）的情景一幕幕地浮现在我的眼前……

童年的乡村冬天特别的冷，我们穿着几件打了补丁的厚衣服，还是觉得脚底起风，背脊生凉，一双手也是冰冰的。特别冷的时候，我们就会找一处避风的地方生一堆火取暖，而稻草是点燃粗大柴火的引燃柴料，我们用稻草"逗火口"，偶尔会抱来糯谷的稻秆来烧火，跳动的火苗映红了我们的小脸蛋，手和脚暖烘烘的。正当我们享受这温暖的时光时，"嘣嘣嘣"几声爆炸声把我们吓了一跳，接着却是欣喜若狂的表情。原来是稻秆中剩下的几粒糯谷受热膨胀爆炸了，弹出了几粒喷香的爆米花，我们一粒粒捡拾起来，用嘴吹了吹上面的泥沙，就往口里放。在那个饥饿的年代，在美食面前，卫生早就被我们抛到九霄云外了。虽然少得可怜，但在那小食奇缺的童年时代也算得上是一道上等的美味了。

冬日的乡村，娴静而舒适，除了遍地的枯草，落叶的垂柳和光头的苦楝树外，很多植物依然苍翠欲滴。宁静的村庄，被一声声"卖炸谷爆啰……"的吆喝声打破。无论是在家里做作业的，在树荫下踢梯的，还是在村前打玻珠的，田里放牛的，只要听到这悠长而甜蜜的吆喝声，孩子们便像着了魔似的，放下手中所做的一切，疯也似的跑过来。

见围了足够多的孩子，满脸皱纹却很是慈祥的炸爆米花老师傅便找了一个避风的地方，把他肩膀上的一副稼生（方言：工具）放了下来。接着是各人把从家里取来的一个个装满糯米的盘子交给炸爆米花的老师傅，当然，家里没有糯米的小孩也可以交几毛钱购买，老师傅会根据你所给的糯米或钱的多少而给爆米花的。我们能做的事情就是帮老师傅生火了，一个小小的煤炉放上几块煤，我们到稻秆堆处弄来一堆稻草来引燃柴火，不一会儿的工夫，煤炉里面的煤块就被我们点燃了，看着红扑扑的升腾着的火苗，我们都很开心。

制作爆米花的铁筒罐黑不溜秋的，似锅底一样黑，形状倒像菜园里的蒲瓜（葫芦），老师傅把一斤糯米倒进铁筒罐中，放上适量的糖精，然后把盖子合上，盖好机盖，用两根铁棍合力把机盖密封好，最后放到铁架子上用煤炉烤火。为了使铁筒罐均匀地受热，老师傅熟练地转悠着铁筒罐，时不时地瞟一眼压力表，大约过了一刻钟，当压力表的指针指向 0.8 的刻度时，说明火候已经够了。老师傅马上把爆米花机移开火炉，将爆米花机扭向一侧，机口用麻袋罩住。他提醒围观的小朋友要注意安全，胆大的孩子在后退一米的距离依然好奇地看着，胆小的孩子早就捂着耳朵跑到三米开外的地方并躲在大树后面，侧过身探个头出来看热闹了。只见炸米花的师傅熟练地一拉，一扯，随后便听到像炸石一般"砰"的一声巨响，浓浓的白烟滚滚升腾，紧接着是一阵浓郁的幽香弥漫在空气中，香得我们直流口水，好像有一条贪吃蛇要爬出来似的。响声过后，我们慢慢地围拢过来，排队从炸爆米花的师傅手中领取我们应得的谷爆。糯米炸出来的谷爆，不但松软可口，而且香甜酥脆，比玉米炸的爆米花可好吃多了。带着余温的小小谷爆我们舍不得一口吃光了，而是一粒粒慢慢地品尝着，沉醉在那特有的清香当中，脸上洋溢着快乐与满足。

我记忆中的爆米花是以糯米为主的，玉米和豆类的则少些。因为在 20 世纪 80 年代的粤西农村，村民们种植水稻的多，种玉米和豆类的很少，再加上糯米是做圆子、叶贴、酒杯印、狗利仔、豆糠糍、咸水角等美食的主要材料，几乎家家户户都会种上一至两亩的糯谷。冬天正是村民储存糯米最多的时候，这个时候也是炸爆米花师傅生意最好的时候，平时一个季度难得见上一面的炸爆米花师傅，冬天会来好几次。"一根扁担，一头挑煤炉，一头挑铁筒罐和一双铁脚"，看到担着这一行头的人，我们就知道是炸爆米花的师傅来了，我们的甜蜜美食也来了。炸爆米花的师傅不来的日子，是我们最难挨的日子。也许是爱屋及乌吧，我们会从收杂货的小贩手中买些米散以解馋。

时光如流水般匆匆，30 多年转眼间就过去了。不管是在城里还是在乡下，我再也没有见到过炸爆米花师傅的影子了。如今的爆米花倒是随处可见，不但肯德基有、电影院有，就连大型的超市也有半成品。现在的爆米花不仅外表光鲜而且口味众多，有草莓味的、巧克力味的、奶油味的、香蕉味的，看得你眼花缭乱，闻着你的口水会不自觉地流下来。虽然现在的爆米花色香味俱全，但我还是怀念儿时那香喷喷的谷爆味道，经过岁月的"发酵"，它更加芬芳诱人了。

2019 年 11 月

岁月流金稻草垛

周末的早晨，我经过城郊某一村落，偶遇一个稻草垛，脑海中万千记忆的云朵霎时从沉睡中苏醒，其中一朵金灿灿的云朵飘然而来，似秋风中的落叶，在我眼前晃来晃去，泛起了岁月的涟漪。顺着那一圈圈的波纹，我似乎学会了凌波微步，潇洒地瞬移于岁月的村庄，寻找那关于稻草垛的零碎记忆。

在远去的记忆里，一束束金黄色的稻草堆成一个硕大的草垛，打扮着质朴的村庄，恰似夕阳西下的金字宝塔，显得是那样的气象万千。凉风拂过，翻开岁月的日历牌，村子的人物风情一页页地展现在我的眼前，金黄色的稻草垛是那样的迷人，充满魅力。它们散落在房前屋后、地堂边、榄树旁，给美丽的村庄增添了几许秋的韵味，成了村子里的一道亮丽的风景线。

稻草垛，在我们乡下也叫作"禾秆棚"，是专门用来存储稻草的地方。每年秋收之后，父亲就会把零散的稻草从地堂边收集起来，再用手推车搬运过来做一个稻草垛储存起来。稻草垛的做法很简单，找一处向阳而不易积水的地方，把4根石柱或木桩立在地面上，在正中间立一根长长的干树干，然后用木条搭一个离地约半米高的架子，再用禾叉往上面送稻草。每次堆稻草垛的时候，贪玩的我总喜欢爬到上面去用脚踩踏稻草，母亲总是在下面提心吊胆地喊着："孩子，小心点，扶好木杆，安全第一！"听到母亲暖心的叮咛，我马上收回了贪玩的心，老老实实地帮忙堆起稻草垛，快到封顶的时候，我就换父亲上来，让他把顶面做成了雨伞状，这样有利于排水。金黄的稻草垛身材高大而壮实，胸怀饱满，顶天立地，不惧风吹雨打。看着这伟岸而健壮的稻草垛，我心里想：这不正是那些勤劳而坚强的村民吗。

20世纪90年代的乡村，稻草可是难得的"宝贝"，毫不夸张地说，稻草垛在村民心中的地位，并不亚于藏经阁在少林寺僧人心中的地位。在草枯苗黄、寸草不生的冬天，稻草成了耕牛、山羊等动物过冬的美食，它们反刍着稻草淡淡的清香，就像我们在品尝美味可口的比萨饼；稻草还是引火烧柴的好燃料，特别是下着冷雨的冬日，点燃大条干硬的木柴是件难事，幸好有稻草的帮忙，这一切都变得容易了。乡村的冬夜特别寒冷，人要盖上厚厚的棉被才能安然入睡，而此刻稻草又成了牛、羊、猪等动物的天然"棉被"，被石磙压过的稻草松软柔和，还有淡淡的香味，牲畜们睡在上面比人睡在席梦思床垫上还温暖舒服。如果有哪家的猪牛羊将要分娩，村民在为它们守候的同时，也会在"产房"铺上一层厚厚的稻草为幼崽保暖。就连老母鸡的鸡窝，也是用稻草铺成的，稻草柔软，不会伤到鸡蛋，还能起到保暖的作用。冬天种植马铃薯、辣椒等农作物时，村民往往会在土壤上面覆盖一层薄稻草，用来防冻保暖。哪怕是烧成了火灰，稻草灰也是种植蔬菜、水果等农作物的上等肥料。在这一点上，我想它毫不输给化作春泥的落红。心灵手巧的母亲，还会用稻草扎成小扫把，用来清扫厨房的杂物。还有些村民则会用稻草编成草帽，戴到头顶上，用来遮风挡雨。村里卖肉的贵叔最喜欢用禾草来烘烤鲜肉了，小时候我们远远地闻到这种香味，就会情不自禁地流出口水来。

袅袅的炊烟，曾是乡村里的一张烫金名片。千百年来，它不知陶醉了多少文人墨客，哪怕到了现代，它也是诗人、作家、摄影师、画家等的宠儿，寄托着一代代人的乡愁。稻草的炊烟别具一格，它随着火势的旺衰，或淡或浓，淡时丝丝缕缕，缠缠绵绵，似蜜月期的小情侣正在耳鬓厮磨；浓时似龙卷残云，缭绕升腾，蔚为壮观。

稻草垛是村里最受欢迎的地方，鸭子喜欢到这里踱步，大黄狗爱来这里溜达，小花猫爱到这里玩耍。耕牛喜欢在稻草垛旁躺着，一边大口大口地嚼着美味的稻草，一边懒洋洋地晒着暖和的太阳。老母鸡则喜欢在稻草垛周围打着转，它那锐利的眼睛总能从稻草中找到遗落的谷粒，等吃饱后，就悄悄地钻到稻草堆里扒个洞，憋红着脸，"哦"的一声把鸡蛋生了下来，然后若无其事地哼着"咯咯"的小调心情畅快地回家去了。小时候，我们喜欢在稻草垛旁边守株待兔，很多时候都能捡到鸡蛋，然后美美地吃上一顿。不但动物们喜欢稻草垛，就连村民也喜欢它。不知道多少个月朗星稀的夜晚，村里的未婚青年男女在稻草垛相会，两人相互依偎着，说着甜蜜的情话。稻草垛于我们小孩子，那是玩乐的天堂。我们喜欢在稻草垛周边玩"点不动"、跳高和捉迷藏等游戏，有时玩到天黑也不愿回家，直至听到母亲的呼唤才依依不舍地回家吃饭。

想起稻草垛，我突然想到了《千字文》中的名句"寒来暑往，秋收冬藏"。稻草垛并不是瑟瑟地抱着大木杆向冬天的太阳诉说着昔日的荣光，而是在顶着严寒继续服务于村民，谱写着新的辉煌。金黄色的稻草垛是秋天灿烂生命的延续，它把稻花的一缕清香，深深地吸进骨髓里，"藏"于干枯的身体中，它用生命的余香慈祥地抚养着牛羊，用烈火的余温去升腾那一缕缕炊烟，煮熟喷香的白米饭。

随着时代的发展，而今有的村民住到了城镇里，有的村民外出打工去了，村里只剩下老人和小孩。有些房舍倒塌了，有些田地荒芜了，牛羊也少了。现在村民煮饭用电饭煲，炒菜有煤气炉，用稻草的人越来越少了。曾经常见的稻草垛只能在记忆深处寻找了，金黄色的稻草垛成了外出村民挥之不去的乡愁。

2019 年 12 月

露兜草，满满的童年回忆

故乡的路，总是那么漫长。山一程，水一程，身向大八那边行。飞速旋转的车轮，带着扑通心跳的我和满心欢喜的妻儿，奔驰在回故乡的路上。

村口两旁，高大威猛、庄严肃目的露兜草（本地人叫箛 gù），就像举着绿色三棱刺刀的士兵在站岗，有一种神圣而不可侵犯的威严。

父亲正在屋前的菜园里砍露兜草的头，他说家里没"锅汕（擦）"了。妻儿好奇地看着父亲在制作"锅汕"，而我则陷入了童年的回忆当中。

露兜草，起着草的名字却长着树木般粗犷的躯体。它们生活在树林里、小河边和大路旁，长长的软条状，或分开或集结地伸展，三棱形的叶片上带着锯齿一般锋利的齿牙，传说鲁班师傅正是看到了露兜草的叶子才找到了灵感，发明了锯子。

露兜草虽然长得丑，但它却很牛！

曾几何时，露兜草锋利成行的簕刺拱卫着菜园，让馋嘴的笨猪臑望"菜"兴叹；曾几何时，露兜草密密麻麻锋利的齿牙守卫着果园，令贪吃的贼人望而却步；曾几何时，人们插秧或播种后将它插于田头或地里，美其名曰：号箛（露兜草）白，既能宣示土地所有权，也能防止人们误踩庄稼……

露兜草不但是围园的好帮手，而且是我们童年重要的玩具制作材料。农村的小孩没有太多的闲钱买玩具，只能自己动手，就地取材了。露兜草对于我们来说，是不可多得的"宝贝"。吹着荔枝叶和露兜叶卷成的喇叭状"笳嘟"，觉得声音特别清脆悦耳；拿着露兜草做的风车，就像一个转动的风向标；推着露兜草做的车轮子在村里兜着风，感觉特别拉风；手握露兜草做的几重利箭，仿佛拥有了无穷的力量……

小时候家里十分贫穷，姐妹又多，我们经常肚腹空空，饥肠辘辘。而用白嫩露兜草叶子编织的鸡、鸭形茄包，放点籼米或糯米进去和饭一起煮，那种甘凉清淡的香味简直妙不可言。

现代科学研究证明，露兜叶富含一种大米增香剂，当它与大米合煮时，能使米饭的香味增加 100 倍。所以，每到端午节，村里人总喜欢拿它来包粽子，那股粽香更是用其他叶子包的粽子所无法媲美的。

母亲包的粽子是五角状的，用料十分讲究，猪肉要买本地"土炮猪"的五花腩，那样吃起来油而不腻，嚼劲十足。咸鸭蛋是自家养的鸭子生的，她亲手腌制，原汁原味。绿豆和花生是自己地里种的放心产品。调好配料后，母亲把煮过的露兜草的叶子卷成圆锥状，先放糯米垫底，再放配料，最后又放一层糯米捂实，把露兜草叶子压过来包住，再用露兜带灵巧地绕上几圈，粽子就成了。小时候，我在一旁看着，有时会偷吃配料中的花生，每当这个时候，母亲就会笑骂道："吃素（馅），无识数！"馋嘴的我只好作罢。有时，我也会笨手笨脚地学着包一条小的，可是提上来一晃，就散开了，还洒了一地。母亲白眼一瞪，我急忙开溜。父亲煮粽子喜欢用大锅或大罂煲，加柴火温水煮上五六个钟头，而我则在一旁帮忙添柴撩火。好不容易等到粽子出锅了，我就拎起一个，三下五除二地除去粽叶，"哎哟"烫得我的手指绯红绯红的。我一口气吃了三个，还不过瘾，舔舔舌头，正要开第四个时，母亲就过来阻止我，说粽子滞胃，不宜多吃。

乡语有云："沤鱼堵笳蛆，有吃无愁肥。"意思是竭泽捉鱼，和砍伐露兜头捉寄生在里面的蛹，能吃上这两样美食就很不错了，用不着担心会长肥，因为这样的好东西不是经常能吃得到的。的确，把肥肥白白、粉嫩嫩的露兜蛹除去尾部黑色的粪便，用竹签串着，放在炭火上烤着吃，那味道简直是人间极品。

露兜草，可谓全身是宝。它的叶片可编织席、帽等工艺品；嫩芽可食；根与果实均可入药，有治感冒发热、肾炎、腰腿痛、疝气等功效；鲜花提取的芳香油，是女性的保健佳品。露兜草，哪怕是干枯了，也是旺火的好柴料。小时候，在野外焗番薯，我经常用它来"逗火"。

"大家吃饭了！"母亲的叫声把我从回忆中唤醒。看着满桌的饭菜，还有我喜欢的笳包饭，一家人分享着这些美食，一种幸福感油然而生。

露兜草，系着我童年的情结，是故乡的象征。露兜草，也是我们童年印象最深的植物，它承载了我们无数人的童真，陪伴着我们成长。

2018 年 3 月

鹞怪孙长风

在我的故乡大冈村，说到重阳节，有一个人的名字不得不提，那就是鹞怪孙长风了。在我们乡里，或许有人不知道镇委书记是谁，但提到鹞怪孙长风，就算是光着屁股走路的小屁孩也能告诉你很多有关鹞怪孙长风的趣事。

其实鹞怪孙长风并不是我们村的"土著居民"，刚"嫁"入我们村的时候，他不但头上顶着个"杂姓佬"的花名（绰号），而且背上还扛着"入门佬"（丧夫女人亦有招男人进门的，俗称进门的男人为"入门佬"）的"招牌"，他去到哪里都受人欺负。

孙长风的祖上是扎纸糊祭品的，他传承了家族的手艺，在国家提倡移风易俗、破除迷信后，他就改行以务农为生了。孙长风心灵手巧，竹篾制品在乡里是响当当的，他画的公仔（图画）栩栩如生，村里祠堂的长廊画和小庙的壁画都出自他的手笔。

孙长风勤劳善良，平易近人，经常帮村里人织鸡笼、补瓦漏、挑水、画檐画……渐渐地，他融入我们村子里，晚上大人也不再拿他的名字吓唬哭闹的小孩了。村里的孩子也大着胆向他要个风筝来玩着放，每次他都有求必应。

我小时候也向孙长风要过纸鹞，他给我扎了架有点像老虎又有点像花猫的纸鹞，让我大开眼界。

说到孙长风"鹞怪"这个大名的来头，还得从他为村里的伢哥扎的猪八怪纸鹞说起。话说当日伢哥放学回来，舔着一根雪条（冰棍）兴冲冲地去找孙长风屈（扎）纸鹞，当时孙长风正在帮人织猪笼，于是就心血来潮，帮伢哥扎了个弥勒佛肚、歪猪头、没有尾巴、扛着九齿钉耙的"二师兄"，伢哥拿着纸鹞左看看右看看，"妖怪"两字脱口而出。"什么？你说我的鹞怪？"孙长风问道。伢哥呆呆地点了点头。慢慢地，这件事传了开来，很多人都把"妖怪"听成了"鹞怪"，孙长风的"鹞怪"之名从此响亮了起来。

　　说孙长风是"鹞怪"还真没有冤枉他。每到六月田（农忙）的时候，大家忙着抛秧，他却在抛秧的同时不忘放飞一架吊着一串铜钱做鹞尾的纸鹞在水田的上空，然后把鹞的线头系在田基草上，他管这叫作"鹞（要）田有田，鹞（要）钱有钱"。

　　无独有偶，孙长风除了人有点怪外，他扎的鹞也有点怪。他扎的鹞率性而为，很少扎些灵芝、百足、蝴蝶、双桃之类的纸鹞，出自他手的多是一些外面很少见的，如牛魔王、蒲鱼（魔鬼鱼）、虾婆弹（虾蛄）、崖婆（猫头鹰）、佛婆（蝙蝠）……他除了扎平面纸鹞，有时还会扎些立体的纸鹞，如飞机、坦克、轮船……只要经他亲手调试，定能顺利活动起来。

　　孙长风屈鹞时很讲究，所削篾青的宽度、厚度适中，晒太阳的时候也要把握好火候，不能太干也不能太湿，有时也会找些洋遮（伞）骨做鹞架。在扎鹞的过程中，他经常用一条线吊起鹞架测试它的平衡性。鹞架扎好后就开始糊鹞纸，没有糊鹞专用纸时，他也会用报纸或胶纸。糊好鹞纸后，他用毛笔大笔一挥，略带漫画式的涂鸦就活灵活现了。孙长风所做的鹞不但会眨眼睛，尾巴会动，有些还能发出清脆的鸟鸣声。他所屈的纸鹞大多不用花篮（鹞尾），鹞落的结点也找得很准，容易借风而上，平步青云。他所扎中小型的鹞，对鹞线要求极低，在路边拾顶烂草帽，把胶丝线取出就能当鹞线，这一点很受村里的小朋友喜欢。

　　我们最喜欢孙长风做的"跟斗鹞"，这种鹞的鹞架是用洋遮（伞）骨扎成的，用白色的布作鹞纸，画上孙悟空的猴儿相，鹞就成了。"跟斗鹞"

要用双线双手操控，可以在空中不停地翻跟斗，有点像我们现在看到的特技风筝。但小时候，在我们那里，这种鹞算是稀罕物，能亲自玩上一玩就很巴蔽（了不起）了，邻村的孩子经常为此羡慕不已。

今年端午节期间，我回过老家一趟，顺便探望了一下孙长风伯伯，他还在织鸡笼、粪箕，手艺更加娴熟了。当谈到手艺传承时，他有点忧心忡忡。他说前些年倒是有几个人想跟他学纸扎祭品技术，他见来人功利心太重，没有答应。我问他现在还做纸鹞不，他说："不做了，现在人老了，眼力不好，手脚没有以前麻利。现在，大冈村早就成了空心村，我做了纸鹞也没有小孩要。""等放寒假的时候，我带孩子回来跟你学屈鹞，好吗？"我安慰他道。"好！好！好！"长风伯伯满意地笑了。

"阿强，该上班了！"母亲见我在一旁发愣，就过来叫我。我一下子回过神来，匆匆上班而去，一路上，我不自觉地哼起了儿时我们村改编的童谣："咚咚咚，咚咚咚。后面有个孙悟空。孙悟空，走得快，后面有个猪八戒。猪八戒，弥勒肚，猪头歪，你说怪不怪？究竟是妖怪还是鹞怪……"

2016 年 9 月

童年弹珠飞

打开我记忆的大门，掬一把童真，散入知了声声、荷风送爽、荔枝飘红的盛夏。那色彩斑斓的童年，如一树花开的白玉兰，素洁清雅，馥郁芳香。

如果说，跳皮筋最受"80后"女孩子的青睐，那么打弹珠（阳江人叫玻珠）就是"80后"男孩子最爱玩的游戏了。不管是读书的少年，还是未上学的儿童，只要是男孩子，都有求胜之心，大都喜欢玩打玻珠这种游戏。他们的口袋里、书包中经常放着花花绿绿的玻珠；吃饭、冲凉的时候，也舍不得放开，要拿在手里，不愿收起来；哪怕是晚上睡觉的时候，也要放在枕头边，可宝贝着呢；要是不小心破损了，会像被小刀划过手指一样感到疼痛，有时会难过好几天，才依依不舍地把烂玻珠扔掉，再换上一颗新的去玩。

玻珠是玻璃制作的，比现在跳棋所用的玻珠大一点，和储良龙眼的个头相当，它像鱼眼睛一样圆溜溜，拿在手中有点润滑、清凉的感觉。常见的玻珠有三种：镶嵌三色彩条的玻珠最常见，白色玻珠最便宜，七彩花玻珠最贵。玻珠中间镶嵌着彩色图案，在地面上滚动起来，一圈一圈，色彩斑斓，既好看，又能给你无穷的想象，它用独特的方式书写着瑰丽的童话，在我们的童心里种下绚丽多彩的梦。

20 世纪 80 年代，在物资匮乏的农村，一毛钱一颗的玻珠乃是小孩子们玩乐的"超级神器"，百玩不厌。打玻珠是儿童版的台球和高尔夫球，谁的玻珠多，谁打玻珠的技术好，都会收获同伴们羡慕加妒忌的目光。

打玻珠的玩法有好几种，最常见的一种是打"出纲"。我们先在地上挖一个比玻珠大一些的小圆坑，再在距小圆坑两三米的地方画一条边界线，然后参加游戏的小朋友依次站在界边将玻珠向小圆坑投去，这相当于"开球"，谁投的玻珠最靠近小圆坑，谁就可以先进攻，用自己的玻珠射击别人的玻珠，将其打出界就算胜出。当然，进攻者也可以先把自己的玻珠打进小圆坑，我们叫作"做王"，"做王"者是有特权的，他可以多一次攻击对方的机会，这样胜算会大一点。

打玻珠的另一种玩法是：相距一米左右挖一小圆坑，连续挖三个小圆坑。投击时，玻珠靠近第一个小圆坑的人先打，能丢进第一个小圆坑的人享受减少一"拿（张开大拇指与中指之间的长度）"距离的特权，丢进第二个小圆坑可享受减少两"拿"的距离，丢进第三个小圆坑则享受减少三"拿"的距离。射击对方时，先减去"拿"数的距离，再射击，这种玩法我们叫作"打三府（虎）"。

当然，除了"打三府（虎）"，还有难度更大的"打三角"，在这里我就不一一细说了。不管是哪种打法，准头和技巧是最重要的。我们打玻珠既可以用擦边、立弹、跳弹的技巧，也可以用更奇妙的"隔山打牛"的打法。但是"隔山打牛"这种打法不是人人都能做得到的，只有高手中的高手才能掌握，就像打篮球中的灌篮，精彩是精彩，可不是人人都能做到的。打台球也经常会用到"隔山打牛"这一招，但那需要精准的目测和角度计算。打玻珠的"高手"准头一般都很好，能在几米外击中目标或者一球进入小圆坑。

放学或者放假的时候，我们都喜欢找一块平整的泥地，那是玩打玻珠游戏的"天堂"。我们针对各种不同的角度，摆出各种不同的姿势，或站或蹲或跪或趴，聚精会神地眯起左眼瞄准别人的玻珠，好像走进森林中的老猎手，在平心静气地拉弓搭箭，不发则已，一发必中。打玻珠既可以锻炼匍匐前进的技能，还可锻炼眼力和毅力，这和军队训练的某些项目不谋而合。游戏中我们还应用到抛物线、动量和地球引力等物理知识，真是其乐无穷。

在打玻珠的过程中，射击对方的玻珠时，我们先把右手握成拳头状，然后拇指缩进食指中，将玻珠置于拇指指甲上，拇指头用力把玻珠弹出击向附近的玻珠，"啪"的一声脆响，弹射中了对方的玻珠。如果击中了，就可以再击一次，能把对方的玻珠击出线外为胜。如果没有击中，那就轮到别人上场了。打玻珠的诀窍就在于手指的灵活度，玻珠一定要控制直线，这样打出去就受控制，力道自然就会远，这是我多年打玻珠所总结的经验。高手由于长期的积累，很容易发挥出自己的水平，他们常常只带出一两颗玻珠来玩，回去的时候却满载而归，上衣袋和裤袋鼓鼓的，一种满足感和自豪感洋溢于脸上。有时输得太惨的参与者会得到赢者馈赠的一两颗玻珠，我们叫作"回头钱"，这也算是对输者的一点小小安慰吧。

时光打马而过，转眼间30多年过去了，不管是城里，还是乡下，我再也难觅打玻珠的背影了。虽然很多商场门口有"打玻珠游戏"，但此"打玻珠游戏"非我童年的"打玻珠游戏"。现在的孩子玩的是无人机、平衡车、乐高积木、熊出没、小猪佩奇等玩具，我们的童年有我们的快乐，他们的童年有他们的精彩。

小小的玻珠，于我们"80后"不亚于夜明珠，弥足珍贵。它用弹指一挥间的动力滚动着我们童年的美梦，满载着神奇伴随着我们成长，为我们那代人留下些难以磨灭的痕迹，成为时代的印记。虽然打玻珠已经成为过去式，但是玻珠带给我们的快乐是其他东西没法比拟的，我每次回想起童年打玻珠的情景，都会抿嘴一笑，自觉笑得是那样的甜蜜、温馨和灿烂。

2019 年 5 月

童年棋事

与玩扑克牌的"24点"相比，小时候的我更喜欢下棋。那时我所认识的棋类有中国象棋、国际象棋、围棋、飞行棋、军棋、五子棋、跳棋、斗兽棋，当然，还有老一辈手口相传的"地棋"，"地棋"主要有三棋、五行棋、五角星棋、牛角棋等。

在众多的棋类当中，我玩得最多的要数中国象棋。当时村里的孩子普遍缺少玩具，下棋活动倒在村里流行了起来，尤其是下象棋，不但小孩子喜欢，大人也喜欢。农闲的时候，村头巷尾，水井边，村旁的大树底下，敲击棋子的声音、"将军"声此起彼伏，整条村子"棋乐无穷"。

我刚学习下象棋的时候是要交学费的，学费是100张"公仔纸"和10粒玻珠，师父是比我大两岁的同村孩子阿华，至今我还记得他教我念的下棋口诀："马行日，象行田，车走横直线，兵卒过河莫回头，象士不离将帅边，帅走田，士行'卡马四'（X线），炮越山……"我刚开始下象棋的时候闹了不少笑话，如"越过绊马脚""飞象过河""兵卒回头杀敌"等，但上手后，我的棋路大开，棋艺也是突飞猛进，对于重炮将军、卧槽马、马后炮、挂角马等技法也是越来越熟练，到了信手拈来的地步。阿华师父刚开始与我对弈的时候是要让一车一马一炮的，虽然少了这么多的得力干将，但是他与我下棋的时候却是从容不迫，会不停设下圈套诱杀我的棋子，杀得我的棋盘只剩下光头的"帅"。师父还会赶着我的"帅"在田字方框上

"推磨仔"，并教育我说，与人对弈，只能把人打败，不能"推磨仔"，这是对棋手的一种羞辱，会令人反感的；同时，我也学会了"将军"不能连续超过三次。半年后，我与师父阿华下象棋，他就算是一子不让，还是被我战胜了。这样一来，"师父"再好强也不得不承认我这个徒弟"青出于蓝，而胜于蓝"了。

战胜阿华小师父后，我开始端着棋盘不断地挑战村里的其他孩子。或许是熟能生巧吧，在下象棋的过程中，"老炮捞车""连环马""双车夹炮"这三招成了我克敌制胜的三大法宝，往往令对手防不胜防。一年后，村里不论是小孩子，还是大孩子，我再也找不到对手了。于是，我开始把目光瞄准了村里的大人。父亲也会下象棋，但他很少与人对弈，我只能像牛皮膏药一样紧紧地黏住他，他被我迫得没有办法了，才和我下象棋。刚开始的时候，我是输多赢少，还不断地"悔棋"，慢慢地，我摸清了父亲的棋路，渐渐迫得父亲拼棋子求和，再到后来，父亲也不是我的对手了，我才将目标瞄准了村里的其他大人。

我不再是一个人一个人的去挑战了，而是从村里那些象棋"高手"入手，从看他们之间的对弈，到由"备胎"转正，让大人也不得不正视我这位小棋手。小学五年级的时候，我的棋艺在村中已经是罕逢对手了。我在学校的"棋声"大振，引得隔壁班的"叔伯同学"不断过来挑战，这令我疲于应付。后来，我想出了一个好办法，那就是挑战我可以，但要赌两根雪糕。那段时间，我吃雪糕吃到牙软，后来干脆都分给我的同桌吃了。

因为痴迷于下象棋，我的学习成绩一度有所下滑，五年级的时候，我的成绩首次跌出全年级前十名。班主任黄老师十分关心我的学习，为此专门抽时间到我家里进行家访。母亲一气之下，把我的象棋从书包里取出来扔了。父亲也语重心长地教导我："下象棋不是不可以，但是要合理安排时间，不能耽误了学习！"经此一事，我在下象棋与学习之间，找到了平衡点，成绩不但没有下滑，反而比以前略有提高。

其实，下象棋对于开发青少年的智力是有很大帮助的。它既能锻炼孩子的思维、计算能力，也能锻炼孩子的专注力。尤其是对好动、精神不集中、内向、不够自信的孩子和怕输的孩子有很大的帮助。

时光匆匆，"80 后"的棋类游戏如今已经不再新鲜了，尤其是"画地为棋"那些不知集了多少代人的智慧才完善的棋类活动，更是渐渐消失在人们的视野中，只留下记忆的碎片。在日常生活中很少看到有人下军棋，但"四国军棋"却在网络上火了一把。象棋好像也成了"过气"的棋类活动，虽然商场里有象棋卖，但问津的小朋友却寥寥无几；即使是网络里有下象棋的游戏，棋手多半是中老年人；街边偶有摆"残局"的生意人，生意也是非常的清淡。公园里倒是有下象棋的老人，可正如我朋友所说的，"现在下象棋，那是公仔（阿伯）喜欢干的事。"幸好在校园里，还能见到下象棋的活动，为了推广这一项传统智力活动，我们学校每年都会组织一次全校性的学生象棋比赛，让中国传统文化的种子得到生根发芽。

对于棋类的兴衰，我只能发自内心地感叹：现在的孩子，要是把用于网络游戏的时间分点出来下棋该多好啊！

2020 年 5 月

香蕉船

俗话说："冷在三九，热在中伏。"中伏时节，大地像一个硕大无比的蒸笼，到处是袅袅升腾的水蒸气。我挥汗如雨地穿过一片香蕉林，行走在乡间的小河边，看着在水中嬉笑玩耍的小孩，不禁回想起了童年的夏天，想起了甜蜜的香蕉船。

小时候，父母是不允许我们私自去玩水的，可是炎热的天气，在没有空调、缺少风扇的年代，玩水的诱惑力实在是太大了，我们幼小的心灵根本无法抵挡，尤其是男孩子，对于玩水永远是乐此不疲的。我们喜欢到村前香蕉林一带玩水，那里河水清澈且不太深，沙子柔嫩，石头很大，不用担心伤到脚，还有浓密的树荫，是玩水的理想天堂。每次玩水的时候，我们都是趁着父母不在家偷偷地溜出去的，有时我们外出放牛的时候也会偷偷地去那里玩水。哪怕被父母发现了，大不了吃一顿"黄鳝羹（被打一顿）"，更何况很多时候父母是舍不得打我们的，最多骂几句了事。挨骂的时候，我们是思想上接受，过后行动照旧。

我们相约到河边，一个个都如同小鸭子找到了自己的游乐园，满心欢喜。大家如同泥鳅一般，都迫不及待地跳进清凌凌的河水中，一股清凉直透心头，暑气顿消。很快，有的小伙伴狗爬式地拍打着水花，有的像青蛙一样伸缩着手脚向前游动，有的悠闲自在地打着"仰船"，有的一头钻进水里，顶着一根水草在潜浮……水声、笑声、打闹声散落到小河中，汇成一首欢乐的夏日戏水交响曲。

游完水后，玩香蕉船是我们的重头戏。我这里所说的香蕉船不是在海边冲浪的香蕉船，它是真的用香蕉树做的船。夏秋时节，蕉农收获了香蕉，就会把香蕉树砍掉。由于这一片香蕉林离小河很近，离村子也不远，被砍掉的香蕉树自然被我们拖到水中，成为天然的"船"了。只是这些船很简单，单独一棵香蕉树就能制成一只"独木舟"；我们有时也会将几棵香蕉树砍头除尾后一字排开，然后用几根藤条严严实实地捆绑在一起，就成了简单的"蕉排船"了，这种小小的"蕉排船"最多只能坐5个小孩子，人多了会沉。

踩在单根香蕉树做的独木舟上，有点像踩在石碌上的感觉，圆圆的香蕉树越转越快，我们的脚也会越踩越快，平衡要是把握不好，很快就会掉进水中，我们经常以此进行比赛，看谁在单根香蕉船上站立的时间长，谁就胜利。我们也经常推着香蕉船打水仗，人少的时候单兵作战，每人骑着一根香蕉船进攻，用手兜水攻击，用香蕉叶梗拍打水花，直到把对方逼落水中为胜。人多的时候，我们就用"蕉排船"作战，大家分工合作，有人划船，有人进攻，把对方船上的人全部逼落水中才算获胜。火辣的太阳，闷热的空气，铺天盖地的蝉鸣，在这里化作了一簇簇溅起的水花。好一片清凉的世界！在这里有的是呐喊声、加油声，还有"敌人"的落水声和我们的欢笑声。

不打水仗的时候，我们也喜欢坐在香蕉船上，划着水花，或静静地躺在上面，随波逐流，那种清凉的感觉是被风吹过的夏天中最美的享受。

我们喜欢划着香蕉船到河中的小水坝前捉坑螺，小小的水坝上，爬满了大大小小的坑螺，它们死死地吸附在水坝上，怕被河水冲到下面，一不小心摔个粉身碎骨。对于我们来说，这却是一桩美事。不用费太多的工夫，我们就能捡到一大袋肥美的坑螺，带回家中，用钳子除去坑螺的尾部，不管是用来煲粥，还是用辣椒伴炒，都是一顿丰盛而美味的大餐。

划着香蕉船捉鱼，也是一件快乐的事情。会潜水的都一头扎进水中追赶鱼儿去了，不会潜水的也能划着香蕉船把鱼赶到埋设好的渔网中，一天下来，收网上岸，总是收获满满，有肉质细腻鲜美的斑鱼、清甜可口的鲫鱼、金色肥美的大鲤鱼、鲜活蹦跳的河虾，还有挥舞着剪刀杀气腾腾的小螃蟹……如果要捉泥鳅，就得到小河沟泥泞多的地方。我们先把它们与河道的进水口塞住，然后把河沟里面的水戽干，就在滑滑的泥泞中一片区域一片区域地找，可是泥鳅很滑，一不留神就会从我们的指缝间滑走，钻进泥泞中逃之夭夭，我们一捉到泥鳅就得马上放到预先准备好的小水桶或胶袋中。每次捉泥鳅，我们的脸上、头发上总会粘上泥泞，太阳一晒，全变成白白的。有时我们也会相互给对方的脸上涂泥，大家都变成了大花脸，继而相视哈哈大笑了起来。捉泥鳅的时候，最怕是把泥蛇错当泥鳅捉，小时候就有小伙伴被泥蛇咬过，虽然无毒，却是疼得嗷嗷直叫。

　　年华易老，光阴难追。小河依旧在，蕉林几度绿。而今我独自一人漫步在小河边，看着水中嬉戏的小孩，不由地发出一阵感叹。多少个美丽的夏天乘着光阴的列车远去，一去不复返！多少个快乐的夏天，都留在我童年的记忆中，不曾淡忘！依稀可见的是满天的星斗、斑驳的蕉影、漫天飞舞的流萤，还有香蕉船上传来阵阵天真烂漫的欢笑声……而这一切都在清凉的夏风中交织成一曲美丽的梦想之歌，留在心中，令我永生难忘。

2019 年 8 月

捉河蚌

周末的早上，我走进热闹的大令圩，突然，我被一个卖河蚌的摊档吸引住了。看到河蚌，我总觉得记忆的天空中丢失了一片蔚蓝色的云朵，或许是岁月神偷在我不留意时将它拿走了。透过岁月的长河，我努力地拼凑着与河蚌有关的时光碎片，让它的形象逐渐丰满起来。

河蚌，在我的故乡又被唤作"泥插"和"螺聘"。"螺聘"的发音很容易令人想到清代扬州八怪之一的鬼才罗聘，只不过此"螺聘"非彼"罗聘"。每次说到河蚌，我都会想起小学语文课本上的《鹬蚌相争》这则寓言故事。曾几何时，我也做过在河边"守株待兔"的傻事，却从未遇到过鹬蚌相争的情景。

如今看着河蚌，童年与河蚌有关的一件往事浮现在脑海中。30 年前的一个夏天，父亲叫我去放牛，我与同村的阿华把牛绑在有伯的中草药园旁吃草，我们俩就跑去打玻珠，当我得胜归来的时候，两家的牛却不见了。循着牛脚印和地上的牛屎，我们很快就找到了各自的牛，只是眼前的情景让我们一下子愣住了。只见一个小园子的中草药，被两头牛吃的吃，踏的踏，没有一棵药草是完好的。得知此事后，有伯气得直跺脚，他的高血压病情复发，直叫头痛。有伯本来就是村里的"赤脚医生"，他的偏方很多，对于高血压，他给自己开出了河蚌加食糖的疗法。可是食糖易买，河蚌难捉啊。我和阿华心中有愧，便主动承担了帮助有伯捉河蚌治病的工作。

夏日的太阳火辣辣地烘烤着大地，小河的石滩上水汽蒸腾，我们光着脚踩在大石头上，脚底像火烧一样，令我们不敢逗留片刻，马上跑进水里。

河蚌喜欢生活在水面平静或水流相对缓慢的河道里，尤其喜欢躲在泥淖中。每次捉河蚌的时候，我们都会提个小水桶。捉河蚌比淘蚬难点儿，黄沙蚬通常生活在浅水的黄沙中，拿个簸箕把有蚬眼的沙子铲上来，在流动的河水中慢慢地淘洗，就能得到蚬了。捉河蚌却不一样，河蚌数量少，并且大多生活在水深的淤泥当中，必须要擦亮一双金睛火眼才能发现它们。浅水处的河蚌通常是比较小的，要想捉到大的河蚌，只能往水深的地方走，出于安全考虑，河水过头或有暗流的地方，我们是不敢去的。如果河水比较浑浊，我们只能弯下腰用手去摸或用脚轻轻地去踩了，大力踩很容易把河蚌踩烂并割伤自己的脚。

水性好的伙伴会潜进水里，慢慢地捉。我的水性差一点，就捏住鼻子，把头扎进水中去摸河蚌，一分钟左右就得露出头来吸口气。河蚌少的时候，能捉到几只就算幸运了，河蚌多的时候我们能成窝成窝地捉，把小水桶都装满了。河蚌有大有小，大的如张开的手掌，小的仅如黄沙蚬般大小，对于小河蚌，我们是不捉的，即使捉到了，也会放生，这是父辈教下来的，做事不能做绝。现在政府实行的南海海洋伏季休渔，其实就是为了保护鱼类的繁殖，我暗暗佩服父辈的智慧，他们早就想到了这一点。

每次捉河蚌，也通常是我们玩水的时候。每到此时，我们早就脱得光溜溜了，有时像一条黄鳝一样在水中漫游着，有时又像一群笨拙的水鸭子在扑腾着水花。游泳的姿势也是多种多样：有像青蛙一样的，有像狗刨一样的，也有"打仰船"滑行的……白色的水花与灿烂的笑声在河面上空碰撞，交织成了一片欢乐的海洋。

我和阿华捉的河蚌，大部分都给了有伯治病，剩下的，就用来打赏一下我们的胃了。

河蚌被捉回家后，一般要养上几天，这叫"活水"，让河蚌把身体里面的泥沙尽数地排出。如果急着想要吃，就得往盛放河蚌的那盆水中加点盐或放把锈迹斑斑的刀，河蚌很快就会把身体上的泥沙吐出来。这时，我们用小刀的刀尖顺着贝壳的缝隙划开河蚌的肌肉，挑断瑶柱，取出里面的东西，除去泥肠和鳃等不宜食用的部分，加盐反复揉搓，再用清水冲洗，把河蚌的腥味去掉，再将河蚌肉的斧足用刀背拍松，使其肉质酥软。经过这样处理过的河蚌，不管是爆炒，或者与蒜蓉粉丝一起蒸，还是炖豆腐、炒韭菜，都是味道鲜美、肉质不老的佳肴。

河蚌我捉过很多，却从未见过里面有珍珠。后来，找见过现采现卖珍珠的档口，才知道产珍珠的河蚌是三角形状的，并不是我故乡河里面长长的椭圆形的河蚌。虽然故乡的河蚌里见不到珍珠，但捉河蚌的童年记忆不正是一颗在我人生中闪闪发光的珍珠嘛。

2020 年 7 月

童年蜂蛹香

前段时间，朋友相亲，我作"灯泡"，席间，朋友点了一味蜂蛹煎蛋，大家品尝完后，都赞好味道。说到这道菜式，这可是我童年生活中难得吃到的美味，捉胡蜂对于我来说也是童年的一大乐事。

小时候，我是最怕对着屁股打大针的，每次看到拿着针盒的医生，我就想逃得远远的。有一次，我在村口听到医生叫"打预防脑膜炎疫苗"了，我就跑到甘蔗林中躲了起来。后来姐姐找到了我，把我哄了回去，父母怕我不打针，就以蜂蛹煎蛋为诱饵让我上钩，他们知道我很喜欢吃这味菜，但是这味菜不是经常有的。为了吃上一顿蜂蛹煎蛋，我爽快地答应了父亲去打疫苗。当然，父亲的这一顿蜂蛹煎蛋也没有爽约，那一顿饭，我是带着泪痕去吃的，但对于经常以白粥榄角果腹的我来说，蜂蛹煎蛋的味道确实是香，很快令我忘记了打针时的疼痛。后来，我听母亲说，父亲为了给我弄罂蜂的蜂蛹，他身上被蜇了好几下，幸好处理及时。自此，父亲在我心目中的形象一下子高大了起来。

其实，胡蜂在我们农村是蜂类的一个总称，就像水果一样。胡蜂的家族挺庞大的，有肥头丰腰的"入地间"、身形壮实的"黄牛撇"、凶猛霸道的毒郎君"牛角浪"、把巢筑成灯笼状的"罂蜂（马蜂）"、娇若杨柳轻身似燕的"针锋仔"，还有把家安在竹节中的竹筒蜂……乡村里，蜂窝无处不在，房檐前、小路边、草丛里、树林间，只要你一个不留神闯进了它们的领地，它们就会蜂拥而至，拼命攻击你。你穿的衣服越鲜艳，胡蜂攻击得越狠，可当你跑出了它们的领地范围，它们是不会追的。

在农村，被胡蜂蜇到也是常事。小时候，我就被蜇过好几回。经验告诉我们，被胡蜂蜇到要马上处理，你要仔细检查伤口，如果伤口处有一个小黑点，那就是胡蜂的尾刺，要用镊子夹出或针尖挑出；因蜂的毒液呈酸性，所以可用肥皂水、小苏打水等碱性溶液洗涤涂擦伤口。如果在野外被胡蜂蜇到，要就近寻找药物治疗。可以用大蒜或生姜、老黄瓜、鲜马齿苋等捣烂取汁，涂敷患处，也可用韭菜或鲜蒲公英洗净、捣成泥状，敷患处，还可以用生茄子切开涂擦患部。如果身边的确没有什么适合的药物治疗，用人体的尿液冲洗伤口也能起到解毒、消肿、止痛的效果。

如果被胡蜂蜇到不及时处理，那么被蜇的地方就会又麻又痒，慢慢地隆起一座小山峰，要是被毒性厉害的"牛角浪"蜇到，严重的盖上两张棉被还是觉得冷。我们村子里阿纪的脸上就曾被"牛角浪""关照"过，当时脸肿得像个猪头，无奈他家太穷了，不敢上医院，就躲在家里瑟瑟发抖。挨了一个星期，实在挺不住了，只好把牛卖了，连夜请车送到医院治疗。

城里的孩子不怕车，乡下的孩子不怕蜂和蛇。自小在乡下长大的我对于胡蜂自然也是不害怕的，不但不怕，有时还"撩蜂挪冷"（方言：主动招惹胡蜂找蜇），拿蜂蛹当美食。如果很多胡蜂一起出现，说明胡蜂窝就在附近。如果是一只胡蜂出现，说明胡蜂窝还很远，我们抓到胡蜂中的"独行侠"，会在它的脚上绑一根长长的小草，然后跟着它飞的方向追去，只要路不太难走，我们就能找到它们的窝。捅胡蜂窝也是有一套的，对于蜂少的蜂窝，有时吸口烟一喷就能轻松搞掂，但是"牛角浪"的蜂窝例外，因为这些家伙实在太毒了，我们不敢轻易招惹，实在迫不得已要动它们，就要穿着厚厚的冬衣，戴上摩托车的头盔，手戴厚厚的胶手套，脚上还要穿上雨鞋，间隙间用包装带扎好，让胡蜂无机可乘才敢动手。当然，也可以用火攻。我们取来长长的竹竿，在竹竿的尾部绑上一大束禾草，然后把禾草点着往蜂窝一送，胡蜂最怕火，等它们四处逃逸的时候，我们就顺利地把蜂窝捅下来。以前，我们喜欢吃蜂蛹，但并不赶尽杀绝，只取蜂蛹，不抓成年的胡蜂，但现在的人抓胡蜂，用网一罩，来个一窝端，长此以往，很容易造成物种的灭绝，我觉得还是留一手的好。

最甜蜜的时刻要数收获蜂蛹的时候了，如果是少量的蜂蛹，我们直接连着蜂窝用火烤着吃，粉粉的，嫩嫩的，吃起来挺香的。如果是大量的罂蜂蛹，我们则需要一条一条地把蜂蛹和"娘仔"（刚长成蜂形状的幼虫）扯出来，用一个小盘盛着，然后再放到烧开水的锅中焯下水，再捞起来把水沥干，用油锅煎至微黄就可以了，如果加蛋煎，最好先把蜂蛹和蛋搅匀，再放到油锅当中。满口蛋白咬在口中，真是唇齿留香，回味无穷。

2019 年 4 月

童年蘑菇鲜

在我的心中住着一个梦幻、唯美的童话世界，在那里有各种好看的蘑菇，到处都充满着温馨与快乐的小屋，我在那里可以自由自在地感受着童话般的唯美生活。

炎炎夏日，一场太阳雨过后，我发现故乡的小山坡上长了很多细小的禾草菌，浅黄色的禾草菌睁开惺忪的睡眼，在微风中颤颤巍巍地抖落着身上的水珠，贪婪地享受着夏日阳光的洗礼。看着伸长脖子好奇地打量着这个全新世界的禾草菌，萌萌的、柔弱的，可爱极了，童年采蘑菇的记忆情不自禁地浮现在我的脑海中。

小时候，由于家里穷，肚子很多时候都是空的，不管是天上飞的，地上走的，还是水中游的，我看到什么都会把它们与吃联系在一起，看到鲜艳的蘑菇自然不会例外。每次落月头水（下太阳雨）的时候，我们都会提着小竹篮子到野外寻找新鲜的蘑菇。只是和"采蘑菇的小姑娘"目的不同，我们采蘑菇是为了解决温饱，而不是"背到集市上换上一把小镰刀，再换上几根棒棒糖"。

经验告诉我们，那些刚从泥土里钻出来的蘑菇不太喜欢阳光，尤其是强烈的阳光。它们要么躲在高大茂密的树木底下，要么生长于杂草丛生的小山坡，阴暗略带些潮湿的地方是它们理想的家园。有时，我们经过杂草丛边，走着走着，突然眼前一亮，或高或矮的蘑菇像刚过门的小媳妇，躲在草丛中，犹抱琵琶半遮面地看着我们。我们见到它们，却是大喜，眉眼间尽是贪婪。

夏日的蘑菇品种很多，常见的有生长在草坪、蕉林地上的铅绿褶菇，有长于针叶林或针阔混交林地灰黄带褐色的小托柄鹅膏，生长在牛马粪便上的古巴光盖伞，生长在草地上的粉红伞形毒菌，生于湿地腐木上的马勃……蘑菇们一株株、一簇簇争先恐后地从草根下或枯叶中钻出来，尽情地展示着她们美丽的霓裳：有的一身素白，像西湖断桥上与许仙相会的白素贞，又像越南西贡穿着白色旗袍的美女；有的穿着一身浅粉色的裙子，颇有戴望舒《雨巷》中丁香姑娘的几分神韵；还有的全身幽绿，像夏夜里飞舞的流萤，可爱极了！

在众多的蘑菇中，我最喜欢的是一种名叫"茅菌"的蘑菇。夏日雨后，簕草丛中，我们偶尔会发现白色的茅菌，它们一丛丛、一簇簇地紧挨在一起，像正踮着脚尖挤在一起跳芭蕾舞的一群"小天鹅"，又像盛开在夏日荷塘里的一朵朵洁白的水莲花，给人高洁、清雅的感觉。茅菌先是从土里冒个尖尖的小脑袋，再慢慢地成长，变成一把合上的小白伞，最后把伞打开，整个过程不用半天时间。茅菌从不喜欢单打独斗，一出现就是成群结队，像一群撑着白伞去等圩的少女，嫩嫩的，水灵水灵的，很是讨人喜欢。

采蘑菇的时候，我们经常要小心翼翼，仔细观看周边的环境。一是怕弄残了蘑菇没有"卖相"，二是怕蘑菇伞下躲着什么毒虫。如果身上带着小刀，我们就像收割菜心一样收割蘑菇。如果是空手而来，我们就用拇指、食指和中指把蘑菇从根部掐断。要是在放牛的时候发现了蘑菇，我们会找些野芋叶或蕉叶把蘑菇包起来带回家。

蘑菇带回家里后，父亲和爷爷会仔细地辨认一番，确定不是毒蘑菇，我们才会煮食。新鲜的蘑菇不管是炒着吃，蒸着吃，用来余汤还是煲粥，都十分鲜甜而且清香诱人。炎热的夏天，我最喜欢吃茅菌煲粥，慢慢地咀嚼着滑溜清甜的茅菌，唇齿留香，是一种美美的享受。

野生蘑菇虽然好吃，但也存在一定的风险，小时候，我们邻村就有人误食了毒蘑菇需要到医院洗胃，命是救活了，却受了很多的罪，现在回想起来，还是怕怕的。幸好现在市场里有很多蘑菇卖，嘴馋了，就挑点新鲜的草菇、平菇、冬菇回来，虽然没有野生蘑菇的香甜鲜美，但也能找到点童年美好的回忆。

2019 年 7 月

儿时过中秋

每年中秋，我都会从记忆的海洋中打捞出一轮皎洁的明月。只是年年岁岁月相似，岁岁年年景不同。而令我最难忘的仍旧是故乡那浸润着桂花与稻花香味的明月，还有那不油不腻、咸淡皆宜的碎肉馅儿的月饼。

小时候，我家里很穷，没钱买牛腩和月饼。中秋的前几天，父亲便会带领我们去自家的田地里挖些甜薯、芋仔去卖，这时的我们特别卖力，把甜薯和芋仔洗得干干净净，再挑些卖相好的，由父亲和我一大清早用大罗马单车载到30多公里外的市区大市场里去卖。踩车的活儿当然是父亲干了，而我则是坐在三脚架的横梁上，开心地看着公路两旁慢慢倒退的风景。有时在上斜坡的时候，我会在后面帮父亲用力地推车。

父亲在大市场找了个摊位，把甜薯和芋仔摆好，再拿出两小袋早已煮熟的甜薯和芋仔，放在一旁当广告，我家的甜薯芋仔通常都是很粉的，很受市场周边居民的喜爱。父亲拉长着声音吆喝了起来："卖甜薯啰，又香又粉又软糯的甜薯，便宜又大秤，快来买咧！走过路过，不要错过！"听到父亲在叫卖甜薯，我也学着喊了起来："卖芋仔啰！又香又粉的芋仔，唥唥系肉，从头粉到督（方言：根部末端）。"我和父亲的这一通吆喝果然有用，几个刚从市场买菜出来的阿姨围了过来，她们看到我们所卖的甜薯和芋仔不单个头大、体型丰满，而且白白净净的，都发出啧啧的称赞。有两个阿姨不单自己买了10多斤，而且还介绍了几个邻居过来帮衬，真是热心人哦！父亲出手也是很大方的，他每次秤得都"很旺"，临了还会多赠一两个甜薯或芋仔给顾客，很多顾客都是满意而归。

由于父亲销售有方，一个上午，我们所有的甜薯和芋仔都卖完了。父亲一边数着手里的钱，一边眉开眼笑地招呼我收拾东西。钱虽不多，但很散，父亲数了好一会儿才数完。他带我在大市场溜达了两圈，买了一斤牛腩、一包香料、一个白肉的柚子、一封碎肉月饼，还有两个苹果和一串葡萄。回程时，车子载重减轻了，我们的心情也很轻松，父亲和我一边哼着歌，一边往家里赶。

当我们回到家的时候，母亲和姐姐早就伸长了脖子在等候。父亲劈柴，母亲烧火，一煲萝卜牛腩开煮了，慢慢地，牛腩的清香弥漫开来，芳香满屋，馋得我们几姐弟肚子"咕噜、咕噜"地叫。好不容易盼到了晚饭的时间，萝卜牛腩一端上桌，清香的牛腩就被我们几姐弟一抢而光，姐姐不小心把一块牛腩掉地上了，母亲连忙捡起来，用开水洗了洗自己吃了。后来，我才知道姐姐是故意把那块牛腩掉在地上的，平时母亲都舍不得吃牛腩，掉在地上的丢了怪可惜的，母亲才会捡起来用开水洗洗再吃。

中秋节的重头戏是"拜月亮"，我们一家人是在地堂边的桂树旁进行的。父亲搬来一张简易的四方桌子，母亲摆上甜薯、芋仔、月饼、葡萄、苹果和掰开的柚子，柚子皮则插上大红蜡烛。等月亮从云层出来的时候，母亲就会叫我们"拜月亮"，"拜月亮"前，母亲都要我们在心中许个愿，我们在心中默默地祈祷着愿望早日成真。

拜完月亮后，是我们最开心的时刻。月饼、甜薯、芋仔、葡萄、苹果、柚子等任我们吃，这是一年当中难得的大餐，开心得我们手舞足蹈。

吃完东西后，母亲就会带领我们"游花园"。母亲说："每一个人生来都会有一个花园在天上，有缘人才能进入自己的花园中。"在母亲的带领下，我们几姐弟都在月光底下闭上眼睛，默不作声，大约一刻钟后，母亲才把我们叫醒，问我们看到了什么？大姐说她看到了美丽的宫殿，宫殿后面有一个很漂亮的花园，里面有桃花、桂花、白玉兰，还有一条弯弯的小河流过，两岸芳草鲜美，水中游鱼可爱，小鸟在树林间穿梭着，撒落一地的啾啾声。二姐说她的花园也很大，里面有菊花、向日葵、荷花，还有五彩瓢虫停在叶子上，蜻蜓飞舞，小蛇走动，蚂蚁成群。可是我当时什么也没有看到，一脸的苦恼与茫然。母亲笑着走过来，安慰我道："万事讲究缘分，今年你没有看到，或许明年就会看到！"但很多年过去了，我始终没有看到自己的"花园"，我的心中却存在一个美好的梦想，成为一个敢于追梦的人。

关于"花园"，我听到过很多的故事，但我相信那只不过是一种美好的愿望罢了。但"清花园"的习俗在我的故乡的确是流行了开来，女子出嫁前三朝，父母一般都会请个仙姑帮忙"清花园"，当然，这当中难免有迷信的成分，但更多的是一种祈愿。这是题外话，在此就不作细表了。

中秋月圆之夜，母亲还会给我们讲"嫦娥奔月"和"玉兔"的故事，虽然这两个故事母亲每年都在讲，但我们还是百听不厌，我觉得月宫很美，嫦娥很苦。人非圣贤，孰能无过？"碧海青天夜夜心"的惩罚，对于嫦娥实在是太重了。

我们儿时的中秋之夜没有烟花，也没有孔明灯，有的只是淡淡的桂花和稻花香，还有幽幽的虫鸣声。但一家人团团圆圆、开开心心地聚在一起，开怀畅饮，谈天说地，这种幸福之情让我至今难忘。

2020 年 9 月

第二辑　**亲恩难忘**

愿化青青草，聊报三春晖。浓浓的亲情柔软了时光，幸福了心灵，是我人生当中的一大宝藏，每每思念，便有阵阵温暖涌向四肢百脉，令我身心舒畅。

父亲心中的圣树

两个月前的一个晚上，突然接到父亲的来电，电话那头，是父亲哽咽的声音。我心里不禁"咯噔"地跳了一下，正想追问发生了什么事，电话却突然断线了，我疯狂地拨打着父亲的手机号码，却始终处于关机状态。这下我心急了，母亲到广州四姐的家中小住去了，父亲一个人在老家，村里多是老人和小孩，我又没有别人的电话号码，情急之下，我决定马上回老家看看。

车轮在路上飞驰，导航一次次提醒着我已经超速，可我归心似箭，很多时候是一边加油，一边踩脚刹。一个小时后，我终于回到老家。此时天空幽蓝，繁星点点，凉风习习，虫鸣清越。可是我没有心情欣赏这幅美丽的乡村夜景图，一停好车，我便飞奔回老宅，只见铁门紧闭着，房子里面没有半点灯光。我凑近细看了一下，发觉门是从外面上锁的，父亲不在家。

我找遍了整个村子，最后在村东边的橄榄树底下找到了父亲。父亲呆呆地坐在大树根上，无精打采地抽着水烟筒，不时地传来"咕噜，咕噜……"的声音。我朝着父亲叫了声"爸"，他抬眼望了望我，然后说："强仔，这么晚了，你怎么还赶回来？你明天还要上班的哦，快回去吧！"我一下子蒙了，忙问父亲到底发生了什么事情。父亲说没有什么事，只是手机坏了，打电话的时候之所以声音哽咽，那是因为他心中的圣树——眼前这棵大橄榄树明天就要被锯掉，他真的舍不得这棵树啊。可是粤西天然气管道要经过村的东边，而这棵树正好长在管道必经的路线中间。

父亲平时是个明白事理的人，这次之所以伤心，是因为他对这棵橄榄树的用情实在太深了，一时无法释怀。这棵树可是父亲出生那年，爷爷亲手为他种的。橄榄树与父亲一起成长，一起走过青春年华，一起变老。父亲对橄榄树亲如兄弟，哪怕是在最缺钱的时候也舍不得卖掉。听爷爷说，父亲去当兵那天，他绕着橄榄树走了好几圈才去入伍；退伍的时候，父亲又把从部队带回的大红花挂在了树头上。也听母亲说过，结婚的时候，父亲带着她绕树三圈，好像要把这一份惊喜告诉橄榄树似的。

打从我懂事起，父亲逢年过节就会给橄榄树除杂草、施肥，橄榄树在父亲的精心照顾下，茁壮地成长起来。橄榄树似乎通人性，懂得报恩。每年中秋前后，一颗颗乌黑亮丽的榄子便挂满了枝头，经过那里的路人都投来了羡慕的目光。父亲每次看到这一情景，眼睛会笑得眯成一条线。我家的橄榄从不喷药，到了采摘的时候，也是父亲亲自上树，用长长的竹篙把榄子打下来，我和姐姐、母亲则戴着草帽在树下捡，一颗颗榄子挤满了箩头，满满三只大箩头，里面全是中间肥黑两头尖尖的家伙。

小时候，我喜欢跟着父亲到大八圩去卖榄子，父亲的大罗马单车上用胶绳扎着一大箩榄子，而我则坐在三脚架的横梁上。当时我很奇怪父亲为什么不带秤呢？后来父亲告诉我这是不成文的"行规"，卖榄子直接数数就行了。档口刚摆开，就有顾客来帮衬，父亲清了清喉咙，唱起了卖榄的调子："一个系个啰一，一个系个啰二也，一个又系个系个三哎……"父亲一手手，10个10个地数着，把800颗榄子放入蛇皮包中，数完后，他还从箩中抓了一大把榄子送给顾客。回家的路上，我问父亲为什么要多给顾客一大把榄子，父亲说那是"添头"，意思是"有出头"，图个大吉大利。

在生活最困难的时候，是卖榄子的钱支撑着我去读书。我的一日三餐，也离不开榄角的身影。没菜的时候，榄角豆豉那可是美食；逢年过节或亲友来访的时候，榄角蒸瘦肉、榄角蒸塘鱼那是上等佳肴，吃完后我会不自觉地舔舔舌头。

　　以前，农村的柴火是很紧缺的，人们甚至连一棵针仔簕也不放过，而我家的这棵橄榄树的枯枝和枯叶则为我们提供了很多柴火。

　　每次介榄角的时候，就是上演"红与黑"的过程。父亲与母亲把乌榄煮熟，用小刀或白线把榄子从中间介开，取出泥土色的橄榄核，榄子变成了两个外黑内红的榄角，再加点盐腌制一下就变成了美味，而取出的榄核晒干后会有杂货佬上门收购用来做伍仁月饼。童年时代，碌榄核成了我的最爱。介榄角的榄核我可舍不得碌，那是要卖钱的。我碌的榄核主要是从树上自然掉下来的，用石头一锤一锤轻轻地把榄核敲裂，把榄仁取出来，放到口中，那个香呀，真舍不得一口吞下去，要慢慢地咀嚼，细细地品味。有时用力过度，被我碌烂的榄仁，通常舍不得丢弃，找根牙签把它挑出来吃，那也是唇齿留香的享受。

　　童年的夏夜，我家的这棵橄榄树下是最热闹的，小孩在树底玩游戏，成年人在树头谈天说地，《陈梦吉》《薛仁贵》《西游记》《聊斋》等故事，我就是在那里听大人们说的。

　　这棵橄榄树陪伴了父亲 70 多个春秋，看着我从幼年到少年，再由少年到青年，它算是我的长辈了，见证了我们家从贫困奔向小康，见证了村子的变迁。如今，天然气管道要从橄榄树的位置经过，橄榄树的生命要走到尽头了，父亲能不伤心吗。村里的小庙旁有棵榕树，村里人把它当作神树，而在父亲的心中，这棵橄榄树才是心中的圣树。

　　那一晚，我陪着父亲在橄榄树下过夜，夜风沙沙吹过橄榄树的叶子，一片片树叶上凝结着豆大的露珠，就像橄榄树离别的眼泪。

　　父亲终究没有留得住这棵橄榄树，它被截成了很多段。父亲用它的木材请人做了一张床，他要时时睡在它身上，好像它从来不曾离开过。

2020 年 9 月

父亲的香煎河鱼仔

下班的时候，我远远就闻到了香煎河鱼仔的味道，这种味道伴随了我30多年。这是一种令我不管多饱都会感到饥饿的味道，这是故乡的味道，这是岁月的味道，这也是父亲的味道。

作为"80后"的我，姐妹又多，童年时能吃上一顿肉是很幸福的事情，不管是牛肉、羊肉、猪肉还是鱼肉。前面三种肉是一年难得几回食的，至于鱼肉，靠我们自己去小河、小溪中还是能捉到的。父亲怕我们几姐弟的营养不足，也经常会带领我们到小溪或小河中去捉鱼，父亲还在小溪边挖了一个深深的鱼凼，其实村里人每家每户都在小溪边挖有鱼凼。

小时候，我每天都会到自家的鱼凼去转一圈，看看里面鱼的大小和多少。鱼类喜欢冒泡泡，尤其是在炎热夏天的中午。我能根据泡泡的大小和多少来模糊判别鱼凼里面进了多少鱼，有多少条大鱼。如果遇到斑鱼、章公、塘鲺、鲶鱼、黄鳝之类的好鱼，我就会先找来泥巴把鱼凼塞好，让里面的鱼没法逃走，然后跑回家里告知父亲。

父亲听说鱼凼有鱼，自然十分欢喜，他马上到农具房找来一担水桶、一只粪箕、一把戽斗，还有一把锄头，领着我匆匆赶往自家的鱼凼。戽鱼是项体力活，这一重担自然落到了父亲的身上，那时候的我只能跟在父亲的身边打"下手"。父亲年轻的时候当过兵，身体健壮，以他的体力，要把鱼凼里的水戽干，也要一个小时左右。

　　与父亲一起捉鱼，是我们最快乐的事情。看到一条条的"走水姆""镰刀屎""桂娇媚""频频屁"、鲫鱼、虾仔、蟹仔等被抓进水桶里，哪怕是身上、脸上、头发上涂满了泥巴，我们也是十分高兴。在捉鱼的过程中不可避免地会遇到蚂蟥，我们的腿上、脚趾丫粘条滑滑的、绿绿的蚂蟥不足为奇，父亲教我对付蚂蟥的方法就是把它们直接扯下来放在石头上锤到烂为止，这也算是我们被吸血后所出的一口怒气吧。

　　我家的鱼凼里有 4 个大约一米多深的洞，每次戽干鱼凼里面的水，我们是先捉外面的鱼，最后才用竹竿或木棍伸进洞里轻轻地搅动几下，看看里面是不是有塘鲺或鲶鱼，如果里面真有塘鲺、鲶鱼或黄鳝，我们也能感觉得到，塘鲺、鲶鱼或黄鳝受惊后，也会慢慢地游出来。初次看到黄澄澄的塘鲺，我满心欢喜，上前一把抓向它，没想到它像泥鳅一样全身黏滑，逃跑的时候还用头部两侧锋利的鳍把我划伤，父亲连忙找来"臭草"叶子放在口中嚼碎，然后敷在我的伤口上。当然，鱼凼的洞里除了塘鲺、鲶鱼或黄鳝，偶尔也会藏有水蛇，但我们手中拿的可是竹竿或木棍，这些都是打蛇的利器。在那饥饿的童年时代，如果遇到水蛇，那也是遇到了美食，父亲会给我们做一道鲜美的水蛇汤，那真是难得的美味。

　　每次到鱼凼捉鱼，都够我们一家人吃上一顿丰盛的晚餐。但鱼凼里面的鱼又不能每天都去捉，因此，我们只能到其他的小溪或河涌里面去捉了。有时到野外放牛的时候，我们也会截断一段水流平缓的小溪进行戽水捉鱼。

　　每次我们捉回来的河鱼仔，都是交给父亲来加工的。父亲煮河鱼仔的方法有很多，有清煲、煎、焖、半煎焖等方法，再放点老姜和葱段除腥味。而我最喜欢的是父亲所煮的香煎河鱼仔的味道，即使我在村外玩耍，也能远远地闻到这一股特别的香味，在我饥饿的童年生活中，这是一道不可多得的美食。哪怕是在梦里，梦见父亲煮的香煎河鱼仔，我都会不自觉地咽口水。

　　近年来，随着农田兴修水利，很多小溪和小水渠都进行了水泥硬底化施工，河鱼仔的生存环境改变了，河鱼仔逐渐变得稀缺起来。镇上的圩地偶尔也能见到有卖河鱼仔的人，但这样的人很少，河鱼仔也不多，往往卖的人刚把摊摆好，他们带来的河鱼仔很快就被围拢过来的顾客一"抢"而光。

香煎河鱼仔，对于我，那是烙印在舌尖上的乡愁，永远不会老。

香煎河鱼仔，对于父亲，那也不只是一碟美味的山珍，还有时光的剪影、岁月的印记。

2020 年 6 月

父亲的浪漫

在我的"词典"里，一直没有关于父亲浪漫的记录。父亲和母亲有时甚至会拌嘴，不过最后默不作声的都是父亲。自我懂事起，我知道母亲从未收到过父亲送的一束花，也未见过父亲送母亲生日礼物，更不用说父亲请母亲去看电影了。有时我真怀疑这么不懂浪漫的父亲当年是怎么追到母亲的。我有时还暗暗地沾沾自喜，幸好我遗传了父亲的身高，却并没有遗传父亲的不浪漫。

或许是生活方式的不同吧，农村人对于爱的表达往往羞于出口，并不像外国人，见面就来个拥抱或者热吻，"I love you"脱口而出。我以前总以为父亲不懂浪漫，直到前一年我看到父母开着摩托车去兜风的情景，我才觉得以前误会了父亲。

那天晚饭后，父亲用电动摩托车载着母亲四处闲逛，有时顺便看下禾苗和花生苗的长势。父亲春风得意地开着摩托车，母亲揽着父亲粗大的腰，摩托车缓慢地行驶在乡间的小路上，倒退的树林羡慕地看着他们的背影，路边的野花把他们的笑声串联起来，灿烂地开成一排排路灯，照亮了他们回家的路。他们甜蜜得像一对小情侣，夕阳把他们的背影拉长。父亲虽然不懂诗，但这画面却充满着诗情画意，令人陶醉并心生向往。看着这画面，我不禁想到了《诗经》里所写的"执子之手，与子偕老"和卓文君《白头吟》中的佳句"愿得一人心，白首不相离"，耳边还响起了赵照所唱的

"当你老了，头发白了……"我想，如果我和妻子到了父母这样的年纪，还能这样恩爱地兜风散步，一起牵手看夕阳，那该多好啊！

　　当然，父亲的浪漫还不止这一回。上个月，父亲叫我帮他到网上订两张到广州的高铁票。父亲一向很少出远门的，我和妻子都觉得很奇怪。在我们的旁敲侧击下，父亲终于向我们说明了买车票的用途。原来母亲听说邻村的花姨前段时间坐高铁去广州旅游了，回来后在邻近的村庄到处炫耀。母亲听到后，心里痒痒的，她从来未坐过高铁，也想坐高铁过把瘾。父亲为了满足母亲的心愿，所以他就来找我了。他知道网上可以订票，但他们对于网络一窍不通，更不用说订票了。我知道父亲大半辈子都在土地上耕耘，除了种田外，他并不懂得什么是"诗和远方"，也不知道有人辞职是为了"世界那么大，我想去看看"，父亲订高铁票，纯粹是为了满足母亲的好奇心。

　　在我印象中，母亲是很少下厨煮饭的，这并不是母亲懒，而是父亲见母亲带孩子太辛苦了，他想让母亲多休息一下，于是就把家里的重活、粗活都干了，母亲就可以安心地带孩子。母亲劳累的时候，父亲经常帮她推背，捉捉"老奇"（背部凸起的两根骨）；母亲生病时，父亲会用汤匙蘸点花生油或盐水帮她刮痧。小时候，父亲在担秧苗插秧的时候，经常累得满头大汗，这个时候，母亲就会拿出毛巾帮父亲擦拭，这温馨的画面深深地印在我的脑海深处。我觉得这画面比阳江山歌所唱的"共妹插秧隔张田，魂魄过都妹那边；怎得变成金纽扣，时时扣在妹胸前"更浪漫些。童年的我不懂爱，现在回想起来，还真觉得那擦汗的场面也是充满着浓浓的爱意。

　　其实，并不是父亲不懂得浪漫，而是父亲把浪漫融入了生活中，细心照顾好母亲，照顾好我们这个家。这种浪漫是有别于寻常"风花雪月"的，这种浪漫是含蓄的，与我们传统的文化暗相吻合，却往往能细水长流。在离婚率居高不下的当今社会，我觉得这种浪漫比"山无陵，天地合，乃敢与君绝"的誓言更可靠些。不管山盟海誓多美，那只是停留在口头上的东西，毕竟行动是最重要的。父亲早就这样做了，只是他没有说出来罢了。而父亲的这种浪漫，却是母亲最喜欢和珍惜的。

2019 年 6 月

"猪爸爸"的苦与乐

傍晚，我和女儿到鸳鸯湖散步的时候遇到了一位久未谋面的朋友，他笑着对我说："我上次还饮你女儿的满月酒，没想到她玩玩下就长这么大了！"我听了这句话，心里觉得又好气又好笑，觉得朋友真是站着说话不腰疼。我没有想到在朋友眼里，带孩子只是"玩玩下"的事情。其实这也不能怪他，我的这位朋友一直在广州打工，尚未结婚，接触婴幼儿的时间少，才会这样说，等他"识尽愁滋味"的时候，就不会这样说了。

曹雪芹写《红楼梦》是"满纸荒唐言，一把辛酸泪"，我们生儿育女何曾不是"一把辛酸泪"呢？女儿刚出生时，我享受到了初为人父的喜悦。但紧接着，我在医院里照顾妻子和女儿，那七天七夜简直分不清白天还是黑夜，现在回想起来只能用两个字形容：困、累。初为人父的喜悦很快就被忙碌冲淡了，我觉得肩膀上的责任加重了。当女儿嗷嗷待哺的时候，我却在为自己没有提前准备好温水而自责；医生说女儿的黄疸值有点偏高，我急得不知所措，后来多亏大姐教我冲葡萄糖水喂她，黄疸才慢慢消退。我帮女儿清理完两次胎屎后，刚抱起她，没有想到"勃"的一声，第三次胎屎直接落到我的身上，我怕惊吓到她，不敢躲避，等她拉完了，我才慢慢地帮她清洗。

记得女儿得"肠套叠"病的时候，我被医生说得慌了神，我就像在寒冷的冬日里，被人在头顶淋了一大盘的冷水，寒透了心。在复位手术台前，我是紧咬牙关按住女儿的双脚的，那时的我眼眶里噙着热泪，当时我情愿躺在手术台上的人是自己，而不是我的女儿，她实在太小了，还不会说话，却要受这样的痛苦。

记得女儿被确诊患了"手足口病"时，我的心再一次被狠狠地戳了一下。医生说要打吊针，不打吊针会怎样怎样！可是女儿最害怕打吊针，我只好再当一回"恶人"了，我紧紧地抓住女儿的手，尽力配合医生，对于女儿的哭闹，我只能假装没有听见，其实，我当时的内心比她被针扎更痛。女儿住院的那段时间，我是请假陪着她的，我一边看着"点滴"上的针水，一边哄着女儿，那段时间，我觉得时间过得很慢很慢，整个人也变得憔悴了很多。女儿出院后，我却病了，很多年没有发过烧的我居然发烧了，而且是发高烧，我也被医生叫去打"点滴"了。回到家中，我怕女儿过来，会传染给她，只好一个人睡在客厅中，直到完全康复时才敢接近她。

女儿的胃口一直不是很好，我们夫妻俩对此可谓是伤透了脑筋。什么山楂片、柠檬膏、开胃水、苹果粥，我们都试着给她吃，只为了提高一下她的食欲。女儿不喜欢喝白开水，我就变着法子让她喝，如：跟她比赛喝水看谁喝得快；放条吸管让她吸；不用奶瓶改用杯喂……女儿吃东西很慢，每顿差不多要一个小时。偶尔外出的时候，她还未吃东西，我只能做"行街主任"了，怕她饿着，只能一边让她玩，一边跟着喂。

我就像一个敬业的家庭摄影师，用手机和大脑记录着女儿的成长过程：女儿第一次挺直脖子时的萌态；女儿第一次爬行时的可爱；女儿第一次叫"爸爸"时的亲切；女儿第一次学走路时的小心翼翼；女儿第一次吃棒棒糖的甜蜜；女儿第一次放风筝时的兴奋……

我们有空的时候，经常带她去商场或到外面散步，让她增长见识的同时，呼吸一下外面的新鲜空气。女儿喜欢抢手机玩，不用我们教，她很多东西都会玩，有时手机的桌面被她移动得"找不到北"，我们怕她会近视，就严格控制她看手机的时间。女儿很喜欢看动画片《小猪佩奇》，她把自己当成了粉红色的小猪佩奇，而我则成了她口中的"猪爸爸"，睡觉的时候，她总喜欢趴在我的大肚子上，也许是肉肉的，觉得很舒服吧。每次外出的时候，她除了要我帮她买棒棒糖外，叫得最多的就是要买"小猪佩奇"的玩具了，我们有时会满足她，有时则哄她说"这些玩具阿姨不卖的"，女儿听说不卖，只好将信将疑地走开了，离开的时候可谓是三步一回头。

女儿也在一天天地学习着，刚开始的时候，我们只会和她讲"昂顾"，散步时看到"别墅"就教她念，或许是太小的缘故吧，她两岁前总把"别墅"念成了"鼻水"，前几个月又念成了"画墅"，直到国庆节期间才学会读出正确的发音。现在女儿会念骆宾王的《咏鹅》和孟浩然的《春晓》了，而且她也会唱《世上只有妈妈好》《小兔子乖乖》《一闪一闪亮晶晶》《英文字母歌》等歌曲。看到女儿能学到东西，我心里很高兴。

女儿很爱画画、写字，她母亲给她买了一块可擦除的小画板，她就在小画板上面画她喜欢的棒棒糖和"猪爸爸"所戴的眼镜，我们从来没有教过她，但她画得挺像的，令我倍感欣慰。每次我在写字的时候，女儿都会跑过来抢笔，她理直气壮地说："爸爸比（给）笔我，妹妹爱（要）画画。"每到这个时候，我只好乖乖地"投降"，把纸和笔奉上。看女儿抓笔的姿势，抓得很好，如果换成我自己来抓，也不过如此。

每次女儿惹我生气，当我说要打她的时候，她就会唱："我有一个好爸爸，好爸爸!"听到她那稚嫩的歌声，看着她满脸的可怜相，我举起的手又放了下来。女儿其实很聪明的，她生病的时候，我们给她喂药，她会伤心地说"妹妹跌紧（摔伤了）"，想以此来逃避苦苦的药物。当她确实不肯吃药的时候，为了她的健康，我们只好捏住她的鼻子强灌了。

女儿很有礼貌，见人就会打招呼，离开的时候，不忘跟人家说一声"拜拜"。女儿很喜欢到鸳鸯湖看音乐喷泉，我们每次经过那里的时候，她都会指着鸳鸯湖说"爸爸，看喷泉"，当没有音乐喷泉的时候，我们就哄她说："喷泉睡觉了，我们等到明天晚上再来看。"女儿也会识趣地挥挥手，依依不舍地和喷泉说声"再见"。

女儿很可爱，她想吃蛋糕的时候就会唱生日歌，每次经过糕点店铺的时候，她总嚷嚷着要买蛋糕，其实她只吃过两三次蛋糕，没有想到就被她记住了。

不养儿不知父母恩，现在我的角色转换了，能体味到自己父母在那物资匮乏的年代，把我们四姐弟拉扯大的艰辛，也能更好地理解孟郊所写的"谁言寸草心，报得三春晖"的内涵。

时光如流水匆匆而逝，转眼间，女儿已经上幼儿园了，作为一名有责任心的"猪爸爸"，我将在猪年里，让我的"小猪佩奇"过得开开心心，充实而幸福。同时，也祝愿天下所有的可爱"小猪佩奇"健康、快乐地成长。

2019 年 3 月

慈母甜歌

　　我的母亲是地地道道的农民，她不会打球，不会下棋，也不会跳舞，但她却喜欢唱歌。母亲所唱的歌曲中，我从未看到过有简谱，母亲不懂"哆啦咪发嗦啦西哆"，更没有什么伴奏，她唱歌的时候，凭的是一种感觉，手中无谱，心中有谱。母亲的歌声或高或低，或急或缓，词自口中出，曲由心里生。母亲所唱的歌，有点像刘三姐的山歌，兴之所至，歌寄心声。

　　我们几姐弟都是听着母亲的歌声长大的。小时候，我坐在母亲的怀抱里，她拍拍我的小手，就会唱起动人的童谣："打掌仔，卖咸虾；咸虾香，卖老姜；老姜辣，卖早甴；早甴骚，卖酒糟；酒糟甜，卖禾镰；禾镰利，一刀割紧你个大士鼻。"晒谷的时候，母亲喜欢给我们唱："麻雀仔，路边踎，阿娘晒谷你来偷，有日终归捉紧你，慢慢捹毛挂上钩。"睡觉的时候，母亲喜欢给我们唱："啊哦瞓，啊哦眠，阿爹阿奶去插田。啊哦瞓，啊哦眠，阿爹阿奶去赚钱。啊哦瞓，啊哦眠，快高快大过新年。"……

　　母亲所唱的歌曲很多，既有《北京的金山上》《南泥湾》《洪湖水，浪打浪》等经典红色歌曲，也有《自由女》《珍珍姐》《阳江八景》等接地气的阳江山歌。不管是红歌，还是山歌，母亲唱起来都十分投入，感情真挚，令人陶醉。母亲所唱的山歌中，我尤其喜欢听《自由女》，虽然时隔多年，我依然还记得前面几句歌词：荡荡金风景入秋，家家乞巧乐绸缪。独我满腔愁与恨，伤情不忍看牵牛。牛郎织女渡银河，双星如切又如磋。天上佳期还有会，人间啲愿久分疏……

　　正是听了这首关于陈白沙和周家女的长篇爱情叙事诗歌，我深深地被母亲自学汉字的毅力所折服。母亲小时候姐妹多，家境又不好，她小学一年级未读完就自己辍学回家务农了，18岁时就嫁给了我父亲。可以说，在婚前的这十几年，母亲基本是"文盲"。大姐出生后，母亲在父亲的帮助下才学着认字。母亲虽然读书少，却坚持自学汉字，农闲的时候，她喜欢找来旧报纸读，遇到不认识的字就会过来问我。刚开始的时候，她是问一个字就记住一个字的发音，有时也会用旧日历纸学习写字，虽然有时笔顺颠倒，但字体也算得上端庄秀丽。令我们没想到的是，母亲靠着死记硬背，居然认识了很多字，基本能看懂报纸的内容，后来她学会了使用《新华字典》和《现代汉语词典》进行学习，所认识的字就更多了。从一个"文盲"到把3000多字的《自由女》一字不漏地唱出来，这得花费多大的功夫啊！母亲这段识字经历，成了我们几姐弟学习的最好榜样。

　　小时候，我们家很穷，父亲有时外出去打工，很多农活的重担都落在了母亲身上。长长的扁担压在母亲的肩膀上，不知磨出了多少个水泡，比母亲还高的锄头沾满了她的汗水和血水，弯弯的牛轭被母亲套在了脾气暴躁的耕牛身上……母亲的骨子里有一种不服输的精神，生活中的各种困难一一拜倒在她的脚下。母亲拥有乐观的心态，在母亲的带领下，我们一家人就算在最困难的时候也能看到希望。尤其是母亲的歌声，就像战场上的冲锋号，激励着我们迎难而上，用全家人的智慧和力量去战胜贫困，迎接幸福生活。

　　母亲的歌声不但好听，还有教育的功能。我读小学一年级的时候，脑袋笨笨的，经常会被老师留堂，很多同学也因此取笑我。后来，我干脆辍学在家，怎么都不愿回学校去读书。母亲一边伤心地抹着眼泪，一边唱起了山歌："月亮里头一粒珠，送弟过河去读书。读都三年有个字，亏都白米喂猫儿。"我听到母亲的歌声，心里酸酸的，觉得自己小小年纪就辍学，对不起母亲的爱。第二天，我一大早就背上书包去读书了，母亲站在路口，看着我远去的背影，嘴角终于露出了微笑。

母亲的山歌不仅能劝学，还能催婚。两年前，堂妹阿清眼看就要"奔三"了，还不见带个哥仔回家，五婶急得像热锅上的蚂蚁团团转。我的母亲在堂妹阿清下班回家的时候，特意唱起了山歌："光窦吱，八十二，还无嫁，到几时？嫁上天，天又高，嫁落地，地又矮。嫁去黄茅秾仔，无怕蛇，无怕蚁，系怕那班天收麻豆仔！"堂妹听了，又好气又好笑，但她也知道"男大当婚，女大当嫁"，明白了长辈的心事，使卅始欣然接受长辈安排的每一次相亲。在我母亲的牵线搭桥下，阿清很快就"脱单"了，五叔和五婶笑得见牙不见眼，专门买了两只肥大的猪腿酬谢我母亲。

母亲不仅歌唱得好听，对人也友善，能帮则帮。曾与我母亲一起在田地里干过活的张婶，多年后遇见我时说："你妈是个开心果，不但歌唱得好，而且为人热情大方，爱讲笑话，我们和她在一起干农活，不管多苦多累，都觉得开心。"

母亲爱唱歌，是发自内心的。20 世纪 90 年代，母亲曾到北山参加山歌擂台赛，取得过小组第一名的好成绩。母亲拥有自己忠实的粉丝，就我所知，本村的娇姐、邻村的李婶、镇上的三婆等人都喜欢跟着母亲一起学唱山歌。母亲有时也会和人驳歌仔，每到这个时候，她就会精神抖擞，有种穆桂英挂帅的英姿；每次驳歌仔，母亲总是赢多输少，回到家里，少不得向我们炫耀一番。

母亲的红歌唱得传神，阳江山歌唱得甜美，粤剧也是信手拈来。前几年，在一次家族聚会上，大家请母亲来了一首《帝女花·香夭》，母亲唱得情真意切，赢得在场一众亲友的热烈掌声。

看着母亲的白发一天比一天多，皱纹一道比一道深，我的心不禁有些忧伤，岁月啊你真是无情，竟把我母亲的青春悄悄地偷走了。幸好她甜美的歌声还在，嘴角经常挂着的笑容也还在。

2020 年 5 月

扁担悠悠

"叮咚，叮咚，叮咚"，"五一"的早晨，天刚蒙蒙亮，我就被一阵门铃声给吵醒。我拖着疲惫的身躯去开门，只见母亲用扁担挑着两蛇皮袋的番薯气喘吁吁地站在门口。见母亲这么早过来，我很是诧异。母亲从我的眼神中读懂了我的心思，她告诉我自己是坐同村人明叔送菜进城的顺风车出来的，所以才这么早。

看到母亲吃力的样子，我连忙上去要接过母亲的担子。可母亲坚决不肯，她说我是读书人，没有什么力气，而她在庄稼地里劳作了一辈子，这点活算不了什么。我拗不过母亲，只好走在她的前面去给她开门，上楼梯的时候，我在后面紧跟着，如果母亲出现乏力时，我就可以马上过去帮忙，可是两大袋番薯还是被母亲稳稳地挑进了厨房，我跟在后面，为母亲捏了好几把汗。

母亲挑来的两大袋番薯，是她在老家菜园旁的荒地上种出来的。这些番薯在母亲的细心照料下，个头饱满，再加上母亲除虫到位，番薯极少被害虫光顾，表皮完好，卖相极佳。母亲所带来的番薯有藤仔薯、金瓜薯、榄角薯，其中，回了糖的藤仔薯最受我们欢迎。

其实，"五一"假期前母亲曾打过好几次电话叫我回老家取番薯，只是我一直忙于工作和生活琐事未能成行。刚想趁"五一"假期回老家去看望一下母亲，没想到母亲自己来了。

放好番薯，我盯着母亲放在门角的那根扁担，陷入深深的回忆当中。

母亲一生不知道用折了多少根扁担，有木的，有竹的，根根浸润着母亲的汗水。

打我记事起，母亲的扁担就不曾离过身。小时候，我家烧过几窑砖，那段时间，是父亲和母亲最辛苦的时候。一担担的柴草压在母亲瘦削的肩膀上，她深一脚浅一脚地走在乡间的小路上，远远看上去像两座小山仔慢慢地向前移动。母亲经常热得大汗淋漓，有时汗珠模糊了视线，她不得不半路停下来用汗巾擦一下再赶路。山路很长，母亲要经常换着胳膊挑柴草。每次见到母亲气喘吁吁的样子，我既心痛又无奈，那时的我只有几岁，想帮母亲也是心有余而力不足，我只能在母亲放下柴草的时候去倒杯凉开水给她喝，用干毛巾给她拭去额头的汗。烧砖窑除了准备柴草，还要挖田泥、担田泥、用模具做砖、把做好的砖叠起来晾晒，遇到下雨天，还得用塑料薄膜盖好，生怕淋坏了泥砖。到了送砖进窑的时候，还得用手把砖块托举起来递给父亲，父亲像建房子一样，把砖块一层层摆好，既要叠得高和稳，还要保持砖块之间的气流通透，让砖块受热均匀，这样才能烧出品相好、硬度足的优质青砖。

烧砖窑是最辛苦的事情，得有人日夜守着，要经常添柴加火，看守的人常常被烟火熏得满面灰尘，这些重活，都是父亲和母亲轮流着干。烧窑的火灰也都是母亲一担担挑出去的，这些可是种菜、种果树难得的有机肥。

由于长期挑东西，母亲的肩膀已经结了一层厚厚的老茧，肩上的皮肤少了女人应有的水润光泽和弹性。那时候，我家的几亩田地离公路较远，父亲和母亲只能将稻谷一担担挑到路旁，再装上手推车，母亲像醉汉一样走在松软的田基上，显得特别吃力。我曾好几次见过母亲把扁担挑断的场面，可见母亲当时挑的稻谷是多么的重啊。

母亲的扁担，除了挑柴草、挑稻谷，挑得最多的还是井水。在村里，我家是最迟挖水井的。我读高中前，我家一直都是使用村头古井里的水。一天三餐，再加上洗澡，母亲得走十几个来回才能把水缸挑满水。我也挑过水，如果重心把握不好，水在水桶中晃来晃去，人是很容易跌倒的。水如果装得太满，就会溢出桶外浪费掉。母亲挑水的时候，总喜欢摘些荔枝叶洗干净放在水桶上面，这样不管路面多么颠簸，水桶里的水还是稳稳地装在水桶中。小时候挑水的经历，令我想起了铁凝所写的短篇小说《秀色》，在缺水的环境，洗澡也变成了一种奢望。虽然小时候我家里也缺水，但情况比《秀色》好得多了。那时候，怕母亲挑水累坏了身体，我常常自己带上衣服和水桶，到古井边洗澡，连衣服也洗干净了才回家。

母亲用一根根扁担，一头挑起春夏秋冬，一头挑起全家人的衣食住行，甚至我结婚时所用的扁担，都是母亲曾经用过的，扁担里留存着母亲的体温。

母亲挑着重物步履蹒跚地行走在乡村小路上的背影，一直是我心中最美的背影。而那"嘎吱嘎吱"的扁担声，就像母亲一声声的叮咛，要我脚踏实地走好人生的每一步路。

扁担，曾经是农民不可或缺的劳动工具，它曾是乡村一道亮丽的风景。而今，随着科技的发展，人们生活水平的提高，扁担已渐渐地淡出人们的视野。哪怕母亲以后真的挑不动扁担了，但母亲挑扁担时所表现出的那种勤俭持家、负重拼搏的精神会一直留在我的心中，激励着我的斗志，陪伴我走出各种艰难困苦，去追求美好的幸福生活。

2021 年 5 月

㧟带卜的母爱

"爸爸，我走累了，要㧟㧟（方言：背一下）。"3岁的女儿拽着我的衣角，在我身后撒着娇。我急忙从背包中取出㧟（背）带，把女儿放在后背，4条带子在胸前打了一个十字结，女儿稳稳地靠在我的背上。放了两个多钟头的"佩奇风筝"，她确实累了，很快便靠在我厚实的背上进入了甜美的梦乡。

看着熟睡的女儿，我想起了幼年时的自己。背带，阳江人叫作㧟带，通常是用来背小孩用的。我记得小时候家里的㧟带很花俏，有点像结婚时被套的颜色。

小时候，母亲就是用㧟带把我稳稳地背在后背上，不管是上山砍柴，还是到田里插秧，去菜园里种菜，我都乖乖地贴着㧟带靠在母亲柔软而温暖的背上，饿了就吃，累了就睡。母亲怕我被太阳晒着，又怕我被风吹到了会着凉，外出时总喜欢给我戴顶帽子，很多时候帽子总是被调皮的我一次次丢到地上去，母亲也总是不辞辛劳地弯下腰捡起来重新给我戴上。母亲就是这样背着我，用一双脚丈量着故乡的山山水水，寒来暑往，风雨无阻。

我一天天地长大，母亲背上承受的重力也越来越大，她坚强的脸上却从来没有皱过一次眉，更没有发出过一句怨言，哪怕她干农活的时候已经十分的劳累。只要我还在她背上，母亲就会开心地背着我，哄着我，唱童谣给我听，每过一段时间还给我开水喝。不懂事的我有时会把母亲当作"人马"，父亲不在家的时候，总是要母亲让我"骑马嘟"。母亲蹲下来，我骑在她的双肩上，一双小脚挂在母亲的胸前，母亲紧紧地抓住我的一双小手，怕我摔倒。我大声地叫着"驾驾驾……"不停地催促着母亲走快点。我有时还会在母亲的背上闹着"要这个要那个"，生气时甚至会对母亲打上两拳或踢上两脚。母亲先是跟我讲道理，如果我不听话，再胡闹个不停的时候，她就会拿起小竹枝让我的小脚饱饱地吃上一顿"黄鳝羹（方言：痛打一顿）"，我经常看到母亲一边打我，一边偷偷地抹眼泪。

有一次，我发高烧，母亲用尽了各种退烧的土办法，可我的额头还是很烫。她心急如焚，家里唯一的自行车又在前一天被铁钉扎破了轮胎。情急之下，母亲只好用褪带背着我一路跑到镇上去看医生。由于雨后的山路湿滑，途中，母亲摔了好几跤，每次摔跤的时候，母亲都紧紧地护着我，生怕我被什么碰伤，而她自己手脚上好几处都被蹭破了，鲜血直流，她在路边摘了几片草药叶子，放在口中嚼碎敷到伤口处，然后继续上路。赶到镇上的时候，看病的医生说，幸好母亲来得及时，如果再晚点过来，我的脑子可能会被烧坏。那一夜，母亲没有睡，一直守在我的身边，用温水帮我擦身，每隔一段时间就摸一下我的额头，直到我的体温下降到36.5℃，她紧绷着的脸才露出了笑容。我醒来的时候，发现母亲还坐在病床边，嘴巴正打着大大的哈欠。

不养儿，不知父母恩。前段时间，我女儿发高烧，我也背着她去看医生。那时的我，最能感受到小时候母亲背着发高烧的我去医院的心情。

前段时间，母亲在上山砍柴的时候被几只红蚂蚁咬了几口，她当时只是找了点草药敷上，痒是止住了，可不久双脚又肿又痛。母亲硬扛着，一直瞒着我。实在没办法了，父亲才打电话告诉我这件事情。我连忙向单位请了假赶回老家，母亲的双脚已经肿得不能下床走路了，嘴里却一直不停地对我说"没事的"。我坚持要带她去医院，母亲拗不过我，只好答应让我背着出门。母亲有点重，我边走边不停地喘着大气，母亲见我额角渗出了汗珠，连忙拿出纸巾帮我擦拭。走出了那一段正在修建的乡间泥路，我把母亲抱上小车，帮她系好了安全带，就匆忙往市人民医院赶去。

半路上，母亲说肚子饿了，我们就在路边快餐店点了两碗"寸金（猪大肠）粉"。母亲趁我不留意的时候，把大部分"寸金"夹到我的碗里，怕我不吃，还撒谎说自己不喜欢吃。其实我知道母亲是爱吃的。记得以前大姐回来探望母亲时，就买过"寸金"、烧鹅等熟食，母亲当时就夸过"寸金"好吃。30多年过去了，我已经成家立室，有了自己的孩子，母亲的背也一年比一年弯了，但我在母亲的眼里，始终还是小孩子，她对我的爱一点也没有变！哪怕是好吃的东西，她也还是习惯给儿子留着。我想起了"妈妈爱吃鱼骨头"的故事，鼻子酸酸的，几点泪花情不自禁地在眼眶中打着转。

病床边，看着痛苦呻吟的母亲，我心如刀割。母亲啊！我虽然能背起你的身躯，但是我没法背起你的痛苦，更没法背起你对我的那份沉甸甸的爱，为人子，我觉得万分羞愧！又一年的母亲节到来了，我唯有祝您长命百岁，开开心心、健健康康地生活。

2019 年 5 月

冬至的圆子

在我的故乡，有冬至吃圆子的习俗。村里人很重视冬至这个传统的节日，在很多村民心目中，冬至真的是大过年。为了冬至这一天，村民们往往提前三四个月就开始准备，因为糯谷、鹅和萝卜的生长都是需要一定时间的。村民的糯米是自家田里种的大糯，而且经过太阳的三晒和风柜的三筛再送去脱皮的，可谓粒粒饱满，粒粒白净。鹅是自家养的，自小吃谷和菜叶长大，肉质鲜美，不肥不腻，有韧性。萝卜和葱更是自家种的，没有农药化肥的困扰。只有鲮鱼、瑶柱、虾米等配料是到市场买的。每到冬至时分，一大清早就能听到各家厨房砧板剁鲮鱼肉的响声，声音此起彼伏，洋溢着节日的欢乐。每次听到母亲剁砧板的声音，我都会感觉很亲切，很有节奏感，像一位资深的歌唱家正在指挥乐队进行精彩的表演。

每年冬至到来之际，我总会回忆起小时候一家人围坐在八仙桌上吃圆子的场景，更会想起我读高一时母亲冒着寒风冷雨，踩单车为我送圆子的情景。很多往事如烟般流失在岁月的长河中，而这件事却深深地烙印在我的记忆当中。

我高中三年的大部分时间是在学校的宿舍中度过的，学校离我家有30多公里。我平时上学，搭乘客车也要大半个小时，就更不用说骑单车了。

至今我还记得读高一那年冬至的早晨，天很冷，呼呼的北风不时地拍打着窗户，外面淅淅沥沥的小雨一直下个不停，到处都有一种湿漉漉的感觉，我坐在教室里都感觉手脚冰凉，耳朵好像快要掉下来似的。但在这样的一个早晨，母亲居然来了，而且是骑着自行车来的。30多公里的路程啊！一路上还有风雨相欺，真的是不容易啊！当时，同学跑来告诉我，我还不相信，以为别人是在和我开玩笑，后来老师也来说，我才相信母亲是真的来了。

远远地，我看到站在凛冽北风中穿着一件雨衣的瘦削身影，纷纷扬扬的细雨落在她的身上。母亲的身影越来越清晰了，她的形象在我眼中也高大起来。她不再是平时矮小柔弱的样子，而是站成了一堵墙，一堵愿为我遮风挡雨的墙，一堵令我觉得很有安全感的墙。

我加快脚步走向母亲，母亲看到我，也推着自行车向我走了过来。此时，我能清晰地看到母亲的脸，在寒风冷雨中显得有点苍白，但她脸上的慈祥不改，依然是那么的和蔼可亲。母亲的头发上、眉毛上、脚上有很多雨水，我的双眼红润红润的，有几颗泪珠在眼眶中打转，我亲切地叫了一声："妈，你来了。""嗯，妈给你带圆子来了。"说完，母亲从雨衣下掏出一个新的保温瓶和用环保袋包着的汤勺，然后递给我。"快吃，趁热！"我不想母亲继续淋雨，就以我要考试为借口急急把母亲赶走了。其实，我真舍不得母亲这么快回去，我只是担心她虚弱的身体不能淋雨太久，毕竟那段时间她身体不太好。

回到宿舍，我掏出母亲交给我的保温瓶和汤勺，拆开层层包裹，拧开盖子，圆子还是热气腾腾的，带着母亲的爱、母亲的情，还有母亲的体温。我贪婪地吃着母亲带来的圆子，我觉得这是人间的美味，更是深深的母子情。我仿佛看到母亲在慈祥地望着我，对我说："慢点，慢点，圆子还很热，小心烫坏了嘴唇。"

后来我听父亲说，为了能让在异乡求学的我吃上冬至的圆子，母亲凌晨3点多钟就把父亲叫醒了，父亲负责宰鹅，母亲则负责烧开水、搓粉、剪圆子粒、切瘦肉、切萝卜块、剁鲮鱼肉，准备好鱿鱼丝、瑶柱、虾米等配料，等到鹅汤沸腾后，配料就会先放进鹅汤中一起煮，等熬好汤底后才放圆子，母亲怕圆子黏在一起，还会撒些糯米粉末在上面，然后倒进汤锅中。煮圆子的时候，母亲会不停地用长长的勺子搅拌，否则圆子会黏住锅底，发出焦味。等圆子粒变大漂浮起来，一锅圆子才算煮好，最后撒上葱和芫荽，就可以出锅了。母亲连一碗圆子也舍不得吃，她记挂着自己的小儿子，唯恐圆子凉了，便到市场买个新的保温瓶。她觉得还不保险，便把保温瓶里三层外三层包个严严实实才放心。母亲就这样提着保温瓶，穿着雨衣，骑上自行车就匆匆忙忙上路了。在那个寒风吹面透心凉的冬至早晨，母亲迎着北风风尘仆仆地来了。母亲把对自己小儿子无私的爱，全部都搓进了那一粒粒饱满的圆子里，圆子仿佛变成了闪亮的珍珠，闪烁着母爱的光辉。在那一刻，我想到了孟郊的诗句"谁言寸草心，报得三春晖"，我觉得自己是最幸福的人，我成了母亲疼爱的心肝宝贝，我成了母亲最在乎的人之一，在我的身上，寄托着母亲对未来的希望……

望着母亲依依不舍的背影在淅淅沥沥的冷雨中渐渐远去，两行热泪模糊了我的双眼。生我者母亲，爱我者母亲，母爱的温暖把我的人生照亮，让我能健康快乐地成长。我暗自发誓，要好好学习，长大后要做一个对社会有用的人，为家乡争光，为父母争光。

时光匆匆而过，母亲终究没有战胜"岁月这把杀猪刀"，她的头发不知道什么时候逐渐变白了，清澈的眼神也有了些许的呆滞。母亲每天戴着老花镜，微驼着背，呆呆地望向窗外，看着过往的人群，我知道她是在等自己的小儿子回来看她。

又到冬至了，我特意买了食材，亲自下厨做了母亲爱吃的圆子，像当年的她那样，用保温瓶装好带过去。看到我拿来的圆子，母亲顿时眉开眼笑，好像一下子年轻了很多。

一粒粒口感润滑绵韧的冬至圆子，带着"一家团圆、美满幸福"的美好祝愿化作淳朴的家风在我家传承着，每年的冬至将变得越来越好。

2020 年 12 月

母亲叫我回家吃饭

"强仔，今晚你带老婆和女儿一起回老家吃饭啦！"电话那头是母亲慈祥而甜蜜的声音，我愣了一下，问道："妈，今天是什么好日子吗？"母亲沉默了一下，接着说："仔啊，今天是我的生日！""好，今晚我们下班后就一起回去！"这段时间工作实在是太忙了，我竟然忘记了母亲的生日，心里满是歉意。

我是听着母亲叫我回家吃饭的声音长大的，在我的心目中，母亲的声音比歌星的声音还好听。每次听到母亲甜蜜的喊叫声，我的内心都会感到特别地温暖。同村的阿化是我小时候最好的玩伴之一，他3岁的时候母亲就去世了，每次喊他回家吃饭的是他的爷爷，他爷爷的声音粗犷且尖利，像催命的黑无常，阿化每次听到这个声音皮肤都会冒起鸡皮疙瘩。阿化说他很羡慕我，他说我有一个好母亲，不管我在哪里玩，哪里疯，都会有母亲叫我准时回家吃饭，而他只能在做梦的时候梦见轮廓模糊的母亲。每次听到我们唱《世上只有妈妈好》，阿化总是眼泪汪汪，他觉得自己就像一根野草。与阿化缺少母爱的童年相比，我觉得自己是快乐和幸福的。

小时候，我在农村长大，经常玩得很疯，吃饭的时候总忘记回家。每到这个时候，母亲会到村头、巷尾、山脚或田野里去找我，母亲的声音嘹亮而清脆，只要我远远地听到母亲在喊："强仔，回家吃饭啦！"我都会回应一声："噢！我就回！"故乡的山间、田野里曾经回荡着母亲那甜蜜而亲切的喊声以及我那稚嫩的回应声。

母亲的声音穿透力特别强，它能绕过青砖黛瓦，穿透茂密的甘蔗林，轻松地进入我的耳膜，直抵我的心房，不管我身在热闹的圩市还是在空旷的田野中，只要母亲张开双手拱在上唇上，放开喉咙大声一喊，我总能很快地辨认出来这是母亲的声音。听到母亲喊我回家吃饭的声音，我觉得特别的温暖、亲切，那声音往往会在我的眼前一晃，晃成了一桌热气腾腾的可口饭菜。

关于母亲的声音，我想起了故乡中一则关于母牛认仔的故事。

在我的故乡，有些村民忙完耕种后喜欢把牛赶到大山上放养，到需要用牛来耕田的时候，村民就会到山上去牵牛回来，有时母牛生了一头牛仔，看到萌萌的牛崽，大家都喜欢，都想要，为此有些村民争得面红耳赤甚至大打出手。后来，老村长想到了一个好办法：让村民把母牛和小牛强行分开，母牛看到自己的孩子被人赶走，出于母爱的天性，一边挣扎着想要救小牛，奈何牛鼻子被绳拴住，怎么也挣扎不开，急得哞哞直叫，牛崽听见母牛的叫声，马上奔向自己的母亲。就这样，放养牛群所生牛崽的归属问题得到了完美的解决。

大学毕业后，我在离家10多公里的一个小镇教书。每到周末的时候，母亲总会打电话叫我回家吃饭，有时候，我实在是忙，就没有回去。后来，母亲见我快要"奔三"了，还是一个人回家吃饭，她的心开始急了。有一次，她瞒着我摆了一个相亲宴，我回到家时双眼都睁大了，只见两个肥嘟嘟的女人一前一后笑眯眯地打量着我，令我有种浑身不自在的感觉，像被深山的眼镜王蛇盯住一样。后来，我才知道那个年轻的胖女人是我那天相亲的对象，老一点的胖女人则是她的母亲，这次相亲过后，我与那个年轻的胖女人的关系很快就"无疾而终"。

自从那次相亲以后，我有点怕接到母亲叫我回家吃饭的电话了，我的心里总觉得母亲好像摆好了"鸿门宴"在等我似的，虽然我知道母亲那是为我好，怕我成为"盛夏的果实"。直到我结婚后，这种怕回家的"恐惧症"才无药自愈。

母亲除了叫我回家吃饭外，还会打电话告诉我："家里的荔枝和龙眼熟了，要不要摘点出去吃？""刚挖了花生，新鲜着呢，要不要回家拿点出去煮？""新做的香榄角，要不要回家拿点出去蒸塘鱼？"……母亲的来电，令我想起了很多美好的童年往事和故乡的风物。

有时候，习惯了的事情会觉得那是理所当然，容易被人忽略，就像母亲叫我回家吃饭的事情一样。当我为人父亲，叫女儿回家吃饭的时候，我能更深刻地体会到母亲当年叫我回家吃饭时的心情。

如今，母亲在一次又一次的喊吃声中日渐衰老，在岁月的"杀猪刀"面前，我觉得自己是那样的苍白无力，看着母亲的斑点一天比一天深，后背一年比一年弯，作为人子的我感到深深的惭愧。我现在唯一能做的事情就是有空多回去陪陪母亲，给母亲煮顿饭，让母亲感受一下被儿子"叫回家吃饭的滋味"。

母亲的这份叫吃的牵挂，就像母亲烙印在我身上的胎记一样，里面蕴藏着深深的母爱之情，是我人生当中一笔弥足珍贵的精神财富。

2020 年 11 月

幸福就是一件毛背心

今天上班的时候，我路过龙山公园门口时被一件毛背心深深地吸引住了。那是一件我多年未曾见过的近10年未曾穿过的手工编织的毛背心。寒冷的冬天里，北风刮得脸蛋儿生疼，身上穿着三件衣服也觉得不保暖，但我看到这件毛背心，心底顿时涌起一丝丝的暖意，手也感觉暖和了些。我不知道这个穿着"温暖牌"毛背心的人从什么地方来，要到什么地方去，但他就像冬日里一股汩汩的暖流，正在向我传递着热的能量。

从这件"温暖牌"的毛背心，我想到了贫困的童年生活。小时候，家里人口多，父母只靠种两亩田地为生，生活过得很拮据，哪怕到了过年的时候，也没有什么闲钱买套新衣服。我穿的衣服都是父亲的旧衣服或亲戚给的旧衣服，不合身这是肯定的，还要缝缝补补地穿上个三五年，哪怕是破烂了也不舍得浪费掉，用剪刀裁几下就变成抹布或拖地的材料了。

那时候，一到冷天，我的手和脚就会觉得特别冰，手指也会生冻疮。后来，母亲到商店买回几团大毛线和两根长铁针。她用布卷尺帮我量好胸围和肩的宽度，就开始一针一线地织起毛背心来，她先从脖子的围圈织起，一路往下行针，每一针母亲都十分用心，力求精准。织好围脖的大圈后，母亲会套在我的脖子上试试，觉得紧了，她就会把围脖的毛线拆开重新缝织，调到合适的位置才肯收口。母亲白天要干很多的农活，到了晚上才有时间织毛背心。不知多少个不眠的夜晚，母亲拖着疲惫的身躯在微弱的灯光下穿针引线，挑、钩、平针、加针、减针，手指也被针尖戳破了好几次。那些日子，我每次早晨起来的时候，都能看到母亲的眼珠里布满了殷红的血丝，她大大地打个哈欠，又继续一针一线地织起来。

记得读高中的时候，我在学校住宿。每到冬天的晚上，寒风总会从床板底下钻进来，令我的背脊生寒。我把泛黄得像一块硕大干瘪的猪油渣一样的被絮（棉被芯）卷成了"猪肠碌"，可还是觉得冷冷的。后来，我干脆把校服、衣服铺在被铺上面，但还是觉得冷，难以入睡。没有办法，我只好多穿几件衣服睡觉了。我先穿一件衣服打底，再把母亲给我织的"温暖牌"毛背心穿上，一下子便感觉暖了很多，慢慢地总算睡着了。那个时候，我特别喜欢母亲织的毛背心，因为我感觉幸福就是一件毛背心，它承载着满满的母爱。

大学期间，我在千里之外的潮州求学。俗话说："儿行千里母担忧。"我去上学的前两周，母亲又在灯光下为我赶织起了毛背心，一针一线里织满了慈爱。我于心不忍，劝母亲不用织了，花钱买算了，可母亲坚持为我织毛背心，她说自己织的用料真，不起毛，身不痒，穿上去也更暖和些。我拗不过她，只好默默地把这一份母爱收藏到心底里。我出发前两个小时，母亲还在赶针收口，看着母亲满是皱纹的脸上露出的笑容，我的心溢满了感激之情，脑海中突然想到了孟郊的《游子吟》：慈母手中线，游子身上衣。临行密密缝，意恐迟迟归。谁言寸草心，报得三春晖。"谁言寸草心，报得三春晖。"我口中细细地念叨着，双眼不自觉地湿润了。临行前，母亲还细细地叮嘱：出门在外，万事要小心，要照顾好自己。

毕业后，我到一间乡镇学校从教，再也没有穿过母亲织的"温暖牌"毛背心了。就像喜欢城里漂亮、有内涵的姑娘一样，我爱上城市牌子店的漂亮衣服，穿上去觉得神清气爽，这时候的我觉得风度比温度更有吸引力。母亲熬夜一针一线为我赶织的毛背心，早就被我压到了箱底下，尘封在房间的某个角落里。这时的我全然没有体味母亲织毛背心时的那份慈爱，只是觉得母亲织的毛背心太土了，跟不上时代发展。同时，我还存在一点虚荣和自卑的心理。我想自己刚刚洗脚上田，那番薯味还未除尽，刚有了一点白领阶层的模样，这件土里土气的毛背心一穿，就等于告诉大家自己是"农村仔"，怕被别人瞧不起，尤其是心仪的女孩子。

结婚后，毛背心被妻子当作旧衣物给捐献了，我就再也没有看到毛背心了。

今天上班时看到那件毛背心，心里十分怀念。中午，我回到家中，听妻子说，母亲从老家叫人带了些东西给我。我连忙打开一看，一袋子的土鸡蛋显然是给女儿吃的，还有一个袋子包裹得严严实实的，我用剪刀剪开来看，里面竟然是一件毛背心。不久，母亲打电话问我，她捎来的东西我收到了没有，我顺便问起了毛背心的事情，她才告诉我这是她5年前织的一件毛背心。我把毛背心穿上去，在镜前转了一个圈，觉得挺合身的。可我马上又把它脱下来了，将它折叠好，用个透明的胶袋封好收藏了起来。我想，母亲老了，恐怕不能再亲自为我织毛背心了，我得把这件毛背心好好地放着，将来留个纪念。

看着收藏起来的毛背心，我想起勤劳的母亲，想到那份浓浓的慈爱之情，我的心暖暖的，幸福之情洋溢于红润的脸上。

2019 年 1 月

坐火车

母亲很少出远门，一来是她上年纪了，二来是她怕坐长途车，每次坐长途车她都会晕车，一晕就吐，吐得眼泪直流。所以母亲怕出远门，也难得出一趟远门。

前些天，母亲却打算出远门了，因为远嫁汕头的三姐二胎生了个女儿，过几天就是外孙女满月的日子了，母亲想过去喝弥月酒，顺便探望一下三姐一家人。

母亲一个人出远门，我们都不放心，加上母亲又晕车，这次出远门倒是个难题啊！坐长途大巴车，这一定是行不通的。坐船嘛，阳江又无客轮到潮汕地区。坐飞机更是无门，我们阳江合山倒是有个机场，但那只是私人飞机考驾驶证的地方，根本不载客啊。如果打的士的话，先不说高速路费多得吓人，长时间的颠簸，母亲的老骨头可吃不消，再说打的上厕所不方便，要等到服务区才能停车，照母亲平时上厕所的频率，她绝对坚持不到服务区，她又不肯穿成人纸尿裤，人可不能被尿给憋死啊！很快，这几种出行的方式都被家里人给否定了。

当大家都在为母亲出行而操心时，在角落里摆弄玩具的女儿突然叫道："爸爸，我要开火车了！嘟嘟嘟……""对啊，坐火车！"我和妻子异口同声地说。母亲和父亲听到坐火车都是一愣，在我印象中，父亲当年在长沙当兵时是坐过火车的，可母亲却从未坐过火车，她只是在路过阳春岗美的时候远远看到过火车。听说要坐火车，60 多岁的母亲一下子来了兴趣。她知道我读大学那几年都是坐火车往返的，便马上向我打听关于坐火车的事情。

我读大学那几年，虽然说是坐火车，但更确切地说应该是"站"火车。每次开学或放假的时候，都是火车客运的高峰期，而我所在的阳东区这边是没有火车站的，江城区也没有，只有阳春有火车站，而且是小站，我在阳春站坐过 8 次火车，根本买不到坐票，都是站票，唯一值得安慰的是凭学生证可以享受半价。每次上学的时候，要等火车进入梅州境内才陆续有少量空闲的座位，如果运气不佳，可能在火车的通道上一站就是 13 个小时。

我通过携程网很快订好了茂名至汕头的火车票，本想买软座的，可是母亲不让买，说太贵，硬座的就行了。我之所以买茂名站而不买阳春站的票，是因为茂名站是始发站，会有很多位置，而且，阳江到茂名站的路程比阳江到阳春站也远不了多少，母亲一大把年纪了，让她站着可不行啊。

天一大早，母亲就煮好了早餐，我们吃完早餐就匆匆出发。当我们赶到茂名站的时候，火车刚好开始检票。我左手提着 30 多斤的阳江特产，右手拉着旅行箱，背着背包，吃力地登上了火车，母亲紧跟在我的身后，我们在车厢中部靠窗的位置坐下后，我开始忙着摆放行李。

一声鸣笛，拉开了本次行程的序幕。母亲则好奇地打量着火车这一新鲜事物，她时而探身东张西望，时而好奇地摸摸车窗的玻璃镜，两边的景物在窗外快速地飞退着。透过车窗，金黄的稻田在微风中招展，还有那令人可亲的稻草人，它们戴着破草帽正在田基里站着岗。

我给母亲倒了一杯水，母亲喝了一口把杯子放在桌面上，水杯很平稳，母亲不由地啧啧称赞："这火车挺稳的，不像坐小车，空间又小，路遇不平还会颠簸。而且窗外的风景很美，像看电影一样。"这是母亲平生第一次坐火车，处处充满了新奇，她就像一个小孩子一样，开心并贪玩着。火车每停一个站，母亲就会下车买点好吃的东西，如肇庆的裹蒸粽、三水的荷叶鸡、广州的布拉肠、梅州的客家酿豆腐、潮州的卤水鹅脚……座位间的小小桌面被母亲的美食占据了半壁江山，母亲满足地露出了两颗小金牙。

一路上，母亲挺精神的，丝毫没有一点晕车的迹象。我满心欢喜，看来我准备的万金油、晕车药等是"英雄"无用武之地了。

10多个小时后，火车顺利到达汕头站，我背起背包、推着行李和母亲下车了，三姐夫早就在出站口等我们，这时已经是深夜12点多了。

喝完弥月酒，母亲还想坐火车回去，于是我又扛着大包小包的潮汕特产进入汕头站。母亲在将要登火车的时候，回头张望了下站场，喃喃地说："我们阳江要是有这么大的火车站就好了，以后出门不用担心晕车和塞车了。""妈，你难道不知道吗？江湛铁路刚开通，等我们放假时就带你和爸到城南坐动车。"我笑着说。"好哇！等你放假，我们一家人一起坐火车去省城旅游！"母亲高兴得像个小女孩。

2018 年 7 月

清明不忍看牵牛

　　周末，我经过一间破落的小院，被眼前一片紫色的海洋所吸引，一朵朵紫色的牵牛花在暖暖的春风中艳艳地绽放，就像满天的星星，眨着明亮的大眼睛。

　　看着美丽的牵牛花，口里念着"牵牛"二字，爷爷牵着大水牛的形象自然地浮现在我的眼前。

　　自我懂事起，爷爷就一直与牛相伴，少的时候看一头牛，多的时候看五六头牛。每次看到爷爷戴着草帽，手中牵着几条长长的牛索，驼着背走路的样子，我的内心都是酸酸的。爷爷生了7个子女，我的父亲是老大，分家的时候，他跟我三叔一家人住在一起。本应该享福的年纪，他却为了不给三叔一家增加负担，主动担起放牛的重任。

　　爷爷虽然是农民出身，但他也读过几年书，还曾担任过大队的会计，做过我们村的村长，在村里，也算是个有文化的体面人，就连他自己也没有想到，到了老年时竟然成了"牛司令"。

　　小时候，我曾和爷爷一起去放牛。找到青草嫩绿的地方，爷爷总是让我家的牛吃，他把自己养的牛牵到一旁青草少的地方吃。在放牛的空闲时间，爷爷还用树枝一笔一画地教我写字，当我学会写"一、二、三"时脸上表现出沾沾自喜的表情，他就给我讲《田舍翁之子学书》的故事，告诫我学习要一步一个脚印，不能浅尝辄止，一知半解只会贻笑大方。听了爷爷讲的故事，我也怕会闹出类似"写万字"的笑话，学习的时候自然变得虚心起来。

爷爷以前是练习过书法的，他写的字有点像柳体，看起来瘦硬刚健，骨力遒劲。正是因为爷爷的字写得好，无论是大队还是村里的标语，通常都是由爷爷执笔，就连父亲几兄弟家的牛栏对联也是爷爷写的，"五谷丰登，六畜兴旺"代表着他对美好生活的向往和祝愿。对于写字，爷爷经常是乐此不疲。爷爷从大队里拿回的废旧报纸，很多都被用来练习写毛笔字。正是在爷爷的熏陶下，我从小就喜欢上写毛笔字，我的字迹从开始时的"鸡扒屎""几头牛拉不回来"的形状渐渐变得工整起来，老师看我作业的时候，眉头也从紧锁到慢慢地舒展开来。或许是我的字迹工整了，老师给我的作文打分好像也比以往有所提高，我的作业本还经常被老师当作书写的典范在班里展示。为此，我赢得了很多羡慕的目光。

爷爷对自己养的牛都很好，很少挥鞭打骂它们，有时还会煮些番薯粥给牛当宵夜，我还曾见过爷爷跟牛说话。牛像一群懂事的孩子，没有去吃别人家的禾苗或番薯藤，从不敢给爷爷惹祸。爷爷喜欢一边犁田一边唱山歌，歌声洪亮，飘荡在水田上空。我想这是爷爷在为水牛唱赞歌，对它的辛勤劳动表示慰问，可谓与牛同乐。

牛虻是令水牛最头痛的天敌，虽然粗壮的牛尾像一条长长的鞭子抽打过去，但狡猾的牛虻总能躲在牛尾触不到的"盲区"，它们刺穿牛皮，贪婪地吸吮着牛血。爷爷每次在牵牛回栏之前，总喜欢牵水牛到池塘中浸水，一来解暑，二来顺便赶走身上的牛虻和苍蝇。水牛回栏前，爷爷还会用稻草烧一个小火堆，上面放些桉树叶，用浓烟和刺激性气味来驱赶蚊子等吸血虫，让水牛能睡上一个安稳觉。

在长期与牛的相处过程中，爷爷总结出一些相牛的经验，他曾把这些经验面授给我的父亲，而我当时正好在场，也记下来了。爷爷认为一头好牛要具备三大条件：一要鼻宽，天平宽，肛门宽；二要脑壳平，背盖平，屁股平；三要身如甑子，腰如杠子，眼如桐子，耳如扇子，角如矛子，膝如芋子，蹄如木碗子，尾如刷子，水牛毛如毯子，黄牛毛如缎子。当然，选择耕牛也是有标准的，如鼻背裆要宽，肚子要大，腰要圆，毛要顺。选择母牛则以毛白乳红为多子，乳疏而黑则无子来评判。父亲几兄弟家里养的牛，都是爷爷按照上面的标准严选回来的。爷爷不单为自家相牛，也为村里人相牛，只要村民有需要，他都乐意前往，从不收本村人的相牛费，就算是外村人来邀请，他也只是象征性地收点跑腿费。

爷爷不仅相牛技术了得，他编织的牛篓（牛嘴笠）也是美观实用，深受村民的喜爱。

直到爷爷去世前，他还养着牛，在去世的前两天，还特意到牛栏转了一圈，摸摸牛背才依依不舍地离开。他没有想到，那竟然是他与牛相见的最后一面。

爷爷对耕牛的感情很深，他把耕牛当作自己的子女养。而在我的心里，爷爷仿佛就是耕牛，他用尽毕生的力气，年轻时为集体耕耘，老了为家庭耕耘。虽然爷爷离开我们已经20多年，但他忠厚朴实、勤劳善良、热情大方、任劳任怨这种"老黄牛"的品质依然影响着我们，让我们感觉好像有用之不尽的"牛劲"。

2021 年 4 月

爷爷长成一棵荔枝树

清明时节雨纷纷，丝丝细雨念亲恩。一树浅黄色的荔枝花在斜风细雨中坚强地绽放着，清香淡雅，用柔和的素色涂染着春天。爷爷喜欢看荔枝树，更喜欢倾听荔枝树花开的声音，只是喜欢倾听荔枝树花开声音的爷爷已经不在了。虽然爷爷20多年前就携着甜甜的荔枝蜜驾鹤仙游去了，但是他的音容笑貌时常浮现在我的脑海中，甚至有好几次出现在我的梦里。

爷爷去世的那一年，我刚好读小学四年级。那天，放学的时候，我和小伙伴在田间放牛，父亲气喘吁吁跑过来对我说："强，快回去，你爷爷可能快不行了！"父亲帮我迅速把牛拴好，我们就急急往爷爷家里赶。我们赶到爷爷的屋里，只见两位年长的老人正在帮爷爷换寿衣，爷爷的精神十分萎靡，像一截干枯的藤条直躺在床上。在两位老人的搀扶下，他才勉强坐了起来。看着客厅一角摆放着一副新的棺材，我的心酸酸的，泪水在眼眶中打着滚，整个屋子里弥漫着淡淡的哀伤。当爷爷看到自己的子孙都到场的时候，他一下子精神了起来。我悄悄地问父亲，爷爷是不是病情有所好转？父亲细声地告诉我这是回光返照。爷爷从枕头底下拿出一叠包好的红包，一个个发给我们，当轮到我的时候，爷爷摸了一下我左手受伤的大拇指，他在生命的最后一刻还在关心着我受伤的手指，这份浓浓的亲情，至今回想起来仍令我十分感动。爷爷发完红包后，含笑地闭上了眼睛。奶奶抓住爷爷带着余温的手不停地摇，放声号哭起来，我和父亲的眼泪早已像决堤的小河奔泻而下。那一刻，我的感觉是天昏地暗，日月无光。

爷爷生前做过农民，当过公社会计，任过村长，是一名久经考验的中共党员。爷爷年轻时，担过山草，烧过砖窑，还参加过双捷拦河坝和大八江河水库的建设，故乡的这一片土地留有他或浅或深的足迹。爷爷做事严谨、细心、认真，深受同事和群众的好评。

父亲是爷爷的长子，早早就分家出去，虽然说是分家，但我们和爷爷的房子只隔一条3米宽的小巷。爷爷和奶奶一起住，他还帮叔叔一家放牛。每次去趁圩回来的时候，爷爷总会悄悄塞给我一个水果，我知道他是怕婶婶知道了会唠叨一阵。对于爷爷的疼爱，我的心中充满了感激之情。未上学的时候，爷爷偶尔会教我写字，看着爷爷在地面上一笔一画地用树枝写字，我学写字的兴趣马上来了。读书后，我缠着爷爷要他手中的派克钢笔，爷爷略微踌躇了一下，把笔送给了我。后来我听父亲说，爷爷当公社会计的时候，由于工作出色受到上级奖励，这支派克钢笔就是奖品。这么多年来，爷爷一直带在身上，可宝贝着呢！堂弟、堂妹问爷爷要过几次，爷爷都没有送，没想到他把这支派克钢笔送给了我，令我开心了好几天。

三年级的时候，家里没有钱交学费，我在家中辍学了两天。爷爷找到我父亲，劈头盖脸一顿骂，父亲灰头土脸地低着头，不敢作声。我至今还记得爷爷说的一句话：贫穷不是辍学的理由，就算拾牛屎卖，也要让子女读书！教训完父亲后，爷爷偷偷塞给父亲一个信封，后来我才知道他是把自己的养老钱给我做学费了。现在回想起来，我能有今天体面的工作，还真得感谢爷爷，感谢他在我最颓废、最无助的时候帮助了我。

爷爷喜欢种树，村子周边的许多荒地都被爷爷种上了各种树木。有高大威猛的橄榄树、枝繁叶茂的苦楝树、俊秀挺拔的菠萝树、郁郁葱葱的龙眼树、婆娑婀娜的荔枝树……一到春天花开的时候，淡淡的花香把村子笼罩在其中，我坐在家中也能闻到。夏天，高大的果树为村民提供了纳凉的好去处。大树底下成了孩童玩耍的乐园，我们在树头底下也听了很多有趣的故事，我最喜欢听爷爷摇着草帽给我们讲"武松打虎"，讲到精彩的地方，爷爷还会手舞足蹈，摆出一个打虎的姿势，他那滑稽的表情逗得我们哈哈大笑。秋天，累累果实挂满了枝头，爷爷把大部分的果子卖了，剩下的果子分成两部分，一份留给家里人吃，一份分给邻居们，爷爷每次分完果子的时候，都是带着微笑回来的。冬天，这些果树林中干枯的树枝成了村民灶中的柴火，爷爷看着袅袅的炊烟随风轻舞，一种满足感洋溢于脸上。

转眼间，爷爷去世已经 20 多年了，他静静地躺在深爱的那片土地里，就像一颗荔枝树的种子一样，早就经历了生根、发芽、抽叶、开化。浅黄色的一片，浮于绿叶之上，看上去很美。我觉得，爷爷并没有离开我们，他已经长成了一棵婆娑而健壮的荔枝树，微笑地站立在小山岗上，默默地守护这片土地，守护着他曾经工作过的地方，守护着自己的亲人。

每到清明时节，我的心中总会思念一棵开花的荔枝树，无边的思念像浅黄色的荔枝花开满了我的心头。

2019 年 4 月

奶奶迷上了视频聊天

俗话说："儿行千里母担忧。"听说北京的五叔因肾结石发作住进了北京的协和医院，奶奶心急如焚，整天茶饭不思，连麻将也不去打了，甚至夜里偷偷地收拾行旅，准备只身上京探病。幸好父亲及时阻拦，但被她骂了个狗血淋头，说他没有"兄弟情"。

看着奶奶日益憔悴，父母都很担心，也渐渐地变得消瘦。北京路途遥远，奶奶的身子也吃不消，大家又要上班，上京探病是行不通的，只能每天让奶奶和五叔通通电话。一个月下来，五叔的病情不见有多大好转，电话费反而比平时多出了好几倍。这样，奶奶反而更加忧愁了。

"车到山前必有路，船到桥头自然直。"有一天晚上，我和汕头的同学在 QQ 上聊天，他用视频向我展示了他的新居。那时，我突发奇想：要是教会奶奶也用视频聊天，那该多好啊！我迫不及待地把这一消息告诉奶奶。她听了很高兴，可是她却说："我只会'筑长城（即打麻将）'，斗大的字不识一个，电脑那玩儿更不懂。"在我的苦苦央求下，奶奶答应试一下。我先用电话和五叔预约好，叫他用自己的手提电脑和我视频聊天。当我登录 QQ 的时候，五叔果然在线，我打开视频，让奶奶和五叔聊起天来。当奶奶看到五叔瘦削的面容时，真是肝肠寸断，泪水盈眶而出。"老五啊，你当中医的三叔公说肾结石这病要多喝水，多补钙，吃也要清淡，无好（方言：即不要）吃辛辣和酸醋个也（方言：即东西）……"她关切地叮嘱着。从此以后，奶奶每天都要上线和五叔视频聊天。

两个月过去了，有一天奶奶高兴地跑来告诉我，五叔的病好了，人也精神了很多。听到这一消息，全家人都很高兴。我以为五叔这病一好，她就会跑去摸麻将，怎知她竟然迷上了视频聊天，还叫我想办法让她和二叔、三叔、大姑、二姑、三姑等有条件的亲人也聊上天。想起奶奶辛苦了一辈子，儿女们为了生活劳燕分飞，不知何时才能见上一面。我决定要好好地帮她。为了让奶奶更好地聊天，我花400多元头了个高清摄像头，还耐心地教她如何捕捉和保存视频图片，如何看新闻。

2009 年 6 月

怀念外公

岁岁清明，今又清明。清明的雨哦，总是那么的纷纷扬扬，轻轻地飘洒着，淋湿了轻灵的燕子，浇红了簕杜鹃的花瓣，妆绿了一望无际的田野，也渗透进了我那颗悒郁的心。

透过窗外，在一片茫茫的雨帘中，我仿佛看到了瘦小而慈祥的外公身影。外公去世三年多了，三年来，我一直想为他写点什么，可每次深情地举起笔，脑子里又空空的。也许是外公太平凡了，平凡得像田埂里的一根青草，让我找不到他的特别之处。然而，外公却又是亲切的、顽强的、向上的。他像小草一样，虽然卑微，却努力地生长着，不怕野火，无惧春风，在一片烂泥中极力地生长着，用绿色的生命为田园作画，哪怕是化为了一坛骨灰，他也要静静地躺在经常劳作的小山岗上，守望着故乡，守望着这一块他难以割舍的土地。

外公是个苦命人，一生都在田地里忙碌，把贫困当成了最大的敌人。外公一生养育了四子二女，他用羸弱的肩膀扛起沉重的犁耙，一次次地蹚过村前的小河，把一块块瘦硬的田地平整好，播上希望的种子。当年在生产队，他为了多挣工分、挣满工，无论是兴修水利、改造农田，还是上山砍柴、下塘捕鱼，他都是早出晚归，尽心尽力，即便是饿着肚子也要把手中的活干好。"分单干"后，每年的"六月田"是外公最忙的时候，他戴着一顶烂草帽，光着上身，在肩膀上搭条烂毛巾，就能在田地里劳作大半天。割禾、担禾、碌禾、插秧………常常累得他腰酸背痛甚至脚抽筋，他从来没有一句怨言。他说这是他的责任，这些活他不干谁干！为了6个子女的健康成长，他痛苦并快乐地劳动着。外公农活干得比牛马还多，每顿却吃得比鸡鸭还少，村里有人笑他像"牛轭"，他却笑着说这是大山的脊梁。在改革开放前，不管外公怎样地辛勤劳作，也难维持一家人的温饱。他不得不在公家挖过的番薯地里掘番薯秧，到村前的小河里捉些小鱼小虾，去野外捡些野菜来充饥。为了养家糊口，外公在房前屋后栽满了树菠萝、龙眼、番石榴等果树，还在荒地上种了两片小竹林。多亏了那些水果和竹笋，让外公一家安然度过了艰难岁月。

沉重的农活早就把外公的腰压弯，他整个人犹如一张拉满弦的弓，微微地俯向大地。自打我懂事起，外公在我脑海中的印象就是一个弯腰驼背的老人。长大后，每当我看到像外公一样被生活压得弯了腰的人，心里总会酸酸的，眼睛也会不自觉地湿润起来。看到外公，我情不自禁地想到《平凡的世界》里面的孙玉厚老汉，他和外公有很多相似之处，都是勤劳善良、忠厚老实的农民，他们都在为了一家人的温饱和幸福奋斗着。他们是土壤，是铺路石，是泥土里的根，为的是让子女长成参天的大树。他们这一代人做不到的，希望下一代人能做得更好；他们想着自己现在苦一点，将来孩子的生活就会甜一点。

外公一家虽然生活拮据，他对我却是很大方。亲戚探望他买的大红苹果他舍不得吃，却拿来给我吃了，还骗我说他刚吃过。每次我要回家的时候，他都会悄悄往我的口袋里塞钱，说是给我买笔读书。外公虽然斗大的字不识一个，却教会了我很多做人的道理。外公还教我认识了很多中草药，他教我如何辨别大茶根与金银花的情景至今历历在目……

我曾经有点埋怨外公重男轻女，旧思想严重，不让我母亲上学。后来，我才知道自己错怪了外公。母亲告诉我她是上过半年学的，只是因为班上几名男同学老爱给她起花名（绰号），让她实在受不了，就干脆不去上学了。在那个缺衣少食的年代，外公能供6个孩子先后上学，那是相当不容易的。

父爱如山，母爱如水。外公的子女多，拖累也大。外公却笑着说，这就是他的命！每个舅舅的婚事都让外公操碎了心，他把耕牛卖了，把稻谷卖了，把自己种的大树也砍掉卖了，还要拉下脸四处找人借钱才勉强凑到女方要求的彩礼。为了给儿子的婚事办得尽量体面一些，外公可谓用尽了身上的洪荒之力。每一个儿子的成家，也意味着要分家，原本就没有什么家产的外公，名下的田地越来越少了。然而，为儿子凑彩礼借的债，他还得自己勒紧裤腰带慢慢地还。可谓"娶亲鞭炮一点燃，马上回到解放前"，用外公自己的话说，"越挪媳妇越辛苦!"哪怕到了我最小舅舅结婚生子后，外公依然没有享受过几天清福。他不是不想到城里与子孙一起生活，而是他不想给子女增加负担。在农村生活，他还有力气，还能为子孙种养点什么，在城里他只能做等饭吃的老人，对于劳碌了大半生的外公来说，他确实受不了。外公临终前一两年，虽然没有力气种田了，却坚持种些青菜，养些鸡鹅度日。外公一生奔波，日子过得紧巴巴的。唯一值得欣慰的，是他一生过得平平淡淡，没有遇到什么大灾大病，即使是驾鹤仙游的时候，也是一脸安详。

外公去世三年了，本想今年与母亲去给他老人家扫墓上香，敬束鲜花，奈何新冠肺炎疫情还未结束，政府倡导云祭扫，我只能在夜深人静的时候敲起键盘，诉说心中无尽的哀思了。

但愿疫情早点过去，还人世间一片清明！逝者已去，清明还在，在每一个春天里，在我们无尽的思念中。

2020 年 4 月

外婆的山外西

在我的梦里，住着一个童年，头戴竹笠的外婆稍微驼着背，一脚深一脚浅地走在田基上，太阳的投影把她瘦削的身子拉长；我跟在外婆的身后，时而走走，时而跳跳，有时拔根草，有时摘朵野花，有时拈拈蜻蜓，很快就到了海边。外婆所住的村子叫山外西，这片海滩也跟着村子叫山外西，外婆婚后的大部分时光就是在这两个山外西度过的。

外公常年出海打鱼，家里的重担压在外婆瘦削的双肩上，她一个弱女子既要种田，又要抚养6个子女，可谓操碎了心。难怪外婆50多岁的时候就已经白发苍苍了，皱纹深得像一条条小溪。

在我的印象中，外婆有点"抠门"。好吃懒做的大舅从城里回来看望外婆，外婆却问他："阿大，你在城里揾吃无紧系无（没有赚到钱）？"大舅被问得惭愧地低下了头，马上收拾东西回城打工去了。好赌的二舅问外婆要钱，她干脆说："要钱没有，要命有一条！"二舅听后，只好灰溜溜地走了。外婆平时很少买菜，只有到了"4、9"埠场趁圩的日子才去买"圩晚（快要散圩的时候降价出售的东西）"，她就是冲着"便宜又大称"的肉菜去的。不是年节和圩日，外婆家中多是吃咸鱼、青菜之类的食物。

外婆对舅舅们虽然有点"抠门"，但对我却很好。

记得我读小学一年级的时候，全班同学上体育课时都有运动鞋穿，而我只能穿着凉鞋去上体育课，我因此还被体育老师拉到队伍后面单独站成一行，同学们见状都哈哈大笑。放学后，我回去央求父母帮我买一双运动鞋，哪怕最便宜的白鞋也好，可那时家里实在太穷了，吃饭都成问题，哪来的钱买运动鞋呢。无奈，父亲把他退伍时穿过的绿色旧军鞋让给我穿。可是我的脚板太小了，哪怕是鞋头塞再多的布团，一走动起来，后脚跟总是脱落，很不方便。外婆知道情况后，马上赶到埠场圩帮我买了一双回力牌运动鞋，踩着单车赶了近 50 公里路来到我家里。当外婆帮我把绿色的旧军鞋从我的小脚上脱下时，我看着她满头的白发是那样的可爱。穿好鞋后，我在外婆满是皱纹的额头上亲了一下，外婆风尘仆仆的脸上顿时绽开了花。

小时候的我，很喜欢黏着外婆，不管是到小山坡上砍柴，还是去埠场趁圩，到山外西赶海，我总喜欢屁颠屁颠地跟在外婆身边。山区长大的我，对于大海有一种特别的向往。每年放寒暑假的时候，我总是缠着父母带我到外婆家里住上几天。这个时候，外婆就会亲手为我做一顿"刀切仔"，当是接风洗尘。外婆平时虽然省吃俭用，但她做"刀切仔"的时候配料是下得很足的，鱿鱼丝、五花腩肉、花蛤、虾皮、香菇、萝卜等一样不少，当热气腾腾的一大盘"刀切仔"端上来的时候，我和几个表姐表弟的口水早已经流了一地。现在，每次回想起外婆做的"刀切仔"，我都会不自觉地舔舔舌头。

俗话说：靠山吃山，靠海吃海。外婆除了种那一亩三分田，其他的收入就是靠"赶海"了。每天大海退潮的时候，外婆都会带上铲子、耙仔、水桶、小渔网等工具赶到山外西的海边。我也多次跟着外婆到山外西的海边看村民们拖地网，帮外婆挖白仔、捉螃蟹、用网仔捕跳跳鱼。山外西的海边，不管是沙滩、海水、礁石，还是迎着海风招展的木麻黄防风林，都撒下了我童年的足迹，还有外婆辛勤的汗水。

晚上的山外西海滩特别迷人！凉风轻拂，白浪翻滚，林涛阵阵，明月宜人。记得第一次跟外婆在月圆之夜抓沙蚂的情景：我追着小沙蚂到处乱走，累得满头大汗也没有捉到一只沙蚂；外婆捉沙蚂却很轻松，她用长长的竹竿扫几下，沙蚂就跑不动了，我跑过去，笑嘻嘻地把沙蚂一只只地捡起来，把网袋仔塞得满满的，回到外婆家中，她为我们煮了一大煲鲜美的沙蚂粥。

早几年，我在市区买了房子，日子正慢慢好起来；大舅开了家烟酒专卖店，收入很可观；二舅近年不赌了，专门到工地做泥水（建筑工人），生活也有了保障。本该享清福的外婆却在两年前的一个夜晚驾鹤仙游去了，留下的只有她慈祥的笑容以及带给我们无尽的思念。

人生就像一场梦，我在海边醒来的时候，泪水不自觉地从眼角边滑落，滴在山外西银白色的柔沙上，泪水落到沙子里，外婆模糊的身影又重新浮现在我的眼前。

好想，再依偎在外婆的怀里，听外婆讲"妈祖救渔民"的神话故事，说说动人传说。

好想，再尝一尝外婆做的"刀切仔"，和外婆一起去等埠场圩，买只"叮叮咚咚"的拨浪鼓。

好想，再次跟外婆去山外西的海边放风筝、捉沙蚂。

可如今，外婆已经走了，只能在梦里相见，看朦胧的月光照在沙滩上，观随着海风起舞的木麻黄，听遥远涛声吟唱，万千思念织成了长长的地网，拖在山外西的沙滩上。

2018 年 11 月

第三辑 田园村居

自小在农村长大的我，田园给了我最好的供养，令我能健康地成长。从此，故乡的田园成了我身上的胎记，随着年龄的增长而长大，成了我内心最柔软的地方。

锄上荣光

远离城市的喧嚣，我循着袅袅的炊烟，沐浴着和煦的春风，听着洪亮的布谷鸟声，回归故里，童年的回忆和草木的清香一齐向我涌过来，心情特别舒畅。

荷锄而归的邻居阿兵叔冲我微笑着打招呼，我礼貌地回应着，眼睛却被几只俏皮蜜蜂落脚的地方吸引住了，其实这几只蜜蜂长得并没有什么特别之处，只是它们那股执着的精神吸引了我。这几只蜜蜂采蜜的地方虽然是野菜花，但是这捆野菜花是用稻草缚住吊在阿兵叔肩膀所扛的那只锄头上的。看到此情此景，我的脑海中瞬间浮现出"踏花归去马蹄香"的诗句，眼前画面顿时变得诗情画意起来，我口中情不自禁地哼起了小时候爷爷教我唱的一首关于春耕的山歌："一年之计在于春呐，快快来耕耘呐，先犁后再耙呀，那个先播后插秧，偎来织块布哩，机声隆隆响……"

锄头在农民心目中的分量丝毫不亚于粉笔在老师心中的分量。相较于犁、耙、铲、扇车等农具，锄头可以说是万能的，深受农民的喜爱。无论是走进菜园，来到果园，还是进入甘蔗林，下到水田里，父亲都喜欢扛上一把长长的锄头。小时候，我也经常扛着一把小锄头跟在父亲的身后，劳动是我在农村生活的必修课，锄头则是我最倚重的战斗武器。挖坑种树的时候，锄头总是第一个冲锋陷阵，撕开厚厚的地皮，把含在泥土中的石块击得铿铿作响，像擂响的战鼓；除杂草的时候，锄头奋勇当先，像一只扑兔的老虎亮出锋利的牙齿，把杂草的根从地里一口口地咬出来；种菜的时候，锄头更是胸有成竹，挖沟开垄、碎泥、回土，那潇洒的动作胜似闲庭信步；挖番薯的时候，锄头的快准狠像一名久经沙场的剑客让铲子佩服得五体投地……

锄头生得一副好牙齿，经常啃树的根、菜的头、稻的脚，再饱饮甘露，抹上月色，牙齿白得不用刷黑人牌牙膏。这是一种劳动的美，比天生丽质更难能可贵。锄头的品格是正直的、勤劳善良的，它昂首挺立在农村的广阔天地间，像一座门楼、一道牌坊，与青山比肩，与花草树木为伍，与大地窃窃私语。锄头的性格是温柔的，像一位和蔼慈祥的老母亲。它对泥土有一种天生的眷恋，每天要闻到泥土的芬芳才会心情舒畅。父亲何曾不是如此，他每天不管有没有农活干，总喜欢扛把锄头到地里田间走走看看才会安心。与其说锄头是老实木讷的庄稼汉，倒不如说锄头是那些会脚踏实地过日子的老百姓。而不像扇车那样张口就喜欢自吹自擂，就那点本事，还生怕别人不知道似的。我们一家人都很喜欢锄头这种既有本事又不张扬的性格，母亲对它爱不释手，父亲与它形影不离，而我与它也是亲密无间。锄头性格虽好，偶尔也会发下脾气，当它遇上又蠢又笨的石头时，经常会气得眼冒金星。

修长的锄柄不管是木做的、竹做的还是铁管做的，都挺直着腰杆，一身正气。小时候，我不信邪，试过用弯木做锄柄，锄地时特别费劲，也不能挑东西，后来我就再也没有用弯木做锄柄了。母亲的锄柄经过汗水、泪水、血水、雨水的浸润和阳光的洗礼，变得油亮光滑起来，隐隐透出一股辛酸的岁月味道。犹记30年前的那个夏天，父亲外出打工，我和母亲在地里干活，大半天下来，双手冒起了好几个小水泡，我把锄头扔在地上，在一旁生闷气。母亲见状，看了看我的手，很是心痛，安慰完我后又语重心长地说："儿啊，你要像锄头一样做个正直、能吃苦耐劳、凡事不要轻易放弃的人。"母亲的话一直伴随着我成长，每当我遇到困难挫折想要放弃的时候，就会想起母亲对我说的这句话，咬紧牙关就挺了过去。

陪伴着早出晚归的父母，用锄头劳作于乡间的田地里。它大部分时间在锄地、碎土、挖沟，有时也会客串一下扁担和拐杖的角色。曾几何时，父亲戴着草帽，挽起裤脚，扛着锄头行走在春天的田埂中，这一画面成为我梦中挥之不去的风景。

锄头与村民在岁月的长河里，在田地的巨幅册页中，用辛勤的汗水撰写着最美的村志。父母也在田地里，用锄头书写最朴实的语言去破解大地的密码，我从他们的足迹中仿佛找到了答案。那是花落花开的无声，那是春去春又来的必然，那是生命的延续与循环，那是一种存在必然有其道理的自然规律……

机械化耕作后，犁、耙、水车等很多农具都退休了，耕地的牛马大部分也退休了，而锄头并没有躲在门角里睡觉，也没有躺在院子里一边懒洋洋地晒着太阳，一边回忆昔日的荣光，而是依旧奋斗在地里田间，它辛苦了大半辈子，确实闲不住，在机械触手伸不到的地方，锄头还是有用武之地的，只是这些地方越来越少，锄头却并不在乎这些，只要有活干，生命就会有活力。

每次回老家，我都喜欢扛起锄头到自家的田地里走走。哪怕我现在已经离开了农村到市区生活，但我对锄头那份感情已经镂刻进了骨子里。现在的我，把粉笔当成了另一把锄头，把学校当成了广阔的田地，由播种改为了播梦，每年的中考就是我满怀期待的夏收。

2020 年 4 月

露珠里的村庄

"喔喔喔……"雄赳赳、气昂昂的大公鸡伸长脖子在叫着，接着又有几只公鸡遥相呼应，它们尽情地卖弄着自己的金嗓子。门槛前的大黄狗伸了伸懒腰，吞吐了几下舌头，也不甘示弱地"汪汪汪"叫了起来。牛棚里的小牛喜欢凑热闹，它"哞哞哞……"地叫个不停，好像在和大公鸡、大黄狗比赛歌喉。对于久居闹市的我来说，这一切既熟悉又陌生，却是十分亲切、自然。

早起的不只是动物们，还有勤劳的村民。菜农们在第二遍鸡鸣时就一骨碌地翻起身来，匆匆忙忙穿好衣服，挑着一担竹筐向菜园出发。菜农们赶的就是一个"早"字，早起摘下的蔬菜新鲜，还带着露水，卖相好，价钱也相应高点。

秋天的早晨特别有诗意。路边的小树婀娜多姿，宛若顾盼生姿的少女。小河边，溪水潺潺，翠竹摇曳，倩影灵动。远山在迷雾中若隐若现，似仙家洞府。这是一幅动态的山水画，清新淡雅，还带着淡淡的野花香和特有的泥土气息，闻起来十分舒畅。

菜农们唱着山歌《一园菜仔青哀哀》："一园菜仔（至）青哀（呀）哀，（我）路过（那个）园边见妹（呀）裁，想执菜时（那）园内取，（你）爱采（住）妹花（兮）命候来……"甜美、质朴的歌声在田间回荡，他们双脚踩在沾满露珠的青草上，用手拨开迎面而来的蜘蛛网，一步一步向菜田里走去。

长长的菜田里种有青翠嫩绿的白菜，像蓝天下的朵朵白云；长长的豆角沾满了露珠倒挂在瓜棚中，似一群黄鳝正吐着梦呓的泡泡；腆着大肚子的菜果（茎蓝）像喝醉酒的肥汉，在晨风中打着醉拳，憨态可掬；修长身姿的油菜花总是那样风情万种、顾盼生姿，仿佛有一种甜味倏地从鼻孔钻进心肺，令人神清气爽。

菜农们拿起锋利的镰刀，对准一颗颗白菜头，"唰唰"声响起后，一排排白菜应声而倒。菜农们用长满老茧的大手把沾满露珠的白菜捡起，一把把码好，放到竹筐中，又到青瓜地里去摘青瓜了。说是摘，其实是剪。豆大的露珠恬静地睡在手掌似的深绿叶子上，晨风拂来，露珠在瓜叶上来回晃动了几下就掉到长长的、鲜嫩的青瓜身上，沿着凹凸不平的瓜身，滑过瓜身的小毛刺，落在黄色的花苞里，慢慢地又变成一滴小露珠滴落到泥土里。菜农们很享受这种带着泥土味的淡淡青瓜花香，他们拿出剪刀，一条条青翠欲滴的瓜被剪了下来，来不及逃跑的蜜蜂也被一起放到了垫着蛇皮袋的竹筐中。菜农们知道城里人爱美，哪怕是蔬菜，也要有卖相才好，因此，他们在剪瓜的时候，特别小心，怕伤到了瓜花。

剪完青瓜，他们又到菜田里去摘些豆角，掰些八甲唛菜叶，薅几棵带根的生菜。收工的时候，竹筐被装得满满的，一条条弯弯的竹扁担在他们肩膀上下跳跃着，而他们的双脚则在松软的田埂上左右摇摆着前进。

与菜田相隔的是一大片稻海，沉甸甸、饱含激情的谷粒向秋风诉说着成长的喜悦。长在地里的玉米，有的捋着长长的胡子，有的展现洁白的肌肤，有的露出金黄的牙齿，它们把最美的一面留在了晨风中，同样把美好的笑容留在晨风中辛劳待丰收的村民。"三农"政策的实施、新型农村合作医疗体制的建立和完善、美丽乡村的建设、精准扶贫的开展等一系列惠民举措，令农民们坚定了意志，获得了信心，看到了希望，幸福感与日俱增。他们的眸子是那样的清澈明亮，诚如清新纯洁的露珠，在无声中点缀着诗意的村庄。

弦月渐西，袅袅炊烟渐渐升腾。晶莹的露珠从残荷的叶盖上滑落，在金色晨光的见证下，一点一滴地滋润着大地。渔网中的跳水声、鹅群的唱歌声、摩托车的发动机声、木厂的锯木声、村中小学生的读书声……各种声音陆陆续续地响了起来，太阳也露出了红扑扑的笑脸，一天中热闹的生活又开始了。

2019 年 11 月

越来越好

  岁岁国庆，今又国庆。每到国庆，总有说不清道不明的复杂心情。盼国庆，是盼长假，盼能睡个自然醒，盼能与家人、朋友相聚的温馨。过国庆，图的是个热闹、喜庆，图的是个秋高气爽的好闲情。可又有那么一点害怕，怕的是塞车、塞人，怕的是堵心。

  或许距离产生的美更有吸引力吧！住在景区里的人喜欢往外逃，住在景区外的人喜欢往里挤，一冷一热的两股人流表达的完全是两种不同的心情。当然，也有例外的，那就是商家，他们的心思是"韩信点兵，多多益善"，风景在他们眼里只不过是最漂亮的免费广告词，能吸引的人越多越好，人多了财才会旺，辛苦与疲劳在秋风中也能开成一树微笑。

  旅游是一种闲情，也需要有闲钱。每年国庆期间景区人头攒动，国旗猎猎，那一抹红，红出了过节的热闹。这红红火火的颜色，不正是现在老百姓过的好日子嘛。看上去，暖暖的；咬一口，甜蜜蜜的。

  国庆期间，相比于热门的景区和闹市，我更喜欢到乡村去，旅游也好，散心也罢，总是一种心情的收获。

  我很羡慕陶渊明"采菊东篱下，悠然见南山"的怡然自得。陶渊明是厌倦官场生活而归隐田园、饮酒作诗的。而我自小在农村里长大，脚趾上有洗不掉的泥巴，骨髓里有农村的番薯味。我对于土地有着浓浓的情结，心系大自然，情寄山水间。平时由于工作的关系，我不得不远离故土，远离那袅袅的炊烟，远离童年梦幻的城堡。

  每年国庆节期间，我都喜欢回一趟故乡，看看故乡的变化，呼吸一下故乡的新鲜空气，回忆童年美好的生活。我循着童年的足迹，行走于故乡的山山水水，却发现我是孤独的。故乡的很多地方虽然青山依旧在，可是我的角色却变了，我走着走着，从童年走到了青年，心境也有了很大的变化。这一方天地，在我的童眼中，那就是世界的全部；现在也是这一方天地，在我的眼中，只不过是精彩世界里面曾经的一个落脚点，我想念的时候才会在脑海中浮现。

岁月匆匆，老去的大罗马骑进了废品收购站；赋闲在家的石磨、石碌被请进了公园；戽斗、禾镰做客于农家博物馆……本是村里的寻常物，现在却是难得一见。

近年来，美丽乡村的建设让故乡的容貌焕然一新。牛栏水井依然在，只是朱颜改。村里的泥砖屋每年都在减少，去年大伯家的泥砖柴房在一场台风雨中倒塌后，村子里再没有泥砖屋了。同时减少的不只是泥砖屋，还有瓦屋，那是塌一间少一间，只有村子里面祠堂的瓦面是完好的，村里的小洋楼一年比一年多了起来。以前村里人很少种花，自留地都是用来种菜的，毕竟菜能吃，而花只能用来看。现在不同了，很多人家的小院子里一年四季都种上了鲜花，春有木棉夏有紫薇，秋有金桂冬有山茶。或许是无污染吧，村子里的花开得特别水灵娇艳，比城里别墅里的花更吸引人。村民的生活品位也越来越高了，以前地堂是用来晒谷的，现在每天傍晚，村里的大妈也会在地堂上扭着屁股伴随着音乐在跳广场舞。农家书屋里，每天都有老人和小孩准时去"打卡"。一群穿着花衣的小燕子有时飞到光纤线上唱歌，有时站在农民家的阳台上跳舞。喜忧参半的是村里的老黄牛，自从铁牛进村后，它们是闷得发慌，怕村民来个"鸟尽弓藏"。每到节假日，村里的广场总会停着很多返乡村民的小车，常回家看看，是父母的企盼，也是每一位游子的心愿。

我在为故乡越变越好而高兴的同时，内心也隐隐有一丝失落。我最想回去的地方是故乡，可是回不去的地方也是故乡。或许是承载我太多记忆的故乡变了样，让我找不到回家的路吧。然而历史的车轮总是向前的，我不能为了自己的一己之私，让留守的村民一成不变，这是不可能的，要变的应该是我的心境。

2019 年 10 月

荷风小院种丝瓜

"清明前后，栽瓜种豆。"母亲的话突然在我的脑海中回荡，哪怕多年不种地的我也想种上几棵丝瓜。说干就干，等到大令趁圩的日子，我从卖菜米（蔬菜种子）的阿姨手中买到一小包丝瓜的种子，我把它们种在天棚的大花盆里，天天给它们浇水，一个星期过去了，或许丝瓜苗春心萌动了吧，泥土被破开了，小小绿芽冒了出来，像害羞的小姑娘靠在墙角，偷偷地看着这个陌生的世界。过了一两天，我去看丝瓜苗，只见两片嫩绿的叶子已经撑开，中间长出一小片手掌状的叶子，再过两天，丝瓜苗已经开始长"胡须"了，我连忙买些自来水管为几棵小丝瓜苗搭起一个简陋的瓜棚，瓜棚搭好后，接下来的日子就是静待花开了。

看着随风轻舞的两片小嫩叶，还有像塘鲺须一样微笑着的丝瓜须，我憧憬着这里的一片绿夏，朵朵黄花，还有那长长的硕果，真是满心满眼的欢喜。

小时候，我在故乡也种过丝瓜。故乡的老屋门前有一口小小的水塘，父亲在塘里种了一小片荷花，我则喜欢在门前的一块空地上种丝瓜。丝瓜的种子都是母亲上一年留的，我只要选一块肥沃的土地，用锄头挖上一个小坑，把种子放进去，再回填泥土就可以了。至于浇水，那只是举手之劳，唯一辛苦的事情要数搭瓜棚了，不过农村有的是材料，随便找些竹子或树枝就能搭起个瓜棚。

小小的丝瓜棚，真是满眼的苍翠。绳子般粗的丝瓜藤爬满了整个丝瓜棚，长长的丝瓜须像章鱼的触手牢牢地把架上的小竹竿缠绕住，一步一个脚印，扭动着水蛇似的腰肢在瓜棚面上游走；巴掌似的绿叶仰视着蓝天白云，对于火辣辣的太阳，它们没有半分的胆怯；朵朵金黄色的花儿迎风招展，像一只只振翅欲飞的黄色蝴蝶，煞是好看。

　　人有男女之别，丝瓜花也有雄雌之分，这是父亲告诉我的。刚开始时我并不相信，后来他找了几朵丝瓜花让我看了，我才心服口服。原来簇拥在一起的花蕾是雄花，它们一天开一朵，开完一天便掉落。而一枝独放，根部带着"把"的是雌花，它们的花形与雄花相似，但授粉后花不会落。我们常常看到嫩绿的丝瓜末端还带着一朵金灿灿的黄花，那就是雌花。

　　花开的日子，丝瓜棚上面蝶影翻飞，蜂来蛾往，很是热闹，就连一群红色的蚂蚁也闻香杀来，想要一亲丝瓜花的芳泽。或许是蚁多力量大吧，丝瓜棚上的毛毛虫、鼻涕虫、金龟子等小动物渐渐地全不见踪影，丝瓜花橄榄状的蓓蕾上，只有红色的蚂蚁在张牙舞爪，耀武扬威，颇有丝瓜棚上唯我独尊的感觉。我一直好奇，丝瓜凭什么吸引了这么多蚂蚁？后来，我和一位高中生物老师在聊天中得到了答案。原来丝瓜花蕾旁边的蜜腺中会分泌出甜甜的甘露，蚂蚁是寻找食物的高手，当然不会错过这样的美味了。而蚂蚁为了独占甘露，理所当然地去驱逐害虫，无形中充当了丝瓜的免费保镖。其实，这也是自然界中动植物间的一种互惠互利吧。我就曾经亲眼见过红蚂蚁与金龟子在丝瓜棚上大战的情景，金龟子虽然皮粗肉厚，体形庞大，奈何双拳难敌众腿，最后还是窝囊败北，灰溜溜地飞走了。

　　丝瓜棚外是蒸腾的热气，丝瓜棚里却是凉风悠悠，绿波荡漾。金灿灿的黄花随风摇曳，像清纯的少女轻轻地摇着黄色的裙摆，顾盼生姿。丝瓜苗下悬着的丝瓜像一只只编钟，随风而动，我仿佛听到了十分悦耳的歌声。阵阵淡淡的花香混着荷香逸入鼻中，把胸中的浊气洗涤干净，令人顿时神清气爽，有种飘飘欲仙的感觉。

炎炎夏日，丝瓜像一位绝世武林高手，它轻轻地在空中翻动着如来神掌，翻飞的掌影变成了丝瓜棚上绿油油的瓜叶，如一张密密实实的竹席，让太阳很难找到一点空隙，坐在丝瓜棚下，你能感受到阵阵清凉。整个夏天，小小的丝瓜棚俨然成了我们一家人的避暑胜地。父亲在丝瓜棚下泡壶茶水，歇一下脚；母亲在丝瓜棚下穿针引线，缝补衣服；我在丝瓜棚下读书，做作业；小黄狗在丝瓜棚下吐着舌头，轻轻地喘着气；小鸡在丝瓜棚下抓虫子。这一画面，令我想起了国画大师齐白石所创作的《丝瓜小鸡图》。众所周知，齐白石所画的虾很出名，其实，丝瓜也是齐白石最喜爱创作的一个题材。齐白石的丝瓜作品常常将小鸡、蝈蝈、青蛙、蚂蚱、蜜蜂等很有灵性的昆虫连在一起，通过对这些昆虫神态的形象刻画和丝瓜传神的勾勒来表达作者所追求的生活趣味：怡然自得、戒骄戒躁、心平气和、看淡得失的心态。齐老先生笔下的丝瓜于细微处见精神，看似平淡，实则布局巧妙，繁复却不凌乱，生动而亲切，生活气息浓郁。可谓丝丝入扣、生动传神，充满活力。出于对毛主席的崇敬之情，齐白石晚年还送过丝瓜题材的画作给毛主席，得到毛主席的好评。齐白石的入室弟子娄师白全面继承齐白石艺术技法特色，并有所创新。娄师白也喜欢创作丝瓜题材作品，而他所创作的小鸭子足可以与齐白石的虾、徐悲鸿的马、李可染的牛、黄胄的驴相媲美。

翠绿鲜嫩的丝瓜不但入画效果佳，入口的味道也是很鲜美，清香绵甜。无论是做汤、炒着吃还是蒸着吃，都令人回味无穷。丝瓜既能清热凉血，又能润肌养颜，深受女士们的青睐。哪怕是老得啃不动的丝瓜，也可以摘来晒干制作瓜布，用来刷锅洗碗。我想起小时候一家人围坐在丝瓜棚下吃丝瓜时，碗筷交错、其乐融融的情景，真是和谐温馨，仿佛我们不是在吃丝瓜，而是吃着绿色的夏天。

每到夏天，在故乡居住的母亲总会给我送丝瓜。母亲上了年纪，千里迢迢地赶来给我送丝瓜，我于心不忍，于是干脆自己在天棚种几棵丝瓜，既能寄托我对故乡的思念和母亲的牵挂，又能让母亲减少旅途的辛苦，还能收获绿色的夏天，真是一举多得。

看着鲜嫩翠绿并带朵黄花的丝瓜随风轻荡，我的双眼好像泛起了绿色的涟漪，晃出一圈圈的幸福传递向远方。我仿佛看到了遥远的故乡，看到了坐在丝瓜棚下想念儿子的母亲，看到了她眼睛里燃烧着无尽的思念和牵挂。

2019 年 5 月

咸水歌的记忆

"咁欢喜，咁欢喜，捉到好多鱼婆虾，捉到好多鱼婆虾，吔啊吔嗲哟，捉到鱼虾几万斤，系真真呀心欢喜，我真真心欢喜，吔啊吔嗲哟，吔啊吔嗲哟，我摇艇仔，摇艇仔，摇回市场卖鱼仔，摇回市场卖鱼仔。"冬日的清晨，东平镇大澳渔村徐徐的椰风送来了婉转悠扬的咸水歌，它穿梭在渔船的桅杆间，在白色的浪花之上轻轻地荡漾。细细聆听，令人有种如沐春风的感觉。听着悠悠的咸水歌，一幕幕关于咸水歌的往事浮现在我的脑海中。

听到咸水歌，我有一种特别亲切的感觉。小时候，我曾在闸坡的三姨家中小住过一段时间。月光如水的晚上，两三星火晃漾在海面的柔波上。三姨把我抱到船头，带动着我的手掌边拍边唱："打掌仔，卖咸虾，咸虾香，卖老姜，老姜辣，卖甲由（蟑螂），甲由骚，卖酒糟，酒糟甜，卖禾镰，禾镰利，割公鼻……"听着三姨动听的童谣，我竟然在小船的甲板上睡着了。当我醒来的时候，我已经睡在船舱的床上，而三姨已经不在船上了。小船像会扭秧歌似的，一直在港口的海面上晃悠着。此时，大表姐正在船头和年轻的小伙子含情脉脉地对歌，大表姐羞涩地唱着"哥兄哩，大浪来时呀高过天，在家阿妹呀好挂牵呀哩"。我好奇地躲在大表姐身后，看着对面木船的船头上站着一名男青年，他个头壮实，皮肤略显黝黑，只见他放开喉咙答起歌来："妹呀哩，哥稳把舵呀哩，抬头望呀，心胸阔阔敢撑船呀哩。"正当我听得出神的时候，我的右耳朵被大表姐揪住，迫我发誓对刚才两人对歌的事情保密，男青年怕我不答应，还抛了两颗水果糖给我当"封口费"。

三姨从岸上回来的时候，她带了个老伯上船，大表姐热情地上前打招呼，原来这位老伯是大表姐的亲二伯，他这次过来是想给大表姐做媒的，他说了几个地方的男青年对象，大表姐都是摇头，二伯有点生气，觉得大表姐有点眼高于顶，没有"量身吃猪�肉"。于是，他就想教育一下自己的侄女，二伯循循善诱地唱道："大姐仔，爱乖乖，二伯做媒嫁去街。想吃甜酸街有卖，想吃新鲜（海鲜）嫁石牌。"三姨和二伯都不知道大表姐已经有了心上人，可怜两人白白地忙活了一场。

后来，听说与大表姐对歌的那个男青年出海捕鱼时遇上了台风，此后便杳无音信。大表姐每天以泪洗面，总迈不过这道心坎。日复一日，年复一年，大表姐已经成了"大龄剩女"，她干脆不嫁了，上岸当了"自梳女"。

虽然没能看到大表姐穿着嫁衣出嫁，我的内心深感遗憾。但我有幸见证了二表姐举办的渔家婚礼，也算是一种弥补吧。

婚礼的前天晚上，明月高悬，椰风阵阵，涛声如梦。二表姐和伴嫁的姐妹在另一条船上唱"哭嫁"歌，我正好听到二表姐在愤愤不平地唱着骂媒歌："骂句媒婆抵（该）喂沙，明知谷壳话芝麻。咒其生仔生成蟹，死过咸鱼曲过虾。"原来二表姐听伴嫁的一个姐妹说自己的未婚夫嗜好赌博，心中很不是滋味，奈何木已成舟，亲戚朋友都来齐了，悔婚这种羞事她做不出，只能自艾自叹。三姨没有生儿子，她的妯娌生的也是女儿，我被请来充当女方家的"小舅子"。其实，我早就把二表姐当成我的亲二姐。听到二表姐的骂媒声，我非常同情她的不幸遭遇，对素未谋面的二表姐夫多了几分反感。

婚礼当天的凌晨2点钟，我从甜蜜的梦乡中被大表姐叫醒。我到船舱里面看了一下，二表姐早已经用柚子叶水洗完了髻，也用麻线开完了脸，好命婆（指父母双全、夫妻健康、子孙满堂的妇女）正在用新木梳给二表姐梳妆，她一边梳一边唱："一梳梳篷，二梳过龙；三梳三年和合，四季兴隆；梳了四梳，前边余钟后边余碰；两边额角，砌起芙蓉；五梳大穗插前，穗仔插后，双都穗仔，配起红球；梳了六梳，六龙注水注天河；梳了七梳，七姐下凡配董永；梳了八梳，执齐行李上京求名；梳了九梳钱十九，留钱阿大（父亲）起高楼；梳了十梳十足好处，多添贵子手抱男儿。"

　　大约凌晨 3 点钟，男方的过礼船开了过来，停泊在大首面（东面）。彩船上张灯结彩，大红"喜"字随处可见，一派喜气洋洋的景象。在媒婆的引领下，肥鹅、靓鸡、猪肉、酒水等聘礼被人抬了过来。身穿唐装、头戴尖帽、胸前挂着大红花、脸上洋溢着幸福的新郎走了过来，他把准备好的伞递给我，并给了我一个红包，我知道这是"小舅钱"，也就心安理得地收下了。

　　二表姐被人喂完饭，接着被人背了出来，只是她出来的时候穿着大红衫、身上戴了几件漂亮的银饰，还多了一个"猪嘴"（疍家人的"红头盖"）。长辈为她打伞，叔婆一边撒米开路一边念道："米仔花花，撒入弟家，米仔碌碌，撒回姐屋。"作为女方家的送嫁成员之一，我也跟着二表姐到了男方的家。

　　"一拜天地，二拜高堂，夫妻对拜……"拜堂、敬茶、喝喜酒后，重头戏便是"打堂枚"了。打堂枚的宾客皆是男方邀请的，大家围坐在两张长方形的木桌旁，桌面上摆放着葵瓜子、甜橄榄、糖果、饼干、花生、水果等食物，新郎（新君）端坐于上位，俨如皇上，两旁坐着左右"丞相"各 5 名，"水淀鸠"当主持，大家一起猜枚（猜拳）、斗歌和斗烧酒（白酒），我记得当天还请人吹滴打（唢呐）和敲鼓助兴，场面很是热闹、喜庆。

　　打堂枚的时候，给我印象最深刻的就是"水淀鸠"这一角色了，他滑稽的动作表演、字正腔圆的唱法、敏捷的应变，赢得了在场亲朋的热烈掌声。

　　打堂枚唱的内容是很广泛的，嫁妆什物，衣柜、妆台、被席等，什么都可以唱和，大家唱到深夜才散。二表姐结婚的时候，就有关于《新床》的唱和："（唱）称赞斗床老大哥，斗得真嗒世少何；上下齐眉登对极，中间合正子孙多。（和）校正断无会摆梭，中间合正子孙多；新君取出生花笔，入场开卷考新科。"这些唱和一语双关，形象生动，令我记忆深刻。

大家在打堂枚的时候也不忘把"水淀鸠"调笑一番："你果（这）水淀鸠，水淀鸠，你遇着阿娘洗屎布啦，清清浊浊有餐兜（吃）。"

打完堂枚后便是闹洞房的时间了，传说躺过新娘床的人腰骨不会痛，很多老人都想去躺一下新娘床，二表姐怕太多人进来会把新床弄脏，就叫伴队姐把大部分人拦在了门外。

时光打马而过，这场30多年前的疍家婚礼，至今仍然深深地烙印在我的脑海中。

如今，随着经济的发展和外来文化传播的冲击，以及很多新的娱乐方式的流行，再加上大部分疍家人已经上岸居住，咸水歌失去了原生态的环境，出现了青黄不接的现象，会唱咸水歌的人越来越少了，且大多数是上了年纪的老人。做好咸水歌的传承和创新工作，可谓任重道远，作为文化工作者，为子孙后代守住这一精神家园，我觉得责无旁贷。

不管社会怎样变，我对咸水歌的热情始终没变。每当咸水歌悠悠地响起时，总会把我带回到美好的记忆时光，撩起那沉寂已久的乡愁。

2020 年 11 月

满犁膏雨趁春耕

　　淅淅沥沥的春雨一直下着，我手中捧着清代阳江女诗人王若霞所写的《若霞亭诗稿》，当我读到"春光无处不柔丝，细放新条映翠眉。最爱东风斜舞后，流莺百啭绕高枝"时，这首《柳》把我带回了故乡美丽的春天，让我回想起童年，回想起春耕的岁月。

　　想起春耕，我的眼前便浮现出一组动态的画面：淫雨霏霏的日子，远山朦胧，陌上花开，绿草如茵，杨柳醉春烟，燕子低飞。在一望无垠的田野里，一个头戴草帽、身穿雨衣的中年人，左手拿着长竹鞭，同时牵着牛索（绳），右手扶着铁犁，跟在健硕的大水牛身后，一脚深一脚浅地踽踽前行，身后是一行翻卷的新泥。

　　现实中的春耕并不是寂静的图片，它是立体的，色彩鲜明，还有配音。犁田或耙田的时候首先会听到人和牛踩泥湴时所发出的清脆声音，还有父亲赶牛走路时所发出的"hui"与"qu"的声音，让牛停下的"吁——吁——"声音，以及耕牛自己所发的"哞——哞——"声音。当牛不听话时，还会响起鞭子与牛皮碰撞的"啪啪"声，偶尔还会有犁头铁与石头所发出的沉闷碰撞声。当然，少不了燕子的呢喃与布谷鸟"催耕"所发出"布谷，布谷"的粗犷声音。父亲喜欢一边犁田，一边唱着山歌。"一年之计在于春呐，快来耕耘呐，先犁后再耙呀，那个先播后插秧……""摸摸牛头摸牛尾，耕田种地全靠你……日丽风和同播种，丰收之日共扬眉，丰收之日共扬眉……"歌声清脆洪亮，回荡在田水间。这两首关于春耕的山歌，不知被父亲重复唱了多少遍，它伴随着我成长，从童年到少年，也伴随着父亲从中年走向老年。我觉得这些春耕的声音都很美，就像清澈的田水声一样令我心醉，多次在我的梦里徘徊。

种田苦，苦在春耕，苦在六月田。诚如乡谚所云："双春雨绵绵，无春好耕田。"为了不误农时，父亲经常是冒着绵绵春雨去春耕的。犁水田就像进厨房一样，最好系条围裙遮挡一下，要不然飞溅的泥水会把你溅成一个泥人。父亲撸起衣袖，挽起裤脚，褪去鞋袜，在浑浊的田水中亲近土地寒凉的血脉，他用双脚揉着沉睡水田的穴位，把它从冬眠中唤醒。

父亲是个做事比较认真的人，他追求深耕细作，把庄稼当成自己的孩子一样照顾。父亲种田经常实行"三犁三耙"。他深信前人所总结的"犁田过冬，胜过担粪壅（阳江音，沤肥之意）"经验，在前一年秋收完毕，趁冬天干旱翻第一遍，这一遍叫"晒霜"，它的作用就是和田，让田与水充分交融，这样在和田泥时，更软些，更省力些。第二年的立春、雨水、惊蛰期间用水浸足晒霜田，待泥块松软了，耙一次叫"耙田潦"，又一次进行浸田。直到清明期间秧苗已长成，再犁一遍叫"稻田"，之后再耙三遍就可以插秧。在开秧时，父亲很注重讲好话，意思是图个吉利，期盼着风调雨顺，有一个好的收成。

犁田既是个体力活，也是个技术活。尤其是犁不规则的水田，第一犁一定要犁好，最好是从田基一个角开始入犁，当犁走到尽头时，就要用牛索这个方向盘指挥耕牛进行转犁。牛在转弯的同时，父亲也要托起沉重的铁犁紧跟着，步伐得跟上牛的速度，要不然牛可能会踩到自己的牛索而绊到自己。如此往返多次才能犁完一块田。行进的铁犁，所犁开的田泥，似翻卷的波浪涌向前方，鼻子里飘进一阵阵草木和泥土的清香，使人精神为之一振。新翻的泥土，光滑湿润，在阳光的照耀下，闪着油油的光亮。父亲是村里公认的犁田好手，他犁出的一块块田泥，既卷曲又十分光滑，整齐地倒向一边，就像沙场秋点兵中的方阵。犁田，如果遇到干旱的硬水田或者淰瓮田，那就会又费时又费力，很容易人困牛乏，事倍功半。但在缺衣少食的年代，这种难耕的田也要耕，要不然会饿着肚子。

"耙田潦"所做的工作就是把凹凸不平的泥土耙碎、抹平。"耙田潦"的最高境界就是把一块水田耙成一面光滑的"水镜子"，镜子之上没有一块凸起的土丘，保证每一棵秧苗都能享受到"清水栽，浊水养"的福利。

父亲每次"耙田潦"的时候，也是我们最开心的时候。因为耙齿所过之处，总会有一群土狗崽（蝼蛄）受惊，四处逃窜，我们提着铺了几层香蕉叶的牛篓在后面抓捕，抓到的土狗崽被我们用力捏几下，然后扔到牛篓里，再去抓新的，一块大田能捉到半牛篓的土狗崽。在我缺衣少食的童年，这些土狗崽用开水烫一下，除去翅膀后，用花生油一炸，金灿灿的，吃起来香香的、脆脆的，是难得的美食。

"春分秧，清明禾。"按照农时，最好是在春分时节育秧，清明期间插秧。还有句乡谚警告农民："春分无浸谷，大暑冇禾熟。"由此可见春分育秧的重要性。春分前后，也是点豆种瓜的好时节。在未有推广抛秧技术之前，父亲是在大田里圈一块长方形秧地进行育秧的，他把浸好的谷种撒向秧地，等秧苗长齐后，再施肥。抛秧技术推广后，改用水稻软盘育秧就更省时省力了。

插秧的场面最为壮观。农忙时节，很多农民在水田中弯着腰，低着头，把一棵棵青绿色的禾苗插入田水中，就像把一块块光滑的镜面点成绿色的矩阵，如果以无人机的角度从天空中俯瞰，便到处是诗，到处是水墨画卷。唐朝布袋和尚契此就曾写过一首很有禅意的插秧诗："手捏青苗种福田，低头便见水中天。六根清净方成稻，后退原来是向前。"这首诗，是插秧情景的最好写照。插秧时，偶尔有从《诗经》中飞出来的鹭鸶过来客串一下，画面就更加唯美了。低头弯腰插秧是很累的，一亩田下来就热得你汗流浃背，腰酸背痛膝盖麻，不得不停下来喝口水，休息一下，顺便把粘在脚上的蚂蟥给清除掉。抛秧技术推广后，生产力得到了很大的提高，农民站着就能抛秧，父亲一个人一天就能抛秧两三亩田。现在人们用播种机播种，一小时就能完成6亩多花生的种植，用插秧机一小时就能插两亩田，既省力又省时。

春耕，在旱地上通常会种上花生、玉米、辣椒、马铃薯、番薯等农作物，水田里种上水稻，菜园里则种上各种蔬菜。

春耕是一幅壮丽的画卷，春暖花开的时节在漠阳大地上铺开。春耕是一部田园里拍摄的大片，莽莽青山是背景，水田是舞台，鹭鸶、燕子、蝴蝶、蜜蜂是观众，布谷鸟是总监，而耕牛是主演，人既是导演又是主演。

春耕是乡愁中不可或缺的风景，田地里浸润着农民与耕牛的汗水，他们用土地的经纬线谱写成大地最美妙的乐章，把春天的进行曲奏响，把农民的希望之光点亮。

如今，春耕用铁牛代替了耕牛，插秧也用上了插秧机，生产力大大提高，人力也得到了解放，牛耕渐渐地成了美好的回忆。但那戴着草帽扶犁春耕的传统农耕文化，却烙印进了我的脑海中，成为抹不去的乡愁。那一声声亲切而悠长的牛哞声，每到春耕时节，都会在我的耳畔回响……

2021 年 3 月

难忘六月田

"一月穷，二月空，三月铲太公，四月踩涩瓮，五月包裹粽，六月腰骨痛……"我手里捧着一本《阳江童谣》，念着这首童谣，故乡六月田"双抢"的情景便浮现在我眼前。

六月田，在别的地方也叫"双抢"。即在盛夏时节抢收庄稼和抢种庄稼。收割水稻、晒谷、犁田、耙田、插秧等众多的农活，要在不到一个月的时间完成，可想而知农民是多么的辛苦。

小时候，每到农历六月，父亲总会把禾镰磨得亮锃锃，把犁、耙、禾钗、风柜（扇车）、石碌（石磙子）等修理好，整整齐齐地放到泥砖砌成的农具房里。

小暑前后，太阳把大地当作蒸笼，一天比一天地卖力，倔强的水稻虽然战胜了疯狂的稗草，却没有抵挡住太阳猛烈的攻势。它低了头，弯了腰，肌肤变得金黄，饱满的稻穗也泛起了满面金光。幸好没有遇上台风天，如果遇上台风失收了，那真是天作孽人受罪。这段时间，父亲每天都会到稻田里去巡逻一下，草帽下被晒得黝黑的不只是手和脚，还有那张饱经风雨的脸。他嚼着饱满的谷粒，嘴里溢出甜甜的、雪白的米浆，紧皱的眉头顿时笑得像弯腰的稻穗，双眼里充盈了丰收的希望。

夏收开始了，母亲4点多钟就起床煲粥，炒点瓜咸、蒸点豆豉榄角作菜。她把姐姐和我从睡梦中叫醒，全家人匆忙地吃完早餐，5点多钟就出发去割禾了。父亲推着双轮手推车，上面放着禾镰、竹担、扁担、雨伞、薄膜胶衣等，当然还有我们要吃的粥和开水。我们踏着田基上青草的露珠，拨开一张张蜘蛛网，打着哈欠，向着自家的稻田进发。薄雾如轻纱，路边的树变得婀娜妙曼，晨风送爽，沁人清凉。看着起伏灵动的稻浪，当过兵的父亲带头唱起了《我的祖国》："一条大河波浪宽，风吹稻花香两岸，我家就在岸上住，听惯了艄公的号子，看惯了船上的白帆……"全家人的歌声在田野里回荡，前进的脚步顿时轻松了许多。

割禾是项体力活，我和父亲戴着草帽，母亲和姐姐则喜欢戴着尖顶的越南帽，她们还戴上花布做的手袖，既能防晒也防禾苗割伤手或弄痒手臂。我光着脚，挥舞着亮锃锃的禾镰冲进稻田，有点像《木兰诗》里小弟"磨刀霍霍向猪羊"的架势。很快，我放倒了一大片禾苗，一大捧一大捧地把它们整齐地码到担禾的竹担当中，放满一担又另起一担。每到这个时候，母亲就会对我说："慢点割，长命工夫长命做。" 我笑嘻嘻地答应了，略为休息一下又接着挥动起禾镰。田野里，此起彼伏地响起了"唰唰"的割禾声。突然，我觉得双脚痒痒的，把脚从田泥里拔出一看，只见两条拇指粗、滑溜溜、黏黏的蚂蟥像饥饿的小孩张开三角嘴在我的脚上拼命地吸吮着鲜血。我心想：自己都这么瘦了，也没吃过几次饱饭，你们这些恶心的东西却把我当作美食！我顿时火冒三丈，伸出中指用力弹了几下，蚂蟥就掉到田基上。这些家伙命长着呢，我把它们的肠肚翻过来放在烈日下曝晒，只有这样它们才会真的死翘翘，也只有这样我才能解气。

渐渐地，日正中天了，热浪一波波地袭来，汗水把我的衣服弄湿了一遍又一遍。汗水从额头往下流，经过双眼，眼睛被汗水腌得又痛又痒，还带着苦涩的味道。这时的我深切体会到李绅"锄禾日当午，汗滴禾下土。谁知盘中餐，粒粒皆辛苦"诗句的意境，感叹农民生活的艰辛。没办法，我只好移步到溪边，用毛巾擦干净汗水，洗把脸，短暂休息一下后，又加入割禾的队伍当中。

午饭是在田边一棵苦楝树下进行的，大半天的劳作，什么山珍海味也比不上一碗白粥好入喉，就算是没有菜也觉得舒心。

简单地填饱肚子后，一家人继续到田间割禾。在割禾的时候，偶尔会捉到禾虾或捡到田捩鸡蛋算是意外的收获吧。

经过一天的劳作，稻田变成了一个个禾头桩，父亲挑着一担担的稻穗放到手推车上，我们收拾农具回家去。

吃完晚饭，我就跟着父亲到地堂（晒谷场）去碌禾（牵牛用石磙子脱谷）。父亲牵米大水牛，架好牛轭，套上牛篓（牛嘴罩），他左手牵着牛索，右手拿着细竹棍，"嘿"的一声，打在牛脚上，水牛就拉着笨重的石碌（石磙子）在铺满稻穗的地堂上转着圈圈，不时地传出石碌与木架摩擦的"吱呀"声。这种原始的劳作画面，在打禾机和收割机相继出现后，就基本绝迹了。

俗话说，人有三急。牛也不例外！碌禾过程中最令人难堪的就是牛拉屎尿。牛拉尿时来得及就用盘接，我每次接牛尿时都会被它溅得一身骚，来不及就只好任它流下来。至于牛拉屎，来得及就用粪箕接，来不及就用稻草接，父亲努着嘴，双手捧着一大堆又膜又臭的牛屎，用力往地堂边一扔，又继续碌禾了。碌禾的过程中还要不停地用禾杈搅场、翻场，直至碾压到谷粒都从稻草中脱落下来才可以起场。

起场的时候，父亲和母亲用禾杈把稻草掀起来抛几下，抖下禾草中的谷粒，再用竹耙把禾草弄到地堂边，有些实在难脱的稻穗，我和姐姐只好用手一粒粒地脱了，禾草碰到皮肤会有点痒痒的感觉，谷粒也是两头尖的家伙，有时被戳到也是在所难免的，但对于我们农家的孩子，这点不算什么。

第二天一大早，父母和姐姐又去割禾了，而我则另有重任，那就是晒谷了。晒谷看起来是轻松的活，其实并不轻松，整天要坐在地堂边，隔段时间要顶着烈日，赤脚行走在滚烫的谷粒上踢谷，尽量让谷晒得均匀些。有时也要防备鸡和小鸟偷吃谷，无聊的时候，就会唱起儿时那首童谣："麻雀仔，路边踎，阿娘晒谷你来偷，有日终归捉紧你，慢慢挦毛挂上钩。"看谷的时候，最高兴的是听到卖雪条（冰棍）的声音，热辣辣的夏天，口中含着雪条，那种快乐的感觉爽到飞起。有时也有卖凉粉的，吃起来也能消暑解渴。

看谷时最怕突然下雨，我们乡下有句谚语："六月的天，细仔（小孩）的脸，说变就变。"如果是"过云撒"式的小阵雨还好，用薄膜胶衣一盖就行了。如果来的是大暴雨，看到一大片黑压压的乌云时，我就要赶快叫人帮忙收谷了，这个时候，邻居家没有晒谷的人也会过来帮忙。地堂上谷捋声、扫把声、箕倒谷声，大人、小孩的叫声汇成一曲"抢雨"交响乐，比美国的大片场景还令人震撼。当乌云翻滚、狂风大作，豆大的雨点砸下来时，一包包稻谷已经集中堆在地堂的中间，底下预先放着砖块和木板垫高了，外面严严实实地盖上了几层薄膜胶衣。要是真的来不及收，被水淋了的稻谷，只好带回家里生火用锅炒了，但这些谷子出点短芽是免不了的，只是还可以用来喂禽畜，不至于浪费掉。

稻谷晒干了就要用风柜（扇车）进行筛选，父亲负责把大包的稻谷倒进风柜的漏斗里，我和姐姐则轮流搅动扇叶，饱满的谷粒"哇啦，哇啦"地流下来掉进预先放好的蛇皮袋里，瘪谷则被风吹走了，瘪谷其实也有用，可以混点好谷用来喂鹅。

交公购粮的时候，父亲用手推车推着去，而我则在后面帮忙推车。粮站的库管员拿着一根空心的铁管往包一插，谷粒就沿着管子流下来，他随便拿起几粒看了看，放嘴里一咬，撇撇嘴说："不行！不行！谷子不够干，晒干了再来！下一个。"我们只好硬着头皮又推着沉重的稻谷回去了。

把谷晒干，交完公购粮后就得着手犁田、耙田了，至于育秧，那就要更早进行了。

插秧，我们村里人叫"揀田"，这是一件十分辛苦的事情，并没有山歌所唱的"共妹插秧隔张田，魂魄过都妹那边；怎得变成金纽扣，时时扣在妹胸前"那样诗情画意。黑瘦的父亲挑着压弯了扁担的秧苗，吃力地走在松软的田基上，一步一个脚印地来到耙好的水田边，然后我们全家人都低着头，弯着腰，一脚深一脚浅地踩着泥水，克服了水滚烫、蚂蟥多、腰酸背痛、口干舌燥、汗流浃背等困难，把一蔸一蔸的秧苗用力地插进田泥中，整个过程是向后倒退进行的，低头、弯腰、伸手是长时间的机械运动，而这一切还是在火热的太阳底下进行的，有时累得腰酸、背痛、脚抽筋，但看着成排的秧苗染绿了一大片水田，心情就会无比的舒畅，好像比韩信点兵还有成就感。这可是全家人的希望啊！不管多苦多累，大家都咬紧牙关挺着。记得邻居高度近视的成叔插秧时不小心滑落了眼镜，他俯下身子，贴着泥淖寻找，眼镜未找到，满脸却净是泥巴，惹得周边插田的乡亲们一阵大笑。从此，这件事成了大家插秧时不可多得的笑话。

如今，水稻成熟时，一亩田只需化上100多元，收割机10分钟左右就搞定，谷粒也帮你脱好入包。犁田、耙田、插秧也有专门机械，可谓方便快捷，省时省力。

我合起手中的《阳江童谣》，觉得时间如流水般的匆匆，六月田"双抢"岁月已经成为过去时了，但曾经吃苦的经历却让我感触良多，终身受益。正是因为经历了"双抢"的岁月，无论在生活上还是工作中，我都有足够的底气去面对各种挑战，克服各种困难，对美好的明天充满信心。

2018 年 8 月

阳江处处是画廊

近段时间，有人在朋友圈里晒阳江的美景：日出时的金鸡岭森林公园，霞光万丈，光与影交汇成一幅阳江版的"江山如此多娇"；夕照下的海陵岛红树林湿地公园，"落霞与孤鹜齐飞，秋水共长天一色"；美人蕉掩映的鸳鸯湖音乐喷泉，别有一番浪漫在心头；以高楼、高铁为剪影的漠阳湖，碧波蜿蜒，宛如明镜；以蓝天白云为背景的安宁路黄花风铃，带给你神话般的童年……

阳春三月，春暖花开，出门俱是看花人。满眼的绿，姹紫嫣红的花，成了鼍城春天特有的底色。行走在市区的 9 街 12 巷，处处有惊喜，处处有新奇，处处能感受到浓浓的春天气息。一丛簕杜鹃、一壁炮仗花、一棵菠萝树、一盆龙船花、一株富贵竹……盘盘的春意像一圈圈的涟漪，在我胸中荡开，晃成一湖绿水，我胸中积压的烦闷顿消。小巷在我的心中一下子变得可爱了起来，我俯下身，抚摸着一间老屋墙角的青苔，这一片小小的嫩绿，没有半分的自卑，它们抖擞着精神，尽情地享受着午后的暖暖阳光。街道上过往的人群，大都洋溢着甜蜜而幸福的笑容。看到这一幕，我终于明白了我们阳江为什么能成为"中国十大最具幸福感城市"之一。

阳江虽小，却是贵地。从我们这片土地里走出过很多名人，且不说为国为民的"番薯县令"谢仲勋，武动大清的榜眼李惟扬，呵气成诗的才女王若霞、谢方端，单是听到"明月出关山，苍茫云海间"的关山月这三个字，就足以令我们阳江人自豪。除了名人，我们阳江人还有很多值得自豪的地方，如碧海蓝天、柔沙暖浪的大角湾；船说南宋海丝文化的水晶宫"南海一号"；宛若仙家洞府的阳春凌霄岩；鹞舞长空的世界风筝十绝"灵芝"；巧夺天工、"留得岭南春"的阳江漆艺；美珑美利的十八子刀具……

当然，在众多的光环里，我最喜欢"国家园林城市"这一块牌子。曾经我很羡慕新加坡人生活在花园城市里，现在我觉得我们的城市也越来越像花园了。无论你行走在市区的大街小巷，还是漫步在郊区，掠过你眼前的又何止是翠绿青嫩的香樟，何止是迎风招展的绿色稻浪。不管你走到哪里，都能看到一幅幅梦境般的油画。处处能看到花开的微笑，时时能闻到沁人的清香，常常能听到清脆悦耳的鸟声。生活在这样的城市里，给人的感觉就是安心、静心、舒心。

经过30多年的发展，阳江的市区面积越来越大，从漠江河畔扩展到了那龙河边，城南城北迅速崛起，市民的居住环境也越来越好。小时候，我所居住的三江村很多房子是自建的，矮矮的、长长的，像一个个小抽屉。到了20世纪90年代中后期，商品楼像雨后春笋般在阳江破土而出，小区中小小的花园也跟着出现了。以前我很羡慕别人家的孩子住在有花园的地方，现在，能见到有大花园的商品楼已经是再寻常不过的事情了。碧桂园、保利集团、恒大集团、恒隆集团、绿地控股集团、佳兆业集团、京源地产等纷纷落户阳江，拥有大花园、大阳台已不再是梦想。很多大的楼盘不仅绿化好，而且还筑有人工湖、游泳池，一年四季绿树常荫，美丽的花朵次第绽放，在小区内就能看到鱼游，听见鸟儿歌唱，坐在客厅能闻到淡淡的花香。有这样温馨舒适的人居环境，不感到幸福都挺难的。

华灯初上，我总喜欢带着家人漫步在三廉公园一带。街灯、渔火、星光交汇在水中，美不胜收。清新的江风带着草木的清香徐徐扑面而来，撩动着发梢，把白天的燥热和我心中的烦恼一起带走，留下的只有悠闲的惬意和无尽的舒心。河边柔美的水草轻歌曼舞，用优美的旋律诉说着一河两岸的情怀；水中张着大嘴的鲤鱼，吐出一个圆圆的水泡，像是向过往的人群娓娓地讲述着一河两岸的故事。我喜欢鸳鸯湖的椰风律动，鹭鸶展翅，鱼翔浅底；我钟情于金山植物公园伟岸的南洋杉，爱闻金山湖浅浅荷塘的那几缕荷香；我向往北山石塔的蓝天耸翠，迷恋于瑞禾石的端庄；我爱上金鸡岭森林公园的野趣，怀念半山腰那稔子花开的香艳，享受登临最高顶，一览江城小的惬意……

红花需要绿叶扶，一座有文化底蕴的城市，离不开河流与公园，绿色的点缀让城市显得更加的有魅力。经过一河两岸道路、排水、绿化、亮化建设工程的改造，市区的漠阳江畔更是增添了很多秀美的风景。马曹墟至观光桥两岸绿树成荫，花红柳绿；河堤桥头至三廉公园段芳草鲜美，鱼儿成群；马南河自实施雨污分流后，河中的水更清，鱼更多，两岸的空气更清新。一河两岸的改造，让市民拥有了江河般温柔的情怀；各大公园的建设，更是遂了市民走进自然、融入自然的心愿。林郁、花艳、水碧、气爽公园的建设，不仅是你回归自然、休闲健身的好去处，更能让你的身心经历无边绿色的涤荡。久居闹市，很容易被灯红酒绿所迷醉，生活的烦恼也时不时出来把你撕扯，幸好有绿色洗礼，如闻渺渺的梵音，让我从喧嚣中抽离出来，让内心变得更加平静、安宁、温婉。

除了大公园的建设，我们聪明的阳江人还利用"边角地"建设了集绿化、休闲、娱乐于一体的一大批体育公园、绿色微公园，以满足社区群众的日常休闲、健身的需求。

现在，阳江将实施"森林进城"工程，在阳江全市规划建设 133 个公园，规划建设面积合计 7858.24 公顷。中心城区的绿化覆盖率将达41.15％；人均公园绿地面积将达 16.52 平方米，市民出门"三百米见绿，五百米见园"将不再是梦想。"森林进城"工程将为广大市民提供优良的公共开放空间和休闲活动场所，满足居民的生态需求，有利于提升城市空间品质和宜居水平。

随着创森工程的推进，在可遇见的未来，阳江景色将更加优美，绿色阳江将变成一幅幅漂亮的画卷，一处处美丽的画廊，在惠风和畅的春天里，在多情的漠阳江畔绿舞翩跹。

2019 年 6 月

爬上楼顶看星星

双眼皮快要打架的时候，突然想起了忘记到天棚上淋花，我马上翻身披起外衣上楼，拿起花洒去装水淋花。当我不经意地扫了一眼天空时，目光却再也舍不得离开了，星空简直是美呆了。我静静地站在那里，就连水洒到了脚上都浑然不知。

久居闹市的我很多年都不曾见到如此美丽的星空，那一刻，儿时最熟悉的三首童谣一下子在耳边回响：

"月亮光光照竹坡，鸡嬷耙田蛤唱歌，老鼠行街钉木屐，猫儿担凳等姑婆，边个姑婆系鄂个，一头猪肉一头鹅，一头猪肉一头鹅。"

"月亮里头一粒珠，送娣过河去读书。读得三年冇个字，读得四年无卷书。读烂书皮坐烂椅，亏遗（了）白米喂猫儿。"

"月亮光光照地堂，年三十晚摘槟榔。槟榔甜，卖禾镰，禾镰利，一刀割紧阿婆那个鼻。鼻头低，个鸡，鸡尾长，个羊，羊角扭，扭死屋背二叔婆那光（一群）狗。"

在未拉电线杆、未买电视机、没有空调的童年时代，大人们喜欢摇着葵扇在榕树头下吹水（方言：闲聊），小孩则喜欢在月光下玩游戏，有时也会出神地仰望星空，一颗一颗地数着星星。尤其是夏天的夜晚，野径云俱黑，山村灯火零，满天的星斗和弯弯的月亮特别有吸引力，特别好看，比盖着红头巾出嫁时的村花还耐看。那时的我们不懂什么叫浪漫，不知道什么叫诗情画意，也说不清什么叫美，美在哪里？但是我们的眼里写满了"好奇"两字，觉得这满天的星斗是越看越顺眼，越看越宽心，越看越舒心。

星星、月亮、浮云、树林、竹坡、溪流、清风、虫鸣构成了一幅别具韵味的山水画，充满了灵动，令人迷醉，这美好的一幕定格在我的童年，深深地备份在脑海深处。

我们一边看着星星和月亮，一边听村里最有学问的远伯伯讲牛郎织女的古仔（方言：故事）。从那时起，我知道了天上有一条天河，牛郎和他的儿女住在天河的一边，而妻子织女却住在另一边，他们一家人只能在每年七月初七借助无数喜鹊所搭的桥相聚一次。多么凄美的故事啊！我当时好奇地问远伯伯："牛郎家养的是不是沙牛（黄牛）？沙牛不会游水，要是他养的是水牛该多好啊，水牛能游水，就可以把牛郎和他的一对儿女驮到对岸啦！"远伯伯听了我的提问，捋了捋胡子，哈哈大笑："讲古（故事）无意驳，驳到伟（会）穿头壳！"看到远伯伯那打脑袋的手势，我吓得不敢再问了。然而，我对于牛郎织女的爱情故事却更加好奇了。

读小学后，我在第四册《自然》的课本里看到了星空图，那几张半球状的蓝色南、北天星空图深深地吸引住了我。凭着这几张图，我认识了很多星座，如双子座、天琴座、天鹅座、天秤座、狮子座、金牛座……知道了星星还分0等星、1等星、2等星、3等星、4等星、5等星、6等星。当然，令我念念不忘的迢迢牵牛星和皎皎河汉女，在满天的星斗中，我也能准确地找到他们的位置，至于那盈盈一水间的天河，依然横在他们中间，只是苦于"欲济无舟楫"，唯有坐等鹊桥来。

长大后，我看星空别有一番韵味。一样的星空，却是不一样的心情。或许是我的阅历日渐丰富了起来，看着星空，我会想起诸葛亮的八阵图，想起伽利略望远镜与开普勒望远镜，想起紫金山天文台，想起贵州的天眼，想起郭沫若的《天上的街市》，想起毛主席的诗句："坐地日行八千里，巡天遥看一千河。"想起明朝李尚书与大才子解缙的经典绝对："天作棋盘星作子，谁人敢下？（上联）地作琵琶路作弦，哪个能弹！（下联）"还想起了 2012 年诺贝尔文学奖得主莫言应对的另一经典下联："散星如银日如斗，自然度量！"……

　　参加工作后，我在市区辗转换了几个地方居住，或许是灯光太多了，遮蔽了双眼，就算是晴好的夜晚，也难得见到几颗星星，而且在忙碌的工作之余，更是难得有看星星的闲情。自从今年初搬到竹篙山脚下居住，不但空气好了起来，天上的星星也多了很多，虽然比起乡下还是少，也算是可观的了。爬上楼顶看星星，令我有一种"海阔天空"的感觉，"纵使浮云能蔽日，阴霾亦仅是须臾"。看完星星，什么烦恼都会烟消云散，自然会有一份好的心情。

2019 年 11 月

甜蜜的甘蔗林

邻居黄伯上午送给我 4 根甘蔗，一根是雪梨蔗，一根是腊蔗，一根是青皮的甘蔗，还有一根是我最喜欢吃的"783"。黄伯近几年每年都会送甘蔗给亲戚朋友和邻居，用他的话说就是："甜蜜要分享，独乐乐不如众乐乐。"

黄伯早年是阳江糖厂的工人，阳江糖厂停产后，他下岗回乡务农。出于对制糖事业的热爱，他在种田的同时，也会种上半亩的甘蔗，不为卖钱，只为保留一份甜美的回忆。

关于甘蔗，黄伯夫妇还有一段甜蜜的爱情故事。听黄伯说过，他与黄伯母是在砍甘蔗的时候认识的。黄伯年轻时到塘角一带帮朋友阿均砍甘蔗，没有想到阿均的表妹阿芬，也就是后来的黄伯母正好也过来帮忙捆扎甘蔗，就这样，两人在甘蔗地里来了一次美丽而甜蜜的邂逅，砍蔗的过程中，两人说说笑笑，很是投缘。阿均看在眼里，乐在心上，在以后的日子里便留了个心眼，为两人制造机会。随着彼此的深入了解，黄伯与阿芬两人坠入爱河，经过两年的恋爱，正式拉上了天窗。

相识于甘蔗地里，黄伯夫妇把甘蔗当成了他们无声的媒人。不管日子过得有多困难，黄伯总是坚持种上一小片甘蔗，以铭记这一份爱情。

小时候，我家里也种过甘蔗，甘蔗的品种以"台糖""粤糖"为主，青皮甘蔗居多。

　　种甘蔗其实是一件很辛苦的事情。清明前后，父亲就要准备整地的工作了，深耕是甘蔗增产的基础，甘蔗根系发达，深耕有利于根系的发育，使地上部分快速生长，提高产量。挖蔗沟也是一项体力活，蔗沟的宽窄、深浅要因地制宜，但蔗沟的底部一定要平，下雨天才能顺利把积水排干。选种也是一项学问，甘蔗种要选择直立、茎粗、未开花的蔗株作种才会长出出壮的甘蔗米。培土、追肥、脱蔗叶、防台风，每一项工作都会累得你大汗淋漓。脱蔗叶的时候还要预防被锋利的蔗叶割伤，每次脱蔗叶的时候，我们都会戴上手套，脱蔗叶时碰到甘蔗毛，身上会痒痒的。砍甘蔗更费力，我挥起小锄头朝甘蔗的头部用力砍去，甘蔗应声而倒，这动作有点像打羽毛球，但不似打羽毛球那么轻松，每当我砍完一行甘蔗，就累得上气不接下气了，额角直冒汗。我回头看了下父亲，他还在继续挥动锄头，没有累的迹象。父亲早年当过兵，退伍后又经常干农活，这些本领都是练出来的，我心里笑道："看来姜还是老的辣！"母亲则在修甘蔗头的根须和撇甘蔗尾，把一根根修好的甘蔗用竹篾捆成一大捆。每次砍完甘蔗的时候，父亲把一捆捆上百斤重的甘蔗放到肩上，集中放到手推车中推回家。砍甘蔗的时候，最爽的要数家里的大水牛了，甘蔗尾部长长的叶子，能让它睡在大树底下饱食几天。

　　吃甘蔗对于童年的我来说，是最快乐的一件事情。放学的时候，我嘴馋了就钻进自家的甘蔗林里，用校服往蔗头一包，然后使劲一拗，甘蔗"啪"的一声闷响，应声而断，就算父亲在甘蔗林外面也很难发现。那时候的我吃甘蔗根本不用刀，我把成条的甘蔗放在膝盖用力一拗，甘蔗就一分为二了，靠牙齿就能把甘蔗皮撕开，我只吃中间的蔗肉，至于硬硬的蔗克（结节）我是不吃的，怕咬坏牙。有时候，我也用小刀把甘蔗弄成一小块一小块的，然后用胶袋包好放到口袋里，上学或在外面放牛的时候，嘴馋了就来一口，甘蔗汁顺着舌头流进喉咙，很是清润，那种甜甜的滋味美极了。

　　20世纪80年代的农村可没有榨汁机，而我想吃甘蔗汁就想出了一个好办法，我把甘蔗削皮，切成一小段一小段的，然后放到大石磨中碾压，当绿色的蔗汁流进我预先准备好的碗中时，我早就馋得直舔舌头了。寒冷的冬天里，我们喜欢把甘蔗放到炭火堆里去烤，甘蔗被火烤过后，显得特别香甜，微烫的甘蔗一口咬开，慢慢咀嚼，便会有一股暖流滋润肠胃，身子一下子暖和起来，我们很享受这种穷日子穷乐的甜蜜滋味。

　　参加工作后，我在县城里工作，很难见到甘蔗林，但甘蔗林里甜蜜的记忆却时时萦绕在我的脑海里，多次出现在我的梦中。每到"十月糖归尾"的时候，我都会买上两根甘蔗慢慢细嚼，仿佛童年甜蜜而幸福的日子又回来了。

　　好怀念啊，我的甘蔗林，甜蜜又幸福的甘蔗林！

2018 年 11 月

绿竹荫浓夏日长

炎炎的夏日，躁动的心何以安放？在我的脑海中浮现一大片竹海，带着丝丝的凉意和浓浓的乡愁。

这一大片竹林种在我的老家，种在我的童年记忆中。竹林在村前的小河边，潺潺的溪水静静地流淌着，带着一溪的欢笑声远去。竹林后面是村庄，前面是一片开阔的田畴，青青的竹海把禾苗染绿，置身其间，满眼尽是苍翠。

村里人很喜欢这一片竹林，尤其是炎热的夏天，这里成为村民心中的"避暑山庄"。竹林下堆放着或长或短的平滑大石凳，这些大石凳取材于溪水边，经过岁月的打磨，已经隐去锋利的棱角，蕴藏着温润的清凉。年老的村民喜欢坐在竹林底下摇着大葵扇，一边纳凉，一边聊天。父亲则喜欢在竹林底下织农具，粪箕是父亲织得最多的农具，粪箕也是干农活最常用到的农具。村民不管是种菜还是犁番薯，总喜欢用锄头挑着粪箕。虽然粪箕好用，但织起来挺费时间的。小时候，我就跟父亲学过。首先要选一条适中的藤条或杉木用火"屈弯"做边框，再挑一条两三年份的广宁竹破开做篾青。我很喜欢放个十字架去破竹的感觉，用刀背敲几下，就能感受"势如破竹"的清脆回响。破篾青其实也是一项危险的工作，分开篾白的时候，一不小心，锋利的篾青就会割伤手指，我每次破篾青的时候都是小心翼翼的。织粪箕起督（底角）是关键，起好后就一条篾一条篾地织开来。为了使粪箕变得密实些，每织一两行就要用刀背敲几下，织好一个粪箕要大半天的时间。

父亲在织粪箕的时候，我们经常在竹林下玩，有时把篾白当作绳子跳，有时会到溪边捡几颗圆溜溜的石头子来"做子"。"做子"其实也挺有趣的，从"做一""做二"到"笼鸡""拾猪屎"，每一个环节都要快准狠，是很能锻炼手和眼协调能力的游戏，村里的小孩，不分男女，都喜欢玩这游戏。

捉竹笋虫，也是我们小孩子最爱的节目。炎炎夏日，动几下就会挥汗如雨，可是身在竹林间，有一种清凉的感觉。我们在竹林底下闲着也是闲着，顺便去捉下竹笋虫，既能打发无聊的漫长时间，又能为竹除害。竹笋虫长长的鼻子有点像微缩版的大象，它全身披着黄黑相间的盔甲，酷似饱经沙场的铁将军。小时候，大伯父患有风湿疾病，经常会感到腰酸腿痛的，镇上的"赤脚医生"给大伯父开了一道偏方，其中最重要的一味药就是竹笋虫。为此，我们经常到竹林里去为大伯父捉竹笋虫。竹笋虫皮粗肉厚，爪子十分锋利，我们逮到它的第一件事情就是把它锋利的爪子给拗断了，再把它们放到袋子里。我们有时也会把竹笋虫用小竹枝缚住，然后挥手搅动几圈，竹笋虫受惊后就会扇动翅膀，充当我们免费的"风扇"。

修长的竹子，是制作乐器的好材料。小时候，我们经常砍竹子来制作笛子和箫。竹制的箫和笛比石制或铜制的更加音韵清越，静静地坐在竹林下，闭上双眼，用心倾听村里的林伯吹奏一曲《梅花三弄》，那是夏日里难得的享受。

竹林深处，除了避暑的村民，还有悦耳的鸟鸣。"北光北火""兜欧""啾啾"……各种鸟叫声此起彼伏，散落在竹林间，真是赏心悦耳。小鸟穿梭在竹林间，时而歌唱，时而伸着脑袋和竹林下的小鸡相互对看着，这一画面十分有趣。不甘寂寞的蝉儿也放开喉咙大声地歌唱，好像要把一整天的烦闷唱出来才会舒服。竹林下的小黄狗早已经习惯了这一阵势，它并不会汪汪地叫，它只是静静地趴在地上，不时地吐着浅红色的舌头。

二伯喜欢抽烟，他抽的是"大碌竹"，他的这根水烟筒就是在这一片竹海中找到的。二伯喜欢带着他的宝贝"回娘家"，坐在竹椅上，慢慢地吞云吐雾，也是一种享受。

如今，很多村民出城居住了，村里显得有点"荒"，竹海也被村民们砍掉卖给人做"排栅"了，只剩下光秃秃的竹头和幼嫩的笋竹。火辣的太阳直照下来，到处是袅袅升腾的水蒸气，村民们不再在这里纳凉了，好企盼这一片竹海快点长高、长密，让浓荫再现，笑声再朗。

2019 年 7 月

养猪的回忆

"点褒褒，褒箩头，金戒指，石花榴，花榴香，二哥祼（娶）二娘，三斤猪𡟼肉，四斤猪𡟼肠，油麻捞韭菜，个人挟箸走行开。"下班的时候，听见邻居陈姨在哄孙子时唱起的童谣，让我进入了与猪一起生活的童年回忆中。

小时候，我家里很穷，姐妹又多，父亲除了面朝黄土背朝天，细心耕耘两亩薄田外，大部分的时间都花在了养猪上面。

那时候的猪，可以说是家中的宝贝。猪栏是父亲自己用红砖和沥青纸建的，虽然不大，也不美观，但是用来养上十几头猪还是可以的。猪栏里除了 10 多头肉猪，还有两只本土仔猪𡟼了。这些肉猪，都是两只猪𡟼的"傍斗仔"（猪𡟼自己生自己养的猪仔）。小时候，我很喜欢本土仔猪𡟼，它的身上完美地诠释着白与黑。整个猪头黑黑的，像铁锅底下的"锅溜湫"（锅底灰），偏偏猪嘴部分长得白里透红，有种说不出的滑稽，尤其是它睙着大肚子，肚皮下面拖着一排长长的乳头，一摇一晃笨笨走路的样子，现在回想起来都会笑。

对于本土仔猪𡟼，我们每隔一段时间就会把它放出来晒晒太阳。走出猪栏，它可快乐了，在村子里优哉游哉地溜达着，一不小心就闯祸。晚上，二叔婆来投诉，她家的菜地被我家里的一只猪𡟼"一行理一行"地干掉了，母亲只好不住地给二叔婆道歉，还心疼地从裤腰袋中掏出一张"大团结"（10 元）递给她。二叔婆一边把钱放入口袋，一边假装大方说："大家乡邻乡里的，不用太计较。"

猪嫲会闯祸，肉猪有时也不省心。或许是圈养的生活太苦了，它们有时也会大胆做出跨栏的"越狱"之举。每到这个时候，我们是最头痛的！全家人都要拿着火把、木棍在村里村外进行拉网式搜索，逢人就问，见林就进，我们最后在邻村的番薯地里找到了"离家出走"的几头肉猪，它们正用粗大的鼻子在拱人家地里的番薯吃。看着地面吃了一半就丢掉的生番薯，父亲气得一棍朝猪背脊打下去，被打的大白肉猪们一边"嗷嗷"直叫一边跑，我们怕它们再次走失，就拿木棍把它们拦住。或许是受惊过度，这些肉猪怎么赶也赶不回去，父亲只好回家里拿来几个竹篾做的大猪笼，再推来一台双轮手推车，这回肉猪们美美地享受了一下坐人力手推车的滋味，想必回去也能跟同伴显摆一下。

家人最紧张的时候，就是猪嫲产仔的那段时间。每到这个时候，父母就会放下手中的所有农活，专心致志为猪嫲服务。出于好奇，我也看过猪嫲产仔。猪嫲分娩前一天晚上，母亲就会在猪圈里垫上一层厚厚的禾草，猪食也挑些好的易消化的。猪嫲生仔的过程中，父母是在一旁候着的，猪嫲每生出一只猪仔，父亲都会把它移开一点，生怕猪嫲一不小心就会把它压死。猪嫲生猪仔的时间可谓非常漫长，通常要六七个小时，每次正常产子都有 10 只以上，我记得有次猪嫲一次生了 16 只猪仔，看着初生小猪那可爱的萌态，辛苦了几个钟头的父母都笑了起来。

猪栏头数的多少，直接关系到我们一家人的生活质量。那时候，我们可没什么钱买饲料，平时喂猪只能用剩饭剩菜混成的潲水和砍碎煮熟的番薯苗，番薯和木薯收获的季节也会煮些番薯、木薯来喂。每次机（碾）米，父亲总会把糠留下来，带回家中喂猪。榨完花生油后所剩的麸，父亲也一块不落下，这些都是猪猪们的上等美食啊。

俗话说："人怕出名，猪怕壮。"猪壮了就要出栏。以前卖一头猪要一年以上，不足水（重量）的猪一般不舍得卖。我们如果想卖猪，只要联系食品站的人就可以了。宰完猪后，食品站的员工经常会给我们留两架猪肉。

吃着自家养的猪肉那就是香，哪怕是最寻常的腩肉焖豆豉，用柴火煮熟，端上来顿时满屋飘香，咬上一口，先软后绵，细细咀嚼，皮质的柔韧感才凸显出来，肥肉部分入口即化，肉香萦绕在舌尖；瘦肉则厚实回甘。现在回味起来，我也会不自觉地舔舔嘴唇。

　　岁月更迭，时代进步。现在养猪更加专业化了，猪肉天天都能吃到。我家里虽然不养猪了，但我还是很怀念小时候那段日子，怀念我曾经养过的小猪，它们带给我的快乐，令我刻骨铭心。

2019 年 2 月

醉美稻花香

　　金风送爽、玉桂飘香的日子，我回到了久别的故乡。走在村前的小溪边，那滑过田畈的淡淡稻花香和着泥土的味儿向我飘来，丝丝地游走在我的心田，滋润着我的每一个细胞。我的心情为之舒畅，感到格外的轻松。

　　扬了花的稻田显得特别靓丽，一株株稻苗齐刷刷地吐出密密匝匝的稻穗，山风翻卷着一层层绿色的稻浪冲向远方，鸟儿在浪花上轻歌曼舞，不甘落后的蜻蜓也赶过来献上自己优雅的舞姿，场面很是热闹。

　　一棵棵水稻，或高或低，平平仄仄，是撒落在田野里最朴实的诗行。从它们落地的那一刻开始，便在混浊的泥水中开始酝酿一个秋高气爽的丰收之梦，等到沉甸甸的谷子压弯了稻穗，那便是田园里最绚丽的风景了。

　　稻花没有荷花的豪放，没有牵牛花的艳丽，也没有茉莉花的清香。稻花的香味很淡很淡，以至于小时候的我认为稻花没有香味。父亲告诉我要静下心来，深呼吸，闭上眼睛，细细地品，才能闻到稻花的香味。水稻扬花的时节，乡村便被幸福的馨香浸染，变得安宁和谐。

　　稻花是开在田里婉约的诗词。它清新脱俗，质朴而不张扬，哪怕做了农作物的龙头老大，也从不骄傲自满。稻花长得娇小依人，给人一种弱不禁风的感觉，而且经常躲藏在长长的稻叶间，如果你不细心去观察，很难发现它的存在。父亲是地道的农民，经常行走在地里田间，庄稼的每一个细小变化，他都明了于心，就算一只小小的椿象卵都逃不过他的火眼金睛。稻花虽然弱小、轻微，但我知道，它是田野中最不寻常的生命。它于碧绿的禾苗中举起朴实的旗帜；它巧借太阳的光芒，把细小的谷粒变成金子。

父亲喜欢农作物的清香，尤其是稻花香。父亲的这一爱好与他的生活经历有关，他曾经历过大饥荒，对于粮食特别看重。稻花在父亲的眼中，那是香喷喷的白米饭，也是一年中全家的主要经济来源，小小的稻花寄托着父亲对于丰收的期盼。在我的脑海中，存放了很多关于父亲巡田时察看稻花的情景。

每次水稻扬花的时候，父亲去巡田的次数便会增多，他喜欢把脸贴近稻花，闭上眼睛，耸耸鼻子，露出一副很享受的表情。小时候，我出于好奇，曾用放大镜观察过稻花，它的花朵很小，没有花瓣，张开的两片外稃像两只搁浅的绿舟，绿舟内有 6 条长长的花丝托着 6 枚浅黄色的花药，父亲告诉我，这 6 枚花药是公（雄）的花蕊，而雌（雌）花蕊则矮些，它连着子房，雌花蕊被雄花蕊环抱着，宝贝得不得了。这么一大片扬花的稻田，怎么会看不到一只蜜蜂在采蜜和授粉呢？我当时觉得很奇怪。后来，父亲告诉我水稻是自体授粉的，雄蕊的花药借助风力飘落到矮一点的雌粉上与雌粉子房中的胚珠结合，发育而成胚芽，完成稻谷生命的传承。水稻开花很是奇怪，它上午 9 时开始开花，中午最盛，下午 4 时以后开花较少。水稻的花期一般很短，单穗扬花的花期约 5 天，单株扬花的花期约 10 天，整块田的水稻扬花期集中在一个星期左右。听父亲说，一株稻穗能开两三百朵花，正常情况下一朵稻花会形成一粒稻谷。如此强的繁殖能力，这或许就是水稻生生不息的主要原因吧。

水稻扬花时节，田间的管理很重要。父亲会根据水田的干湿程度进行适当补水，让田水一直滋润着稻田，直至白色的米浆把稻谷填得满满的；当稻穗被压得弯下了腰，这时就要适量地放田水了。

田间的管理除了补水、除杂草、施肥外，防虫害、防福寿螺、防老鼠也很重要。椿象、蝗虫、福寿螺喷点药一般情况下都能解决，至于老鼠，那是最令农民头痛的动物，老鼠药、粘鼠胶、铁笼陷阱等对老鼠所起的作用越来越小，老鼠咬禾的事件却越来越多。为了杀死田间的老鼠，父亲可谓是绞尽脑汁。

稻花谢后稻谷就开始灌浆了，从水稻扬花算起，大约一个月的时间，谷粒就会饱满起来，瞻仰蓝天白云的稻穗开始俯视大地，沉默地思考自己艰辛而灿烂的一生：从浸谷种、育秧到插秧、拔节、分蘖、抽穗、扬花，再到成熟、收割、脱粒、晒干、除秕谷。

每年水稻播种的时候，我都会到故乡的田野走走，去寻找曾经耕田时此起彼伏的清亮牛歌，回忆父亲曾经给我们唱的牧牛歌："一生耕作在田畴（唵），条条重担压膊头（哇）。人牛共历风和雨（唵），相依为命度春秋（哇）……耕田只望谷米多（唵），六畜兴旺满山坡（哇）。人牛共庆丰收日（唵），心安肚乐唱条歌（哇）。"

每次看到稻穗弯腰的样子，我都会想起佝偻着腰在水田中薅锄稗子的母亲，想起母亲教育我的话："种田要像长工，读书要像相公。"还有她叫我猜的谜语："清水栽，浊水养，姑子（方言：果子）好吃树难上。"想起李绅的诗句："谁知盘中餐，粒粒皆辛苦。"想起辛弃疾的词句："稻花香里说丰年，听取蛙声一片。"想起现在我们所推广的"光盘行动"……

近年来，随着农业科学技术的发展，机械化耕种越来越普及，村民种水稻没有以前那么辛苦了。美丽乡村的建设和农村人居环境整治，更是让故乡的村容村貌焕然一新，稻田成了村里一道醉美的风景。那淡淡的稻花香被风轻轻地吹着，吹进了每一位游子的心中，成为一抹淡淡的乡愁。

2020 年 11 月

八月芋头香

　　中午，我下班回家的时候，见到母亲坐在客厅中，一边摇着摇篮，一边唱着《十二月份歌》："一月穷，二月凶，三月拜祖宗，四月踩涩瓮，五月包裹粽，六月腰骨痛，七月粉仔长过葱，八月芋头'蕡'（阳江音，很粉的意思）……"女儿甜甜地咬着左手的食指睡着了，右手还拿着半截尚未吃完的芋仔。闻着淡淡的芋香，我的记忆大门被一下子打开来，童年生活的情景如电影胶片般一幕幕地在我面前上演着。

　　小时候，我喜欢看荷叶，但我更喜欢看芋叶。荷叶很多时候"只可远观而不可亵玩"，而芋叶我可以随时地亲近它、抚摸它、观察它。特别是清晨的时候，微风吹过芋田，晃起一重重绿色的波浪，像河水中悠哉悠哉的参差荇菜，显得很诗情画意。其实，不只是我喜欢芋叶，蜻蜓、青蛙、瓢虫等小动物也喜欢芋叶。一张张心形的芋叶一层层地铺开来，或高或低，随风起伏，我仿佛听见了大地的心跳声。芋叶的表面比荷叶更加柔软光滑，新生的芋叶摸起来像涂了一层猪油一样润滑，手感很好。一颗颗晶莹的露珠在芋叶温暖的港湾里，自由自在地晃来晃去，似村里一群天真活泼的小姑娘在任性地荡着秋千，满是稚趣。太阳光透过露珠，把朝阳绯红的脸贴在芋叶上，更添了几分灵动。

　　未绽放的芋叶，油嫩油嫩的，似微卷的海浪。张开的芋叶如蓝天白云下撑开的一把把青绿色的油纸伞，伞下似有一群穿着旗袍的美少女在田间、地里袅袅娜娜地行进着，留下了醉美的倩影，给人无限的猜想。

不可否认，故乡田里的主角是水稻，但这并不能遮盖芋田的秀美。芋田的景色是稻田景色的补充，芋田与稻田共同绘成了一幅环境优美的乡村山水画，置身其中，神清气爽，烦忧皆忘。

在我的故乡，芋主要有三个品种：白筋芋、红筋芋和菜芋。把芋头煮熟，如果芋肉的纹路是白色的就是白筋芋，如果纹路是红色的则为红筋芋。白筋芋通常不是很粉，红筋芋的芋仔很粉，而芋头没有芋仔那么粉。菜芋主要是取芋梗用来当菜吃的，芋头很小，也不好吃。至于南青芋（魔芋）和番鬼佬芋，那又是另外两种植物了。

不管是哪种芋，都是喜湿怕旱，每次种芋，母亲总喜欢把芋种在水土相对湿润的田地里。一个芋头一个坑，把芋种放下后，再撒点草木灰，回好土，最后在上面铺一层薄薄的稻草。好田地种出的芋，叶子大，芋梗壮，芋头粗，芋肉香。

以槟榔芋为代表的红筋芋比较受我们的青睐，不管是喜宴上的招牌菜式香芋扣肉，煲糖水时的红豆西米芋，还是好吃的早餐芋头糕，都少不了用槟榔芋作为主要食材。

在我饥饿的童年时代，每到 8 月，总盼望着早点挖芋解馋。虽然有些芋梗早就被母亲割下来腌成了小菜，成了我们餐桌上或酸或甜的美味，但我们还是抵挡不住芋香的诱惑。每次看到别人在焗芋或煨芋，我的双脚都会迈不开，肚子在咕噜咕噜地叫，那可怜巴巴的眼神像是希望别人能分我一口香芋吃。

母亲挖芋的日子，是我们最开心的时候。拔芋头、切芋梗、洗芋泥、刮芋须、刨芋皮，我们姐弟几个都抢着做。虽然剥芋皮时，我们经常没有戴手套，弄得双手痒痒的，但是一想到马上就能闻到芋香，吃到清香软糯的芋肉，好像手又没有那么痒了。母亲的拿手好菜是香芋扣肉，芋头选的是个头大而饱满的槟榔芋头，猪肉选的是肥而不腻的五花腩肉，这道菜一端上来，芋块首先被我们一扫而光，最后大家才吃腩肉。

每到中秋月圆之夜，甜薯、香芋和柚子是故乡拜月必备的物品。我们阳江有一首很出名的民谣，叫《中秋盼郎归》："中秋八月芋该煨，月伴糖鸡奴伴谁？月饼酥包奴摆便，掰开仆子（柚子）等君回。"这首一语双关的民谣，可谓雅俗共赏，形象生动，表达了在家苦等的媳妇对出门在外的丈夫的深深思念，同时也有媳妇希望丈夫早日回家团圆的殷切期盼。此外，关于芋头的童谣，还有一首"死妹仔，嫁马岗，生水芋头煲芋汤"，也是挺有趣的。

记得以前我在野外放牛的时候，突然下起了小雨，我又没有带伞和戴草帽，如果有香蕉叶，我会首先选择折香蕉叶来遮挡雨水。如果没有香蕉叶，而身边有芋田，我会摘几张大的芋叶当雨伞，保证不会淋湿头，降低淋雨后感冒的概率。

有时我在野外采到茅菌或摘到野果，在没有胶袋装的时候，如果身边有芋叶，我也会用芋叶包着带回家里。我的父亲曾经用芋叶包过白面水鸡的蛋带回家里，令我高兴了好几天。

母亲见我在发呆，走过来拍了拍我的肩，说："强仔，扣肉香芋做好了，开饭啦。"这时我才回过神来，跟着母亲一起吃饭去了。

2020 年 9 月

"回南天"的囧与乐

　　"回南天"是南方地区特有的产物，是冷暖空气邂逅所产生的爱情结晶，这是一种天气返潮的现象。

　　乍暖还寒的季节，我一觉醒来，家里全变了样。在这样的天气里，我家里就像桑拿浴室，到处是活跃的水分子。被子是黏黏的；眼镜的镜片上布满了小水珠；地砖湿漉漉的，像一汪清浅的水塘；卫生间的墙壁像倒挂的水帘洞，水顺着墙壁缓缓地流了下来。见不到太阳，衣服晾了几天还是湿湿的，闻起来有一种骚臭的味道。最搞笑的是我家里的一个小木柜，竟然在"回南天"的这段时间里长出了几朵大木耳。最可怜的要数我房间的书柜，木板发霉了，到处长满了白色的东西，有些书本也成了被殃及的"池鱼"，虽然被我用风筒吹干了些，但发霉的书本实在太多了，风筒这时也是"物力有时穷"了，我只好等待太阳出来的日子，学一下《西游记》中的师徒几人，晒一下书本了。

　　"回南天"的空气流动很不顺畅，像耄耋老人走路的样子。"滞""闷"和"黏"这是我对回南天的最大感受，难怪隔壁家的老黄昨晚总是在咳嗽个不停，他本就患有慢性支气管炎，遇上这样的天气，想睡个安稳觉都挺难的，真是可怜啊！

　　上班的路上，我特别小心。湿滑的路面，再加上不足 50 米的能见度，令我不得不轻踩油门，诚如《流浪地球》中经常播放的安全口号："道路千万条，安全第一条。"安全驾驶总没错，更何况是在这样的起雾天气呢。

在食堂吃早餐的时候，我走在湿滑的地板上，感觉就像走在春湾石林的玻璃栈道一样，得小心翼翼的。纵然如此，我还是滑了几下，虽然狼狈了点，但庆幸并没有摔倒。上楼梯的时候，我遇到了正在孕期的同事阿雪，看着她用双手拱着大肚子，像蜗牛一样慢慢地挪动着，我提醒她："楼梯湿滑，要注意安全！"她微笑着向我致谢。

记得读大学的时候，教我们英语的外教女老师艾米·罗伯茨最怕我们广东的"回南天"，她觉得这是一种糟糕透顶的天气，比超级台风更令她讨厌。遇上"回南天"，她每天晚上都会失眠。我们听到她最多的感叹是："oh，my god！"（哦，我的天哪！）看着她摊开双手所做的无奈表情，我们都笑了。其实，罗伯茨老师的囧事，又何曾不是我们的囧事呢，只是我们从小就经历过，早就已经有"抗体"了，而她是大姑娘上花轿——头一回，不习惯也属正常。

遇上"回南天"，最头痛的是学校里面的电工师傅了。这边的电话刚放下，那边的电话又响起来了，"师傅，我们班教室里的光管烧了，麻烦你过来换一下。""师傅，我们宿舍的开关跳闸了，麻烦你帮忙打上去。""师傅，我们班教室里的空调开不了，麻烦你过来看一下。"……这段时间，空气十分潮湿，很多电器都没有挺住，电工师傅就像旋转的陀螺，一直忙个不停。

如何对付"回南天"，微信的朋友圈里可谓各出奇招，有用洗衣粉、苏打粉、咖啡渣、香薰蜡烛的……我家里最常用的方法是：早晚紧闭窗户，中午开窗通风，打开空调的除湿功能，在衣柜中放些竹炭。每到这个时候，母亲还会用黄芪、党参、薏米、扁豆、红枣、大米来煮参芪粥给我们吃，一来养胃，二来可以补中益气、健脾祛湿，缓解湿盛带来的身体不适。

撇开"回南天"的囧事，我觉得"回南天"这三个字有一种朦胧的美，充满了诗情画意。看着窗外百花争艳，姹紫嫣红，满树油嫩的绿芽，空气中飘来的泥土气息夹着花儿的幽香，我的心情顿时好转。我伸出食指，饶有兴趣地在布满了水雾的窗户上写："心若安好，便是晴天！"然后傻傻地笑了。

　　世间万事万物，存在必然有其道理。"回南天"虽然讨人厌，但它却是南方地区不可或缺的天气。潮湿的空气为植物的生长提供了充足的水分，我相信没有"回南天"，南方的花儿不会这样的红！潮湿的空气，让嚣张的粉尘变成了泄气的气球，没法再到处张牙舞爪了。"回南天"的浓雾弥漫，为很多山和路添上了"仙气"，人们走在其中，如游仙境。"回南天"的浓雾风景更是诗人、摄影家、画家的"宠儿"，他们纷纷走出户外，捕捉各自心中的美景。

　　"回南天"里，趁着春暖花开，一家人或相约挚友外出踏春，亦不失为一件乐事。

2019 年 3 月

"讲古仔"的人

说到会讲故事的人，我首先会想到谢赫拉莎德，她用一千零一个故事吸引了国王，无限期地推迟了她的死刑，最终感化国王，与她白头偕老，同时也拯救了其他无辜的女子。同样会讲故事的人还有 2012 年诺贝尔文学奖获得者莫言，他在瑞典学院面对着 200 多名中外听众，发表了主题为"讲故事的人（storyteller）"文学演讲，故事感人，透彻心扉，赢得了听众长达一分钟的热烈掌声。

讲故事，阳江叫作"讲古仔"，讲故事的人则被称为"讲古佬"。在"讲古仔"这一行业中有一条不成文的规矩，那就是"讲古无意驳"，当然，也有"讲古佬"会在后面加上一句"驳到你老婆之归鄂"。"讲古佬"有时"讲古"的方式很夸张，"广东一只牛，吃了广西一省禾"这种情况也会出现，虽然说法离谱了点，但通过夸张的对比，人物形象会更加丰满。"讲古佬"的招牌用语就是"欲知后事如何，请听下回分解""花开两朵，各表一枝"和"说时迟那时快"。

民国初年至 20 世纪 60 年代，说书（讲古）在阳江是一种非常流行的职业，当时的说书"档口"主要在中山公园的民权阁、漠阳桥头、河堤、渔洲等地方，当时比较出名的"讲古人"有"花王"陈良、"憨妹仔"杨文章、"拐祟"张崇楷、"杨不洋"杨文典、姜操、谈笑、计掌、杨荣等人。其中，杨文章喜欢讲《济公传》，他身体瘦弱，身穿黑色唐装，背插一把烂葵扇，俨如一副活济公相。姜操喜欢讲《三国演义》和《水浒传》，他讲到诸葛亮的《后出师表》时竟一字不漏地念了出来。计掌则喜欢讲《金瓶梅》，至今还深深地刻在老一辈人的脑海中，据说他讲潘金莲推窗偶遇西门庆的情节，能绘声绘色地说上一个多月。听众们或坐或蹲或站，看得大饱眼福，听得津津有味，乐得心花怒放。我的岳父就是在"听古仔"的文化熏陶下长大的，每次提到"听古仔"的往事，他都会精神抖擞，两眼放光，脸上写满了不舍。

20 世纪 80 年代，"讲古仔"的活动在我的故乡也非常流行。不管是村头巷尾，还是地堂、榕树头下，村里文化最高的远伯在农闲期间都会免费给我们"讲古仔"。他讲的是《西游记》，每次开讲前他都喜欢吸上几口大碌竹（水烟筒）醒醒神，远伯说的"猪八戒"春光灿烂，形象生动，充满了灵性，每次听完我们都笑得前俯后仰。

到了晚上，没有电视和收音机，我们几姐弟最喜欢缠着父亲讲故事了，虽然父亲所讲的《陈梦吉》没有远伯所讲的《西游记》精彩，但我们还是听得津津有味，带着满足的笑容进入梦乡。爷爷、奶奶、外公、外婆有时也会讲故事，就算他们的故事有点"土"，我们也喜欢听。

20 世纪 90 年代初，随着收音机的普及，新派武侠小说的广播风靡一时，坐在收音机前静静地听着郑达充满诱惑力的"广播小说，荡气回肠，赏心悦耳！广播小说，娱乐大众，老少咸宜"，那比过年时拿到长辈的利是钱还令我们高兴。我们到田野里去放牛，也喜欢带上收音机。那时我们最喜欢听郑达的《黑鹰传奇》，他讲述的莫纹姑娘最为传神，嬉笑怒骂，惟妙惟肖。每次讲到精彩的时候，他总不忘来一句"欲知后事如何，请听下回分解"，可谓吊足了我们的胃口。每当这个时候，我们总是意犹未尽地关掉收音机。作为郑达的铁杆"粉丝"，我们不但自己听，有时也和其他的小朋友一起听，听完后大家就用树枝比画武侠小说里面的招式，俨然有"华山论剑"的风范。

岁月是最大的"神偷"，参加工作后，给我"讲古仔"的人越来越少了，我真的好怀念曾经"听古仔"的岁月。时光的齿轮滚动向前，而我也从"听古仔"的人变成了"讲古仔"的人。站在三尺讲台上，我能把科学家的故事讲得绘声绘色，这还真的要多亏以前"古仔"听得多，把人家的本领也学了几成回来。不只是学生喜欢听我"讲古仔"，就连我3岁多的女儿也喜欢在睡觉前听我讲"阿布故事"，哪怕是同一个故事讲上三遍，她也喜欢听。

如今，随着互联网的普及以及手机的广泛应用，只要轻轻地点击鼠标或触动几下屏幕，我们就能听到自己喜欢的故事了。或许是环境变了，或许是我们长大了，见识多了，总之，不管我们怎么用心去听，却再也找不到以前听故事的感觉了。

2019 年 11 月

夏云之绚烂

　　不止花草树木有四季，其实云彩也有四季。相比于春云之妩媚、秋云之高爽、冬云之淡雅，我更喜欢夏云之绚烂。

　　诚如泰戈尔先生所说的"生如夏花之绚烂，死如秋叶之静美"，其实夏云与夏花相比，更加绚烂多姿。夏花像一个名词，美是很美，但缺少动感。夏云却似一个动词，白云朵朵，既透亮又洁净、润泽。它们或疾或缓地飘浮在天空中，像有生命和灵魂似的，它们是天空中的精灵，既灵动又可爱，给人一种自由自在的感觉，难怪古人会用"行云流水"来形容洒脱自然，无拘无束。

　　蝉鸣的午后，我走过一路芒香的碧道，熏风吹过耳畔的发丝，仰头望天，一根根放大版的超级棉花糖悬挂在天空中，底色是瓦蓝瓦蓝的天空，这种一青二白的搭配，看起来倒也是挺和谐的，像一只只可爱的白色山羊站在湖边伸长脖子在饮水。看到青天白云，我想起了唐代诗人李商隐所写的"嫦娥应悔偷灵药，碧海青天夜夜心"，想起了徐志摩《再别康桥》时"作别西天的云彩"的情景，想起了美国著名散文家梭罗笔下瓦尔登湖的清澈与明净……

　　到金鸡岭森林公园的顶峰拍夏云，那是一件非常惬意的事情。艳丽清新的野牡丹在眼球中热情地绽放；清脆悦耳的鸟鸣在耳畔回响；带着泥土和草木芬芳的空气在鼻孔吞吐……居高临下，饱览市区优美的风光，顿觉胸怀坦荡，心底澄明。不管是日出还是日落，这里都是摄影人眼中的富矿，只要你把天上的云彩拉到镜头里当背景，不管怎样拍，画面都是美的。

小时候，父亲种田时总喜欢看天空。我当时不明白，为什么父亲老是喜欢看天空，难道天空中有什么好吃的将要掉下来吗？后来，母亲告诉我，父亲那是在看云，当时没有什么天气预报，只能看云识天气了。"云行东，车马通；云行西，雨凄凄；云行南，水连天；云行北，好晒谷。"这些农谚是父亲当年常常挂在嘴边的，听得多了，我自然也记住了。这些农谚倒也灵验，有一次我看到西边大片乌云压过来，父亲说可能会下"西北透"，我们一家人赶到地堂上收谷，当我们刚好把稻谷搬回家的时候，豆大的雨点倾泻而下，把地堂淋得湿漉漉的。还有一次，我们也是在地堂晒谷，天空突然出现了一大片黑云，将半边天都遮黑了，我连忙跑回家中告诉父亲，他抬头看了看，却笑着说："孩子，不用怕，这是一阵'过云撒'，很快就会过去的，我们用白色薄膜盖一下就行了。"果然，过了两分多钟，雨就停了。当时，我问父亲这雨为什么会这样下的？他告诉我，当时的黑云虽然多，但它们是有姿势没实际的，因为有风一直撵着这些黑云走，刚才，黑云就是被风追赶着向北边跑的。这时的乌云虽然浓厚却并不可怕，它们只是匆匆过客罢了。

如果把夏云比作一个人脸上的表情，那是丰富无比的：时而阳光灿烂，笑容可掬；时而乌云密布，黑口黑面；时而灿若夏花，意气风发；时而云淡风轻，波澜不惊……

一天当中，不同的时间段云彩会呈现不同的姿色。我喜欢看那瀑布般的云海被初升的太阳先是染成了一片暖暖的殷虹色，再慢慢地被镀成了可爱的橘黄色，最后则变成了金灿灿、闪亮亮的黄色，像佛光一样唯美。日出的云彩是很可爱的，浸润在鸟声、露珠、花香和柔软阳光下，美得清纯，美得脱俗，就像醉酒的贵妃，千娇百媚。午后的云朵拥有层次质感的唯美，也是另一番风景。午后虽然阳光猛烈，但是几缕白云在天空中自由自在地飘着，时而厚重似雪山，时而轻灵似飘带，与风相伴，舒卷随性。云从头顶飘过的时候，大地立刻就温柔了起来，云是天空给大地的抚慰，它所投下的影子令农人能感觉到片刻的清凉。我突然想起了小时候所念的"风来改（这里），热去海；云来改（这里），真可爱"！傍晚的云彩最能动人心怀，特别是行走在江边或海边，吹着阵阵凉风，看着柔美的天空，捕捉那微紫粉橘的霞光在流动，就像在观看自然景观的大片，在享受一种视觉的盛宴，令人心情愉悦，完全忘记了酷热给人带来的烦躁。

夏云中最美丽的"公主"要数火烧云了，金灿灿的云彩像一座金山在夕阳前熠熠生辉，把江河和树林染红，把农人黝黑的皮肤也镀成金黄色，回栏前的牛和羊也被染成了金色。穿着袈裟坐在石头上念经的和尚一下子被照成了金佛，宝相庄严。火烧云是开在天上绚丽的花朵，它们千姿百态，变幻无穷。有时像奔驰的骏马，雄姿英发；有时似逐鹿的野象群，气吞山河；有时如列阵的金甲武士，英勇神俊；有时宛如可爱的企鹅群，萌态可掬……看着连片的云彩在"燃烧"，你很容易会联想到"草船借箭""火烧藤甲兵""唐僧师徒过火焰山"等故事。

观云，其实也是一种修养。有"颠张狂素"之称的"草圣"怀素正是"观夏云多奇峰，吾尝师之"，而从云彩的变化中领悟到书法的布局、结体和运笔。于是，怀素写狂草时"奔逸中有清秀之神，狂放中有淳穆之气"。诗人顾城的诗句"你看云时，我觉得很近，你看我时，我觉得很远"，说出了人与人之间的隔膜，与成语"咫尺天涯"有异曲同工之妙。与卡夫卡齐名的葡萄牙诗人、散文家费尔南多·佩索阿也是喜欢看云的人，从他所写的文章《坐在你身边看云》便有"坐在你身边看云，我看得更清楚"的佳句。

我喜欢看云，尤其是绚烂多姿的夏云，我喜欢在那变幻的云彩中感悟大自然的真谛，体味人生。

2021 年 7 月

冬寒火堆暖

连日的低温天气，令阳江的 37 号界桩结起了厚厚的冰块，阳春山坪的风车山上更是一片银装素裹，冰挂营造出了一个冬天童话般的王国。

在我的记忆中，童年的冬天比现在还冷很多。在没有阳光的冬日里，北风一吹，冷雨一下，你会感觉从头冷到脚。打满了补丁的单薄棉袄和小小的布鞋根本挡不住呼啸而来的北风。出门的时候，随处可见一层白白的霜铺在地里田间，哈一口气都会变成浓浓的雾，摩托车"感冒"了，老是打不着火。帽子戴上，口罩戴上，脖子再围上一条围巾，我们依然感觉到冷，一双小手经常要插在口袋里取暖。有人甚至把头包得只剩下一双眼睛、两个鼻孔和一个嘴巴。寒冷让有些孩子的脸变得红扑扑的，像熟透了的大苹果，有的小孩双手冷得生起冻疮，很是可怜。寒冷的冬日，不管是小孩还是大人都给人一种臃肿的感觉，仿佛一下子肥了几十斤，很多人为了温度往往要牺牲掉风度。

小时候，我冬天外出放牛经常会带盒火柴或一个打火机，田野里的风很大，吹起来没个停，一双耳朵冻得好像快要掉下来似的。如果身上能穿的衣服都穿了，还是觉得冷，那就要烤火了。有时我会约小伙伴一起垒个泥窑焗番薯，一边烧窑一边烤火。有时我们只是弄个火堆围在一起烤火。如果附近有人家挖过的番薯地，我们会去寻找薯秧挖些"漏网番薯"放到火堆里煨着吃。在饥饿的童年时代，总觉得野外烤的番薯特别香，尤其是遇到回糖的糯番薯。我们用两条长一点的树枝当作筷子把薯夹出来，番薯还很热，在我们的手中快速地来回打滚，传递到手心的温暖荡漾开去，我感觉到身上有一股暖流正流向身体的每一个穴位，令我倍感舒畅。番薯皮未剥，口水已经流了出来，黄糯的番薯肉一露出来，我们就迫不及待地往口里送，好像饥饿的馋猫遇到了泥鳅。至今，每当我想起童年时的欢乐，鼻息间尚可闻到记忆深处煨番薯那诱人的芳香。在野外，除了煨番薯，我们还煨过木薯、甜薯、花生等食物，偶尔捉到罗非鱼或大虾也会烤着吃。有时我们甚至把甘蔗放在火堆上烤着吃。不管是煨出来的味道，还是烤出来的味道都是其他方式所无法比拟的。

童年寒冷的冬天，我们不单在野外烤火，还会在家里弄个火盆烤火。尤其是阴雨天气，哪怕是躲在家中，也有一种幽冻的感觉，脚底生风，双手要靠相互搓动取暖。长大后，我才明白这是一种湿冷，与北方的干冷不同。在相同的温度下，湿冷比干冷更令人感觉难受。湿冷是透心寒的，冷得让你嘴唇哆嗦，咬紧牙关，双脚打冷战，有种坐立不安的感觉。每到这个时候，父亲就会弄个火盆过来，架柴烤火。刚开始的时候浓烟滚滚，把人熏得欲要流泪，我连忙用火筒把柴火吹旺，白烟才有所减少。明晃晃的火舌就像有温度的花朵，在我们的心中盛开，把我们身上的寒气一点一点地蒸发掉，留下的只有温暖和光明。母亲借着火光帮我们缝补衣服，父亲则在火堆上帮我们烘干衣服，我和姐姐一边围在火堆前烤火一边做着作业，有时会放些马铃薯、香芋仔或花生等食物到火堆中去煨，顺便打下牙祭。屋外北风凛冽，冷雨纷扬，不知什么时候才能停下来。家里暖洋洋的，父亲在湖南当过兵，会给我们讲外面的故事，母亲则告诉我们谁家的孩子考上了大学，谁家的老人买彩票中了大奖等四乡八里的新鲜事，一家人有说有笑的，其乐融融。不烤火的冬夜，我们会觉得夜特别漫长，双脚冻得难以入眠，在床上辗转反侧。烤过火后，屋里则变得暖烘烘的，手脚也不再冰冷，盖上被子我们很快就能进入梦乡。

在阳江，现在很多年轻人结婚，接新娘回来的时候，老人都会在自家的门槛摆个火盆，燃烧禾草，让新人跨过去，既蕴含"接香火"和"无事无非，一路福星到尾"的寓意，又祝福两位新人未来的生活能红红火火，旺上加旺。

随着农村生活水平的提高，故乡取暖的火堆早已退出历史舞台，取而代之的是变频空调、电热扇、暖手宝等。冬天取暖的火堆虽然现在已经熄灭了，但童年记忆中的火焰却一直在我的心中熊熊燃烧着，给予我温暖、勇气和力量，让我不再孤单，不再惧怕寒冷和黑暗。

故乡冬天的火堆，燃烧的是袅袅的乡愁，温暖了我的童年，柔软了时光，甜蜜了记忆。

2021 年 1 月

又见釁釁屁

女儿想要养金鱼，我给她买过两缸，皆因没有打氧机，金鱼很快就挂掉了。父亲听说孙女喜欢养鱼，经过几天苦苦的寻觅，他从故乡的山坑中捉到了三条釁釁屁，当父亲把三条釁釁屁分别放到女儿的两个鱼缸时，她高兴得拍起手来。我看着色彩鲜明的釁釁屁，勾起了美好的童年回忆。

在我的故乡，有一首很流行的童谣："釁釁屁，屁釁釁，屎忽花花计话人。"这首形象生动的童谣是在告诫我们，在指出别人缺点的同时，不要忘记自己也会存在着不足之处。

釁釁屁的学名叫中国斗鱼，它的俗名很多：广州人叫花手巾，梅州人叫鳑菩萨，汕头人叫沙溁，柳州人叫老康鱼，泉州人叫三斑，南宁人叫菩萨鱼……每一个地方对中国斗鱼的叫法都不一样，广大劳动人民对这种鱼的喜爱略见一斑。

釁釁屁喜欢生活在鱼塘、小水坑、小溪、水沟、水田等水流相对平缓的地方。它们的个头不大，成年的釁釁屁大约一指长，一指宽，身体扁扁的，鳃下飘着两条长长的带子，雄鱼在阳光的照耀下熠熠生辉，发出一缕缕的红蓝宝石光，显得十分艳丽。釁釁屁是一种很漂亮的鱼，它和孔雀一样，雄性的色彩比雌性的华丽。雄鱼的鳍和尾张开时，越大越艳丽越好，拉丝要像彩带般飘逸，越长越好，身上要有缎锦般的红蓝或红绿相间的装饰，条纹笔直，均匀对称，条数越少越好。从长相来看，达到这种标准的雄鱼在礜礜屁群体中算得上是"美男子"了，他们深受雌鱼的爱慕。礜礜屁中的雌鱼跟雌性极乐鸟一样，个头较小，色彩暗淡，与雄鱼形成强烈的反差。然而，其貌不扬的雌鱼却是雄鱼眼中的"西施"，尤其是那鼓胀着腹部怀春的雌鱼，对于雄鱼更是具有致命的吸引力。

我们捉礜礜屁一般会选择在炎烈的夏天，这个时候它们长得最漂亮。我们呼朋引伴，戴着草帽，穿着拖鞋，顶着烈日，拿着小网兜，提着小水桶走向溪边、田埂，只要看到一堆堆白色或米黄色的泡泡浮在水面上，我们就会停下来，仔细地观察泡泡底下是否有礜礜屁。发现目标后，我们用小网兜从远处悄悄地落水，然后迅速地向着礜礜屁所在位置一捞而上。如果没有带小网兜又想捉礜礜屁，那就要用手指当诱饵了，当我们把手指放到泡泡当中，礜礜屁以为自己的领地受到侵犯，必然会强烈反击，一口咬过去，有时我们的手指会被咬破流出鲜血来，这时我们强忍着疼痛，用另一只手迅速把它抓住。

礜礜屁个头小，鱼腥味大，鳞片太粗糙，肉质口感极差。小时候，我吃过一次，以后就不想再吃它们了。被捉回来的礜礜屁不是被我们当宠物鱼一样养了起来，就是丢去喂猫和鸭子了。有条件的小朋友会拿一只深色的精致陶盆进行单条饲养，在盆里放些河沙、水草和田螺，模仿自然的生态环境，让礜礜屁有种回家的感觉。没有条件的小朋友随便捡个矿泉水瓶也能饲养礜礜屁。礜礜屁是很容易饲养的淡水鱼，它们不用打氧机，对环境的适应能力也很强。心情好的时候，我们会拍打些蚊子或苍蝇来喂养它们，有时喂点饭粒，它们也会抢着吃。心情不好的时候，我们10多天不喂它们，也不换水，它们照样能生存下来。

好斗，是礜礜屁的天性。小时候，我们养礜礜屁不是用来观赏的，而是用来"斗鱼"的。礜礜屁被我们养上几天后，当它熟悉了环境不再跳盆时，我们几个小伙伴就会相约在一起"斗鱼"。"斗鱼"过程中涉及"过盆"的技巧，我们不能用手直接把一条雄性的礜礜屁抓到另一条雄性礜礜屁的盆里，这样做会使被抓的礜礜屁受惊而没法充分发挥战斗力。在"过盆"过程中，我们会讲究技巧，用一只水杯连鱼带水一起倒过去，使雄鱼不至于太过惊慌。

"斗鱼"的方式分为两种：一种是文斗，另一种则是武斗，参与者都是雄性的攀攀屁。文斗当中，在鱼盆中间用一块玻璃隔着，对战双方各自变换身上的色彩，现场有点像武侠小说中的隔空比斗内功，等到一条雄鱼身上的色彩更加鲜艳夺目时，另一条雄鱼就会认输游走。如果把中间的那块玻璃撤走，两条鱼直接接触，就变成了武斗。攀攀屁武斗的时候通常非常惨烈，非把对方咬得鲜血淋漓、遍体鳞伤甚至死亡才肯收口。

攀攀屁搏杀的场面很是壮观，从刚开始时的游走相互试探虚实，再到不断变化身形步步紧迫，最后到近身厮杀，水花四溅。杀红了眼的双方，撑起鳃帮，张开大口，露出獠牙，像离弦的箭射向对方，恨不得一招把对手解决了。激战中，小小的鱼盆大有翻江倒海的气势。"嘴战"是格斗的高潮，这一看似香艳的画面，其实是攀攀屁在生死搏杀，一方咬对手的下唇，另一方咬上唇，左右腾挪，上下翻滚，扫尾，发功，以眼还眼，以嘴还嘴，腾挪闪躲，很像两位绝世武林高手在生死相搏。随着身形的变化，艳丽的身姿像流动的瑰丽风景，以翻动的水花为背景，美极了。到了这时，不管是攀攀屁的主人，还是围观的观众，都屏住了呼吸，不再吆喝和呐喊加油，只是静静地看着，见证"英雄鱼"的诞生。

武斗中被打败的雄鱼身体色彩会迅速泛白，严重的甚至连斑点和条纹都消失了，有点像人类战争中战败一方的举白旗投降行为。战败的攀攀屁鱼鳍和鱼尾亦呈败象，折叠收敛，暗淡无光。败走的雄鱼一般会四处逃窜，躲避胜者的追击。刚烈的战败雄鱼则会撞壁或跳盆自杀。对于战败的攀攀屁，有些小朋友一气之下，把它扔向鸭群，而我则喜欢把它拿到小溪中放生，以后再去寻找新的攀攀屁来搏杀。

然后，精彩的"斗鱼"故事还会继续上演……

在长期的"斗鱼"生活中，我学会了一些粗浅的相鱼技巧：如嘴阔阔，身强体壮，额头斑点粗，身体条纹少直粗，鳍尾大且靓丽的攀攀屁通常是"斗鱼"中的将军。反之，嘴窄，个小，额头斑点碎，身上条纹窄且多，鳍尾破损，色泽暗淡的鞶鞶屁大多是“斗鱼”中的士兵了。

近年来，随着农药、化肥等的滥用，水渠硬底化的建设，电鱼、炸鱼等现象的屡禁不止以及鞶鞶屁的天敌罗非鱼和小龙虾的引进，野生鞶鞶屁的生存环境遭到了极大的破坏。它虽然有“菩萨鱼”之称，但也是自身难保了，野生鞶鞶屁的身影渐渐地淡出了我们的视野。我们在惋惜的同时，应当痛定思痛，加强环境保护，要不然会有很多动植物将步鞶鞶屁的后尘。

2020 年 10 月

月亮光光照地堂

"月亮光光照地堂，年三十晚，执槟榔。槟榔甜，卖禾镰，禾镰利，一刀割紧阿婆那个鼻……"我经过巷口的时候，突然听到一位老人在给孙女唱着甜美的童谣。听到这一首十分经典而动听的摇篮曲，我的内心深处有一种很细腻柔软的美感，歌声中有浓浓的母爱，有外婆十里春风般的慈祥，有朦朦胧胧的童年故事。我的思绪被带回到了遥远的故乡，回到承载了我童年记忆的地堂之上。

我这里所说的地堂，可不是"地唐（天井）"，而是指晒谷场，是村里用来晒谷的公共地方。村里的地堂很大，足足有五六个篮球场那么大。早期的地堂是沙灰浆铺成的，经不起岁月的风吹雨打，到处坑坑洼洼的，晒出来的粮食也是"一身沙"。到了 20 世纪 90 年代初期，村民们勒紧裤腰带，集资把地堂翻修了一遍，沙灰浆全变成了水泥地，我们吃饭的时候再也不用担心啃到小石子牙齿"咯嘣"作响了。

地堂最大的作用就是碌禾和晒稻谷。在农业机械并未普及的年代，夏收时节，地堂是最热闹和最忙碌的时候。一担担的稻谷被运到了地堂上，瞬间把灰暗的地堂染成了金黄色的海洋。碌禾的耕牛拖着沉重的石碌（碡）走上地堂，一圈一圈地走，直到大部分谷粒与稻草分离为止。农人怕耕牛一边工作一边吃稻谷，就在牛嘴上套上一个牛篓，哪怕是有牛拉屎，也要用稻草接住扔到地堂外面。白天忙于收割，碌禾的工作通常是在傍晚时分，这个时候的天气凉爽，碌起禾来不用那么辛苦。村民用螃蟹贡（钳子）一样的大禾权把稻草和谷物分离开来，稻草被掀到地堂外，谷捋则把谷粒拉回一堆，以便装进蛇皮袋中搬回家里。如果当天割的禾多，就要弄到深夜才能收工。大人们碌禾的过程中往往连晚饭都顾不上回家吃，通常都是由家里的老人或半大的孩子把煮好的饭菜用小竹篮装好，送到地堂上来，父母只能粗粗地享受地堂上的月光晚餐了。

地堂晒谷是乡村里的一道流亮的风景，地堂上一摊摊的稻谷像一块块放大了的金黄色马拉糕，在烈日的烘焙下散发着阵阵的清香，清香中弥漫着汗水以及一季丰收与喜悦的味道。晒稻谷时，农民通常都会选择一个好的天气。可是那时的天气预报并不准确，而且范围太大，未能精确到一个市或区，更不用说一条村的天气了，村民们通常都是看云识天气的。比起秋收时节的晒谷，夏收时节，面对风云难测的天气，村民可有得忙了。那时候村民就像在和老天进行一场豪赌，而赌注就是一季水稻的收成。白天由于大人比较忙，通常都是由小孩子在看谷。看谷主要是看天气和看动物。看天气重点是看云，我们见到蓝天白云就会心情舒畅，当我们见到大片乌云压顶，山雨欲来风满楼的阵势时，心情就会十分的紧张，奔走去找大人们收谷。淋了水的稻谷可是会发芽的，一发芽那它就相当于报废了。抢收稻谷的时候，村民一般都会主动帮忙，谁也说不定下次自家会不会遇上这种事情。看动物，我们主要是看鸡，怕鸡到晒谷场上去偷吃谷粒。每到农历十一月份左右，是村民收获甘蔗的时候，一大捆一大捆的甘蔗被堆放在地堂上，那简直是甜蜜的天堂。这种情况直到阳江糖厂破产后才消失。

地堂其实不止是晒谷，有时也会晒花生，晒各种豆类，晒萝卜仔、瓜咸、白菜干和咸菜，有时还会晒凉粉草、橄榄核和鹅毛。把自己的豆子薄薄地铺在地堂上之后，村里的女人们就在地堂边的树荫下，围在一起说说笑笑，互相分享着各种奇闻趣事。

一年难得看一回的乡村电影就在地堂放映，每到这个时候，地堂是最热闹的了。地堂边沿的两根电线杆是专门用来悬挂电影幕布的。电影所放的内容以抗战为主，虽然单调了些，但大家看得却是津津有味，收视率居高不下。一场电影过后，疲劳了一天的村民倦意烟消云散，脸上写满了满足。

地堂有时也是村里红白喜事的举办场所，嫁女儿、娶媳妇的人家都会在地堂上摆上流水席，大宴亲戚朋友。地堂送走了一个个披着红头巾的大姐姐，迎来面色红润而娇羞的新嫁娘。地堂也是村里祭祖和送别离世村民的地方，祭祖时分猪肉的场面和办白事时"师公佬"念经的情景至今仍历历在目。

地堂虽然是为碌禾和晒谷而生，但很多时候，它却成了我们小孩子玩乐的天堂。我们在地堂上打玻珠、跳大绳、跳飞机、点不动、捉迷藏、做子、飞公仔、下"三"棋、骑单车……可谓节目丰富，其乐无穷，地堂刻录了我们太多的快乐童年时光，令我们至今难以忘怀。

随着时代的发展，村民生活水平的不断提高，很多村民都进城生活或外出打工了。在地堂晒谷的村民越来越少了，地堂很多时候成了留守村民召开板凳会议的地方，也成了村里的文化广场。晚上村民喜欢到地堂散步和跳广场舞，村里集会时，就成了大型停车场。

地堂陪伴着我们一路成长，它记载着村里的大事，见证了我们这个村子的点点滴滴，是一部"活着"的村史。如今它却变得苍老了，也许有一天，它会消失在我们的视野里，但是，记忆里的地堂会一直完好地印在我们的心里。

2019 年 11 月

最忆故园情

第四辑 花果飘香

Chapter
4

纵使春光易老，好花美丽不常开，好景美丽不常在，但尽心努力过、奋斗过，从未放弃过地活着，便是最美好的生命状态，唯有如此，才不负春光不负花。

春风骀荡风铃美

阳春三月，淫雨霏霏，如牛毛，似细丝，在窗外不知疲倦地画出长长的斜杠，像一位认真上课的数学老师，在大地上敬业地写着板书。透过密密的雨帘，一片金黄色的世界俘虏了我那颗平静的心，那是一排在春雨中豪情绽放的黄花风铃木，在一片绿色主宰的世界当中，它显得那样的高贵，落落大方，气质超然，像花中的公主，令人有一种仰视的感觉。

黄色，不只属于秋天，春天的黄色也是很可爱的。君不见那一畦畦的油菜花，还有那一簇簇开满枝头的黄花风铃，在绿色统治的春天世界中，一树树、一簇簇、一朵朵的黄云浮在枝头上，显得是那样的抢眼，似一群活泼好动的黄鹂相约在春天里举行诗歌朗诵比赛。团团黄花锦簇，恰似串串风铃，每一朵黄花都给人暖融融的感觉。远远望过去，那一排长长的黄花风铃木像一条流动的金龙盘在校园中，安详平和，又像站在校门口冒雨迎接学生上学的值日老师，令人肃然起敬。

看着在风雨中摇曳的黄花风铃木，我耳边好像响起了苍凉的歌曲《梦驼铃》，眼前浮现出了一幅由黄沙、驼铃、归雁、残霞所构成的冷寂凄清的大漠孤烟图。画面一转，威风凛凛，身穿黄金甲的起义军首领黄巢站在长安城头，吟诵着自己不第后所赋的菊花诗："待到秋来九月八，我花开后百花杀。冲天香阵透长安，满城尽带黄金甲。"画面再一转，电影《满城尽带黄金甲》的画面出现在眼前，金碧辉煌的皇宫、金灿灿的龙袍、流亮厚实的黄金盔甲……

　　说到校园里的这些黄花风铃木，我是亲眼看着它们被种下去的。那是在 2015 年植树节当天，区领导和我校师生一起种下的，当时也是细雨蒙蒙，但大家冒雨种树的那股热情劲儿，深深地感动着我。那一情景，不仅记录在我相机的内存卡当中，而且还深深地刻录到我的脑海当中。十年树木，百年树人。能在春天的校园里植树，也是一种荣幸。农民在春天里播种，我们老师在春天里播梦，大家都是在春天里种下希望的种子，等待秋天的收获。看着 4 年前种的黄花风铃木，朵朵黄花在斜风细雨中美丽地绽放，我的内心倍感欣慰。

　　雨还在淅淅沥沥地下着，风偶尔捎来一阵寒凉，看着黄爽爽的花朵向我招手微笑，我的心暖暖的。雨中的黄花风铃木很美，像穿着一袭黄裙的漂亮音乐女教师放开珠圆玉润的喉咙，在春天的大舞台尽情歌唱，那滴答的雨声就像观众的掌声，在校园里回荡。那金灿灿、明黄黄的骨朵儿像美术老师在黑板上面所画的《春风十里黄花香》，令人沉醉其中，百看不厌。看着这片美丽的芬芳，我的心一下子转晴了，连续监考了几节课的疲劳顿时烟消云散，一种莫名的清爽涌上心头，甜甜的，似尝到了春天里的花蜜。

　　或许是因为黄花风铃木的花朵开得太美了，树上的叶子大多羞得躲了起来，偶尔会看到几片大胆的绿叶探出头来，偷看这新娘子般美丽的黄色花朵。只有皮粗肉厚的灰褐色枝干并不在乎人们投来的各种目光，它在默默地守护着这满树金黄，为美丽的黄色花朵输送着营养。哪怕是唱独角戏，黄色的花儿也从不气馁，它尽情地向师生们展示着它的美。尽管这样的美只有十来天的保质期，它还是努力地怒放着，把自己最美的一面呈现给大家。黄花风铃木的花儿就是这样匆匆地来，又这样匆匆地走，为人们带来一树的风景，带来了美好的心情。哪怕就要在春天的风雨中香消玉殒，零落成泥碾作尘，它也不曾后悔，没有留下一丝遗憾。人生何曾不是如此！爱过，恨过，努力过，拼搏过，哪怕失败了，也算没有白活，对得起自己。

　　好不容易等来了风停雨歇，我迫不及待地走到那片黄花风铃木跟前，细细地观赏着这片惊艳的花容，近距离感受这热情奔放的生命，我仿佛看到了活泼、热情的巴西美女正跳着桑巴舞向我走过来。

　　傍晚时分，书声琅琅，黄花簇簇，霞花辉映，新月如钩。此情此景，怎一个美字了得！

　　夜色渐浓，那一片黄云隐没在夜色当中。晚上，我做了一个梦，梦见自己变成了一只小蜜蜂，正嗡嗡地扇动着翅膀，飞向那片热情奔放的黄花风铃木当中。

2019 年 3 月

三月桃花醉春烟

　　早晨，我一觉醒来，轻轻地推开阳台的小门，一股清新的空气扑面而来，慢慢地占领了我的房间。我沐浴在风的海洋里，尽情地享受着这份轻抚的温柔，任凭它轻吻着我的额角和嘴唇，一阵淡淡的清香倏地钻进了我的鼻孔，缓缓地沿着我的呼吸道融入我的血液，在我的身躯中流淌着，最后抵达灵魂的深处。我顿时觉得百感舒畅，比武侠小说中所描写的打通了任督二脉更加清爽。

　　循着花香，我来到了阳台的右侧。桃花开了，开在小小的花盆中，开在春风摇曳的枝头上，开得满树绯红，开得那样娇艳。还有几枝桃花大胆地穿过栏杆把头探出外面的街边，像是要看看热闹的街道，听听过往的车辆。桃花开的时候很可爱，粉面香腮，像蒙着红布将要上花轿的新娘子，让我联想到"小乔初嫁了"时的美艳画面。"桃之夭夭，灼灼其华。之子于归，宜其室家。"诗经中关于桃花的名句脱口而出，我仿佛看到了一个桃花般的女子，正扭着婀娜的腰肢微笑着向我走过来。

　　其实，我故乡的池塘边也种有几棵桃树。每年春天，桃花盛开的时候，池塘边便成了四乡八里乡亲们眼中一道靓丽的风景。不仅我们村里的人喜欢看这一片桃花，还有很多外面的人慕名而来。俨然这一小片桃花林便成了我们村烫金的名片，很多人赏完桃花后，也会到村口买些农产品回去，让卖农产品的村民眉开眼笑。

走近池塘边，我的一双眼被粉色的世界所照亮，我的那颗平静的心更是被红色的海洋所淹没。长长的池塘基边，桃树一字排开，一串串、一簇簇的桃花站在枝头上，像腾云驾雾的仙女，风姿绰约，难怪这么多的蜜蜂和蝴蝶会沉醉在花丛中，乐不思蜀了。

我梦呓般呼唤着你的名字，桃花，我的桃花，阳春三月的仙子！我知道，你的秀雅与风神只展示给能读懂你的人。满树的桃花，或高或低，层次分明，明眸善睐，顾盼生姿，像天宫中一群美丽的仙子，"巧笑倩兮，美目盼兮"，她们轻移莲步，赶来赴一场盛会。

春风沉醉的傍晚，我漫步在池塘边，看着一片片的花瓣随风飘落到水中，我想到了陆游的词句："桃花落，闲池阁。山盟虽在，锦书难托。"为他与唐婉的爱情感到惋惜。我又想起了《桃花源记》中所描绘的"芳草鲜美，落英缤纷"，这些画面与眼前情景何等相似，只是少了像林黛玉一样荷着花锄的葬花人。落叶归根未尝不是一件好事，可惜很多花瓣落入水中，成了鱼儿口中的美食，未能"化作春泥更护花"，算是小小的遗憾吧。

桃花于我，还有一段小小的故事。大学期间，我认识一个叫艳桃的师妹，我们是很要好的朋友，在我将要毕业离校的时候，她向我借了300元，说好等我离校的时候还，但到我离开的时候，也未见到她的踪影。说起艳桃，"卯有惊（不用怕）"的招牌信宜话便在我耳边回荡，她的面容马上浮现在我的眼前。艳桃是一个勤奋上进的女孩，我们是在一起勤工俭学的时候认识的，她虽然穿着朴素，但人长得挺漂亮的，对得起自己的名字。艳桃家里很穷，她还有两个妹妹，都在念高中，而她的父母靠种田为生，日子过得紧巴巴的。在勤工俭学期间，艳桃曾向我借过几次钱，不过很快就还了，没想到这一次，她竟然放我"鸽子"了。令我伤心的不是这几百元，而是这份带伤的友情。

大学毕业10多年，我们再也未曾联系过，这件事，我已经淡忘了。去年3月，我和朋友到信宜去踏春，在一个小农庄赏桃花的时候，没想到正好遇到了艳桃，而她正是这小农庄的老板娘。再次相见的时候，我们都不敢相认，只是彼此都觉得有点面熟。短暂沉默后，还是艳桃先开了口："你是强强师兄吗?"我微笑着点了点头,接着也问道:"你是艳……?""是的,师兄!我是艳桃,曾经还借你300元呢,难道你把我忘了?"我们相视而笑,我热情地和艳桃握起了手来。一阵寒暄过后,我才知道艳桃没有还我钱的苦衷。原来在我毕业离校的前几天,她的母亲得了重病,她连夜向老师请假回去了。当她再返校的时候,我已经毕业回家,为了工作方便,我的手机号码也更换了,此后我们就再也联系不上了。

那一天,艳桃不仅请我们吃了一顿丰盛的午餐,送我们每人一盆桃花盆景,还悄悄在我的背包里塞了一个500元的红包,红包上写着字,说是还我的本金和利息。我看到红包的时候,已经是在家中了。我手里拿着红包,心中顿生愧疚。

一阵"嗡嗡嗡"的响声把我从回忆中拽了回来,原来是一群小蜜蜂落在了盆景中的桃花树上。看着眼前这一小盆桃花,花枝上的骨朵儿努力地绽放着,像是在春天的画布里作画。小小的桃花,惊艳了时光,温柔了岁月,把整个春天的神韵揉进了骨子里,难怪每年的桃花都开得这么艳,这么红,这么有品位。

2019 年 4 月

一丛新芽浅遇春

春来草色绿万里，百般红紫斗芳菲。春天是百花绽放的季节，也是新芽萌发的季节。

好雨知时节，春风催绿芽。经过一个冬天的漫长酝酿，所有冻僵的故事纷纷复活成萌动的生命，在枝丫间探出了尖尖的脑袋，用好奇的眼光打量着这个生机勃勃的世界。寻常一片小树林，添上新芽便不同。冬去水有影，春来柳先知。娇羞的柳树，在吹面不寒的微风轻拂下，显得更加婀娜多姿。条条柳枝容光焕发，充满了青春活力，以天空为纸，以山湖着色，描绘出一幅幅美丽的图画。秀挺豪迈的异木棉，张开两只瘦长的大手，把和煦的春风和丝丝的细雨揽入怀抱，远远望去，像在沙场点兵的花木兰，英气逼人。欢欣雀跃的红鳞蒲桃舔着殷红的长舌头，像是在品味着春天百花的幽香和泥土的气息。优雅恬静的小叶榄仁舒展着青翠的新叶，随风飘逸，似长着一头乌黑亮丽秀发的绿裙少女正撑着油纸伞站在马路两旁，夹道欢迎着来往的人群。哪怕是最熟悉的荔枝树，发出了新芽，长出了浅红色的嫩叶也是很可爱的，穿上浅红色春裙的它给人一种清新、自然的感觉，我觉得这时的荔枝树比它开花的时候更好看。

晶莹的露珠悬挂在嫩绿的小草尾尖，俯视脚下的一片青色世界，好像在做一个甜蜜而美好的梦。冒青的两株水草，悠悠地在河水中扭动着柔软的腰肢，它们即兴在水中跳起了探戈，曼妙的身姿和优美的舞姿引得过往的鱼儿驻足观看。菜园中的韭菜，似温情缕缕的炊烟，娓娓地讲述着村民的故事，从过去的沉重，到现在的从容。

树林的枝丫间正上演着新老交替的故事，而新芽正是故事中的主角。有些新芽的起点较高，它们站在父辈的肩膀上，将来会长得更高，望得更远。起点低的新芽也不气馁，它们积蓄力量，默默地迎头赶上。新芽的成长很快，刚开始时只是蜻蜓点水地露出小半个头，过两天就会抽出枝条，长出嫩叶，叶子的颜色也渐渐地由浅变深，这一点类似于人类的生长过程。突然，我想起了一个关于水稻的谜语："幼时青青老时黄，翘起辫子晒太阳。"而新芽就像初升的太阳，朝气蓬勃，充满了正能量，给人希望与动力。

看着新芽，我想起了入学不久的新生，他们在春天里用琅琅的读书声把百花唤醒，他们用热情把春风吹暖，用诚心把太阳召唤出来，让大地布满了和煦的阳光。新生就像春芽一样，吸吮着春日的雨露，沐浴着暖暖的阳光，怀着美好的希望，一天天健康快乐地成长。

我家阳台有两盆百合花，这是我去年春节期间买的，由于工作和新房子装修的事情太忙，一直没有时间去照顾它们，两株百合花谢了之后，只剩下两盆花泥摆在那里，静静地，日子从指间溜过，很快一年过去了。前段时间，我在收拾房子的时候，发现那两盆花泥居然有动静了，厚厚的泥土中间竟然有两个绿色的小点，我刚开始的时候以为是杂草的芽儿，没有在意。可是三天过后，花盆竟然冒出了尾指大的一小段嫩芽来。出于好奇，我找来了放大镜，小嫩芽显得更加清晰了，这种嫩芽我没有见过，但我敢肯定这绝对不是小草的新芽，这两株像小树苗的新芽，难道是百合花种子的新芽儿？我的心中不禁多了个疑问，脑海中顿时浮现出白居易的诗句："野火烧不尽，春风吹又生。"小草有这样顽强的生命力，难道其他植物就没有吗？后来，随着新芽一天天地长大，果然是两株亭亭玉立的百合花。

朋友圈中，有很多人把美丽的花儿发上来让大家欣赏、点赞和评论，偶尔也能看到有几张拍春芽的照片，我觉得很是亲切。其中，有一幅叶子发春芽图片很是养眼，红扑扑的，像不胜娇羞的小姑娘。其实，春芽的颜色并不是单调的绿色。它们也有红色、黄色、紫色、灰黑色等众多颜色，有些是渐变色的，有些是杂色的，只是绿色或浅绿色比较多而已。

每到冬天，总会有些植物演绎着叶落归根的故事，有些植物则用生命在诠释着"一岁一枯荣"的内涵。大自然的更替总有自己的方法，它们就这样一代一代地延续着，新芽代表新生，是它们最大的希望。

满是生命力的春芽，就像一位多才多艺的艺术家，正提着大笔，在天地间写诗、作画。

春暖花开的日子里，我喜欢静静地坐在靠窗的位置，焚一炉檀香，泡一壶春茶，看着水中茶叶的嫩芽在慢慢舒展开来，我的心情很是舒畅。在我的眼中，这哪里是茶，这是整个春天！

2019 年 3 月

又是枇杷橙黄时

清晨，我在小区散步，经过一棵枇杷树的时候，正好被一颗成熟的枇杷果砸到身上。我抬头一看，一只贪玩的小麻雀像一个调皮的小男孩正站在树枝上俏皮地对我做着鬼脸。我刚要生气的时候，却转念一笑，心想：要不是这只小麻雀，我还真未发现树上的枇杷熟了。看着一个个椭圆形的黄点躲在巴掌大的一片绿叶中左顾右盼，像在海底森林中游动的金龙鱼，令人惊艳。

春天本是鲜花的世界、绿叶的海洋，成熟了的枇杷果比仙鹤立于鸡群当中更加抢眼。朝阳撒在枇杷树上，清新而含有水果香味的空气扑鼻而来，令人顿时神清气爽，心情愉悦。晶莹剔透的露珠下面，一颗颗硕大的枇杷果瞬间变成了金光闪闪的珍珠，又像端午节粽子里喷香的鸭蛋黄。再靠近点，我觉得它有点像成熟丰满的黄榄子，又似春节时花市里摆卖的大盆金橘，黄光满面，贵气逼人。有些枇杷果是将要成熟的，表皮青黄相接，过渡自然。生的枇杷果是青色的，看着青皮薄壳的枇杷果都会使人涎水在口腔中打滚，更何况是看到金灿灿、黄澄澄的枇杷果发出勾魂的诱惑呢？

小时候，我的故乡里也种有两棵枇杷树，只不过它长在五保户六婆家的院子里。六婆家里养了一只凶神恶煞的大黄狗，我们一靠近，它就会卖力地叫，"汪汪"声把六婆她老人家惊动出来，我们一听到"吱呀"的开门声，马上逃之夭夭了。六婆家里的狗其实也很可怜，它瘦得皮包骨头，要不是生着一副狗模狗样，见了生人会"汪汪"大叫几声，人家还以为它是标本呢。某年春天，这只可怜的小狗误食了村民投放的老鼠药，便去见了它的老祖宗。那段时间，六婆伤心得像个泪人。

"三黄四月，青黄不接"，饥饿和疲劳像魔鬼一样缠绕着村里的每一个人。那一片黄爽爽的枇杷果看得我们小孩子直流口水，我们恨不得自己是《封神榜》中的雷震子，肋下生出"风""雷"二翅，飞到树上大快朵颐。调皮的大华找到了小宝和我，在他的带领下，我们趁六婆去趁圩的时候，翻过了她家的院墙，像花果山的猴子一样迅速爬上高大的枇杷树，把一串串的金黄枇杷果摘下来，囫囵吞枣地往嘴里塞，直到打饱嗝后，每人还摘满两裤袋果子才依依不舍地离开。

本以为此事做得密不透风，没想到很快就东窗事发了。原来我们在离开的时候，正好被放牛回来的老村长远远看到，他把这件事告诉了我们的父母。面对父亲的指责，我顶嘴道："我的肚子实在太饿了，只是向六婆借点枇杷吃，将来会还的。读书人的事，能算偷么?"我当时一急之下把孔乙己的话搬了出来。父亲教训我的话，我至今还记得："那两棵枇杷树是六婆的棺材本，你们也敢偷她的枇杷果，看来你们的书是白读了!"那天晚上，父亲押着我到六婆家道歉，回来后他还狠狠地赏了我一顿"黄鳝羹（被打了一顿）"。从那以后，我明白了一个道理："再穷再饿，也不能去偷去抢，做人得堂堂正正，要靠自己的双手养活自己。"

六婆过世后，两棵高大的枇杷树被老村长给卖了，很快就被人砍伐了。它们真的成了六婆的棺材本，让她老人家入土为安。

打那以后，我近 20 多年没有看到过枇杷树了，更没有去品尝那金灿灿的枇杷果。如今，我再次看到了枇杷果成熟，小区公共绿化地上这棵枇杷树果大、含糖高、皮薄汁多、酸甜可口、入口即化。品尝着这种酸酸甜甜的感觉，回想起自己苦涩而不懂事的童年，令我更加珍惜现在的美好生活。

2019 年 3 月

年年相约荔枝红

下班的时候，我又见到了以前打着"甜甜甜……甜过初恋"招牌卖橘子的雷老太，只不过这次她卖的不是橘子，而是两箩荔枝。一箩是心脏形的鲜红糯米糍，另一箩则是表皮浅红色且布满小锥钉的桂味，墨绿色的荔枝叶生命力还在，看起来是新摘的，十分新鲜。

其实，我与雷老太也算是旧识了，她曾到我们学校找我帮她办理外孙女从广西转学过来读书的手续，我们见过几次面。雷老太记性倒也挺好的，见到开摩托车过来的是我，她挑了 5 斤卖相较好的桂味，热情地向我打招呼："梁老师，你上次帮我外孙女办理转学手续，我还未曾多谢你！来来来，拿点荔枝回去给小孩吃，不用给钱！"我接过荔枝后，从裤袋中掏出 50 元，放到雷老太的箩中开车就跑。我曾听雷老太说过家庭状况，知道她一家人过得很艰难，她的儿子不争气，整天游手好闲，老伴又长期疾病缠身，每天要吃药，这些卖荔枝的钱对她一家人来说，应该是非常重要的收入。

回到家中，我连忙打开装着荔枝的红袋子，和家人大快朵颐。买荔枝的时候，雷老太曾对我说她的桂味是种在海边的，算是咸水荔枝。咸水荔枝树靠近海边，太阳照射时间长，阳光充足，蒸发量大，荔枝的糖分会多些。我们吃起来感觉也是特别清甜爽脆，还有淡淡的桂花香味。难怪桂味被人们封为荔枝王国中的"贵族"，在市场中占据着大量的份额。

荔枝的品种有很多，除了桂味和糯米糍之外，市场最常见的有三月红、妃子笑、白糖罂、白腊、黑叶、玉荷包。最早熟的荔枝是三月红，最迟熟的荔枝则是玉荷包，稚（焦）核的荔枝有桂味、糯米糍和妃子笑。每一种荔枝都有自己独特的风味：妃子笑丰满肉厚，表皮红中偏青，味道甜中带酸，很能撩动你的胃；糯米糍似一颗跳动的红心，滑入口中，嫩嫩的、糯糯的，甜到我们的心坎；白糖罂果肉爽脆，味道清甜，带有淡淡的蜂蜜味，虽然口感比不上桂味和糯米糍，但它成熟的时间比两者早且价格便宜很多，深受食客的青睐。我对于略带酸涩的三月红以及味道较淡的白腊不怎么"感冒"。等到质脆清甜、略带微香的玉荷包上市，收获荔枝的季节已经接近尾声了。对于最贵一颗拍卖到55.5万元的西园挂绿，这种荔枝中的皇家"贡品"，我是不敢奢望了。

小时候，我也种过荔枝。我不单是在自家的果园里种过荔枝，而且还在学校里种过。我读小学的时候，学校开设了劳动课，劳动课大多是在学校后面山头上的。而劳动课的内容就是为荔枝树挖坑，再担塘泥种植荔枝树，果农平时该干的活，我们在劳动课中都做过。老师每次都宣布谁先完成任务，谁先收工放学，为此，大家都很卖力地干，为的是能早点放学回家。

虽然我们为学校种过很多荔枝树和龙眼树，但我们并没有尝到过果实。每年学校里面的荔枝树都是承包给外面的果贩，他们的管理权是从"买花"开始的，直到摘完果子为止。有个别嘴馋的同学经不起酸酸甜甜的诱惑，蹑手蹑脚地去后山偷荔枝，结果还是被承包果园的人逮住了，他们甚至会在学生的胸前挂着偷摘的荔枝，押到学校门口示众。对于那些因一时嘴馋而偷荔枝被捉的学生，那真是不堪回首的童年记忆。

我读初中的时候，学校里面还发生过一位女同学为了两斤荔枝跟社会青年私奔的事情，这件事当时在学校里成了典型的反面教材。每到果子成熟的季节，老师总喜欢拿这件事情来教育学生不要早恋，不能因为一时的冲动而给快乐的少年时光留下阴影。

读初中的时候，从学校到村里的路边有一片很大的坟场，周边种满了荔枝树。我们平时经过这片林子总觉得阴森森的，尤其是晚上下自修之后，更觉得毛骨悚然，村里的孩子都是三三两两约好一起回家的。有一天晚上，突然在那一片坟场上亮起了几点"鬼火"，隐隐约约还能听到有人说话的声音，吓得我们拔腿就跑。接下来的几晚也是这样，吓得村里的孩子都不敢去上自修了。后来，村里几个大胆的年轻人手持木棍，偷偷地摸近那一片"鬼火"闪烁的坟场，终于发现了真相。原来这是一群赌徒在赌博，他们为了逃避派出所的抓捕，选择了这样一片阴森的坟场作为赌场。知道情况后，几位年轻人马上报警，警察很快就把这一伙赌徒抓获，荔枝林里的"鬼火"从此消失。

我读书的时候，村里的荔枝树还很少，到我参加工作的时候，村民家家户户都有一个或大或小的荔枝园。每到雀舞蝉鸣、万荔争红的 6 月，故乡的房前屋后，小溪边、池塘边、山坡上、菜园旁，随处可见一片片挂满沉甸甸果实的荔枝林，似一盏盏镶嵌在绿色林中的小灯笼，把整个村庄照亮。这是一幅充满田园风情的水墨画，画中的主角是红通通的荔枝、站在枝头鸣叫的夏蝉，当然还有为水墨画起底色的果农，他们的微笑是最纯朴的，就像羊脂玉般的荔枝肉一样，不掺半点杂质。

我对荔枝的爱是发自骨子里的，我是吸吮着荔枝甘甜的乳汁长大的，荔枝林里留下了我很多美好的童年时光，我对荔枝有一种特别的依恋。

年年相约荔枝红，每到蝉鸣荔熟季节，我总不忘约上三五知己，从城里开车回到故乡的荔枝园中观光品荔，享受夏日恬静而美好的时光。

2020 年 6 月

故乡的锥栗树

周末的下午，我一个人行走在南恩路上，热闹的街道人来人往，机动车的发动机声，商铺的劲爆音乐声，把炒锥栗的声音掩盖住了，然而炒锥栗诱人的香味却没能被掩盖住，就算是长沙臭豆腐也不行。因为那种特有的香味已经深深地植根于我的脑海中，那是浓浓的故乡味道，有我童年的美好回忆。离乡久了，故乡的一草一木、一花一虫都可以寄托乡愁，更何况是舌尖上的美食，味道的记忆往往比眼睛看到的更深刻。我走过去跟小贩买了一小袋炒锥栗，剥开坚硬的外壳，放进口中，慢慢地嚼，细细地品，味道真的不错，肉质细嫩甘甜，虽然比故乡栗子的味道淡了点，也足以缓解我浓浓的思乡之情。

我的故乡原本是没有锥栗树的，村里的几棵锥栗树是我爷爷当年从战友手中拿回来的。或许是水土不服吧，栗子树是茁壮成长起来了，可是栗子的个头却很小，和储良龙眼的大小相当，况且栗子的外壳周身都是锋利的长刺，大人们嫌麻烦，很少到后山上去摘来吃，这可便宜了我们一群小孩子。在缺衣少食的 20 世纪 80 年代，这对于我们农村小孩子来说，可是一笔"丰厚"的福利。

每年我们都伸长脖子等着秋天的到来，因为秋风一吹，栗子就会成熟。

栗子树很高，虽然我们已经练就猴子一般的爬树本领，但坐在横伸出的高枝上，秋风一吹，脚底还是会凉凉的。刚好有打过架的邻村小子放牛路过，就会在树底下叫嚷着："脚酸脚软，碌（跌）落地变黄鳝。"我们一听可不高兴了，马上针锋相对地怼回去："某某下巴轻轻，口无灵系（是）尿埕。"正所谓："清水栽，肥水养，姑子（果子）好吃树难上！"爬树是一件相当危险的事情，特别是树顶和伸出的横枝，若承载不起重量就会"咔嚓"一声断掉，人有时也会跌伤，小时候村里就有小孩上树摘果子跌伤的例子。树上有时也会有一些毛毛虫、蚂蚁、黄蜂、雷公蛇、螳螂等小动物，狭路相逢，避无可避，一不小心就会"中招"。因此，大人们经常苦口婆心地劝诫我们不要爬树，尤其是大树。

很多时候，我们都是找来长长的竹篙，在竹篙的尾部扎一个钩子或一把带钩的镰刀。只要站在树底下就能把栗子钩下来，反正栗子皮粗肉厚的，就算是从高高的树尾掉下来也不怕摔烂。有些人连钩子都懒得扎，就用竹篙对着树尾的栗子乱扫一通也有大收获。无论是上树还是用竹篙摘栗子，我们都得全副武装，头上戴上摩托车头盔，手上戴好胶手套，穿上长衫长裤，穿上布鞋，把自己保护好，才敢去摘栗子，因为栗子外壳的刺太锋利了，一不小心就会带来"血光之灾"。

站在树下看栗子，令人浮想联翩。我觉得它像蓖麻绿绿的，又像未成熟的红毛丹，也似缩小版的仙人球。如果说它像什么动物的话，我觉得它神似蜷缩倒挂的绿装刺猬，宛若大海中的海胆。如果说它像一件古代的兵器的话，那非"流星锤"莫属了。面对防守如此森严的果子，小鸟和黄蜂们往往是望"栗"兴叹，唯有我们人类的智慧才能搞定它们。有一条裂开小缝的栗子我们只要用脚轻轻一踩，带刺的外壳就会脱落，露出棕红色带硬壳的锥栗。对于没有缝的栗子，我们只能使劲地踩了，把栗子上面的刺用脚踩软，然后就用石头把栗子的最外层皮砸开。这功夫可是个细致的力气活，力度要用得恰到好处，如果用力过猛，里面的栗子就有可能破相。当然，我们也会把刚摘下的栗子放到地堂上去暴晒一天，然后用木棍像敲打豆子一样狠狠地敲打它们，令栗子脱壳。

锥栗树的花是淡黄色的，栗子的肉也是淡黄色的。栗子的吃法有很多种，有人脆脆地生吃，有人在栗子尾尖上划个"十"字，用清水煮着吃，有人把它放到锅里用糖和油一起炒着吃，有人喜欢把褐色的硬壳去掉用来煲鸡汤吃，有人喜欢用泥窑来焗着吃，有人喜欢用它来包粽子，有人喜欢连皮带壳一起放在火堆上煨着吃……尽管吃栗子的花式多样，但只要你咬上一口，香气就会满嘴跑，那种香甜可口的味道会令你回味无穷，爱不释手。

小时候，为了防止栗子生虫，我们想了很多的办法都见效不大。后来，我发现把栗子藏在沙子中，整个冬天都能保存好，而且不会生虫了。

现在，大家生活都好了起来，很多人再也不用为温饱问题而担心了。后山上的锥栗树没有人再去光顾，反倒冷清了很多。春去秋来，它独自花开花落，果生果熟，一年又一年地重复着这样一件大事，挂满枝头的果子像一个个沉甸甸的思念，似村口端坐的老母亲，盼望着游子的归来，重温树底下的温馨与热闹。

30年，弹指一挥间。故乡的面貌早就变了样，不变的只有那袅袅的炊烟，那天真烂漫的童年，还有后山上的锥栗树，它们早在我的心中凝固成一道美丽的风景。

2019年9月

第五辑　**人在旅途**

读万卷书，也要行万里路，在平凡的生活中，有我们需要寻找的诗和远方。眼睛看到的不是风景，心灵感悟的是自然，哪怕同样的风景，在不同的时候，我们也能读出不一样的心情。

寻梦走马坪

前段时间，我拜读了林迎先生主编的《一入阳江遍地诗》后，感觉阳江处处充满了诗情画意，不论是面朝大海春暖花开的海陵岛，莽莽苍苍、巍峨挺拔的鹅凰嶂，还是我们身边熟悉的山水、田园，只要你仔细去观察，用心去感受，总有一天你会发现它们充满了灵性，含有诗的味道。在我的心目中，也有这样一块地方，它的名字叫走马坪。

提起走马坪，或许很多人会说不认识，但要是说到阳东区海拔最高的山峰——龙山（当地人叫"烂头岭"），我相信有点阅历的人都会听过这个名字。我这里所说的走马坪正好就在伟岸的龙山脚下。走马坪其实是个风景优美的地方，就像一片世外桃源，阡陌交错，鸡犬相闻，袅袅炊烟在屋脊的上空升腾，与山间的浓雾一起弥漫。人们来到这里，真有种"杳然非世间"的感觉。享受负离子何须远赴肇庆鼎湖山呢？走马坪就是我们阳江人的天然氧吧。只是离市区偏远了点，或许这也是它的一种福气吧！它因此能远离污水、废气、垃圾的侵害。我喜欢走马坪的山水，它有一种天然的美。深入走马坪的山中，经常能见到含蓄而欢畅的溪间小洒（瀑布），一叠一叠的水花十分养眼。乌榄树下的小溪清澈见底，水中的鹅卵石光洁锃亮；自由自在的小鱼拖着嫩绿的水草在细细地品味，好像在吃鱼中的"人参"，十分享受；坑螺扭动着腰肢，爬上水中的石头，去沐浴冬日的暖阳；山间野花的香气弥漫在空气中，闻之令人心醉。

30 年前，我曾随父亲到走马坪里面的一个小村庄，见证了远房亲戚的一场山村婚礼。那年我刚好 8 岁，父亲骑着大罗马单车，我是坐在后座的木条板凳上，紧紧地扶着拱形的扶手，一路颠簸过来的，时间长得令我的屁股有点生疼。当我们走过白蒙路口进入到走马坪时，眼前豁然一亮，路边两旁如画的山水令人陶醉。顿时，我们所有的疲劳都被抛到了九霄云外，父亲放慢了骑车的速度，我们慢慢地观赏着迎面而来的风景。泥路两边翠竹成荫，有的粗，有的细，青翠碧绿，郁郁葱葱，从竹叶的尾梢间抬头仰望蔚蓝的天空，特别的静美、温馨。八哥站在苦楝树的枝丫间尽情歌唱，山脚下飞来一群风姿绰约的白鹭，像《西游记》里蟠桃会中翩翩起舞的仙女，一下子把我们的目光吸引住了。那时候的我所学的诗词不多，只知道"两个黄鹂鸣翠柳，一行白鹭上青天"这两句比较应景。

　　来到村中，村子不大，建于龙山脚下的小山丘上，空气很是清新，环境优雅。只见很多房子是用石头垒成的，黛瓦石墙还有篱笆围成的菜园与屋后的青山融为一体，倒有一番别致的美。见我们过来，主人家热情地迎上来打招呼，我则躲在父亲的后面探头张望，在父亲的授意下，我羞涩地向大家问好。20 世纪 80 年代末，由于交通不便，哪家办喜事要么亲自通知，要么找人提前"寄声"（代传喜讯）。路途遥远的亲友如果要喝喜酒就要提前一两天过去的，主人家都会摆些简单的酒菜招待亲友，这叫吃"散餐"，新郎接新娘回来的那一天所上的菜式才算"正餐"。新娘回来的那天上午，父亲帮忙切肉、切菜，我则在灶旁看火，新郎的母亲见我十分卖力，而且弄得"满面尘灰烟火色"的样子，奖给我一个又大又红的苹果，让我开心了好一阵。突然，村口传来一阵阵"突突突"的声音，只见新郎、新娘、带媒的、担担的、伴队的全坐在手扶拖拉机上，车上还有少量嫁妆，大家脸上都挂满了笑容，比中了彩票还高兴。

　　我刚想走去看下热闹，就被父亲跑过来拦住了，他对我说："你的属相正好与日子相克，所以不能看新娘下车。"我半信半疑，虽然我没有向前走，但是脚尖却踮了起来，想远远地瞟上几眼，看看新娘子长啥样。父亲干脆在我面前站成了一面墙，我只好作罢，但心里还是想着那位新娘子究竟长得咋样，是不是比学校里的音乐老师还漂亮？

这一场山村婚礼，我现在回想起来仿佛还是昨天。

自那之后，我近30年没有到过走马坪了，更没有进过我曾经喝过喜酒的小村庄。

前段时间，我在一个朋友的微信朋友圈里看到了一组美丽的大八镇走马坪风光相片：金黄的梯田，嫩绿的凉粉草，美丽的溪瀑，秀美的龙山，嬉笑的山羊……看完相片后，让我有种再度探访走马坪的冲动。趁着元旦放假的时机，我和几位朋友相约成行，终于再次踏上了走马坪这一片沉睡在我梦中的土地。

我开着小车走在通往大八镇的水泥路上，心中无比畅快，同时又有种"近乡情更怯"的感觉，心里想着：多年未见的走马坪现在怎么样了？我曾经喝喜酒的那个村庄现在还在吗？当年结婚的那对新人想必现在已经抱孙子了吧？经过多方问路，我们终于找到了我曾经喝喜酒的那个小村庄。我站在小山坡上，看着这个熟悉而又陌生的小村子，恍若隔世。30年前，那场热闹的婚礼仿佛还在眼前，令人感慨的是，这里曾经的居民，有的进了土，有的进了城，人去楼空的房子经不起风吹雨打，不知在哪个风雨凄凄的夜晚倒下了。

看着眼前的情景，我感慨良多。城市化给我们的生活带来了很多的方便，但它同时也从我们心中夺走了很多美好的东西。

啊！走马坪。这个充满诗意而令我留恋的地方，如今就像我冬日里做的一出梦，当我伸手要触摸你的时候，你却渐行渐远，直到变成一个点。

2019 年 1 月

端州砚遇

肇庆，古称端州，位于广东省中西部，是砚香里飘出来的壮丽山水画卷。笔、墨、纸、砚是传承中华文化的重要载体，四宝中以砚为尊，而砚又以"端"为首，端砚也是肇庆最响亮的一张文化名片。对于端砚的生产基地，我心中向往已久。10年前，我随旅游团走马观花地游过一次肇庆，而当时的行程并没有安排去看端砚的生产基地，这成为我心中的一大憾事。

暖暖冬日，我随阳东区文联、作协采风团来到了风光秀丽的端州，第一站的目的地就是"中国砚村"，这让我倍感欣慰。在鼎湖山中，我看到了重达2吨的端溪龙皇巨砚，令我眼界大开；游七星岩旅游风景区时，又观赏到了雕刻着肇庆山水的精品巨砚，让我感叹端砚制作技艺的精妙绝伦；我们采风团的最后一站特意安排到了制砚的工厂，一路上，我们可谓"砚"福不浅。

在中国砚村和制砚的工厂里，我们了解到了很多关于端砚的知识——

早在哈气成诗的唐朝，端砚就开始崭露头角了；到了滴水成词的宋朝，更成了天子手中把玩的贡品。端砚，端砚，你的名字被人们叫了1300多年，你的足迹踏遍大江南北，随着风帆的扬起东渡日本，南达南洋。你走进过御书房，与帝王一起指点江山，激扬文字，谈笑间，决胜千里之外；

你来到深宫，与三宫六院七十二妃做伴，聆听妃子、宫女们的低吟浅唱；你在文人骚客中醉享风月，泼墨成诗，挥毫成词，留下了不少千古绝唱；你到寻常百姓家中，在袅袅的炊烟中感受人间的酸甜苦辣……千年的风吹雨打，千年的风云变幻，你依然活在人民心中，开成一朵紫色的花，花纹独特，花朵幼嫩、细腻，花蕊温婉清润。

我们来到砚厂的展厅，只见刘炳森凝厚稳健而又俊逸潇洒的隶书"砚宫"两字赫然出现在眼前。进入"砚宫"，我们眼前不禁为之一亮，一件件精美的端砚制品映入眼帘——有的雕着美丽的山水，有的琢着动人的故事，有的刻成有趣的动植物……我被其中一方紫色砚台所吸引，它古拙大气，雕琢精简，石材颜色嫩绿，如漠阳江畔春天里的一棵鲜嫩的小草，春意盎然。摸之，石质细腻幼滑、娇嫩密致，叩之声音沉闷，砚池滑润如初生婴儿的肌肤。初见此砚，我便有种文思泉涌的感觉，脑海中马上浮现出唐朝诗人李贺的咏砚诗《杨生青花紫石砚歌》："端州石工巧如神，踏天磨刀割紫云。佣刓抱水含满唇，暗洒苌弘冷血痕。纱帷昼暖墨花春，轻沤漂沫松麝薰。干腻薄重立脚匀，数寸光秋无日昏。圆毫促点声静新，孔砚宽顽何足云。"

老板带我们参观了老坑的精品展区，并指出那些砚有冰纹、金线、银线、青花、玫瑰紫，那些又是火捺、天青、蕉叶白、鱼脑冻、冰纹冻、天青冻以及名贵的石眼。从老板的口中，我们得知端砚的石材产地有五大名坑：老坑（水岩）、麻子坑、坑仔岩、宋坑、梅花坑。从材质来说，老坑石为最佳，麻子坑次之，坑仔岩、宋坑、梅花坑再次之。老板教我们鉴赏端砚的方法：一是看颜色，紫中带蓝为上品，在阳光下或放在水中看石色最为明显突出，紫带青和紫带赤为中品，白、青、绿等为下品。二是观石质，石质细润、坚实者为佳品。三是感重量，轻重适中，上手时有滋润之感为正品；太轻或太沉重，有枯燥之感，均有伪品之嫌。四是听声音，端砚叩之声音较小且闷哑为佳。五是用指按，用手指按砚台1秒钟，端砚上就会有"水汽"形成的手指痕迹。六是哈气，靠近端砚哈一口气，砚上就会凝聚一薄层水汽，用指一摸可见凝聚水的多寡。老板的详细介绍，令我们增长了不少关于端砚鉴赏的知识。

老板还带我们参观了端砚的加工作坊。端砚的制作过程十分复杂，主要有采石、选料、制璞、设计、雕刻、配盒、打磨、上蜡等工序。端溪石大多不耐震，因此，一直以来端砚生产的各个环节均为手工制作。看完端砚的制作过程，我们不禁感叹：小小的一方端砚，不知需要多少人付出辛勤的汗水，凝聚了多少人的智慧结晶！

关于端砚，还流传着很多动人的故事。

据说，包公在端州任知州的时候，清正廉洁，离任时群众送他一方好端砚，书童偷偷藏到船上，船出羚羊峡时，突然波浪翻腾，狂风骤起。包公得知船上藏有群众送来的端砚，他立即取来端砚抛到江中。霎时，风平浪静。后来，在包公掷砚处便隆起了一块陆地，这就是砚洲岛。包砚的那块黄布，顺流而下，在不远处的西江边形成了一片黄色的沙滩，这就是现在的"黄布沙"。

明人笔记叙述了米芾与苏东坡一段轶事：米芾有方端砚，苏东坡借来欣赏，到手之后，苏东坡就立遗嘱，要后人把这方砚拿来殉葬。米芾知道后急了，立即写信给苏东坡将端砚索回。听说米芾写给苏东坡的信函真迹仍在人世，可惜本人无缘一见。米、苏两人爱砚如痴，上述轶事，可见一斑。

端砚虽美，但美中也有不足之处。有少部分端砚作品，细品之下，觉得少了些"砚味"。如荔枝、七星剑花等雕刻缺少传统的文化底蕴，经不起时间的考验。又如有些砚台一味追求精雕细琢，砚池做得太浅，装不了多少墨水，失去了砚台实用的价值，不管做得多好，最多只能称之为精美的工艺品，而不能称之为端砚精品。还有些端砚产品上雕刻的书法字体水平不高，有损砚台的整体效果。市场经济下的端砚，一味追求经济利益，忽视端砚制作与传统文化的融合，忽视赏用兼优的原则，这些现象将不利于端砚的长期健康发展。

　　我喜欢书法，也喜欢墨砚，赏"端砚"，对于我来说是一件乐事，与志同道合的文友一起赏"端砚"，更是一件不可多得的美事。在砚都肇庆的两天，我们既游览了有"北回归线上的绿宝石"之称的鼎湖山和湖山相映、洞穴幽奇的七星岩，又观赏了巧夺天工的端砚，可谓不虚此行。

2018 年 12 月

徐闻古港遐想

　　炎炎夏日，椰风送爽。我的心情随着市作协和日报社组织的"海洋文化主题采风团"的车轮在徐闻这片红土地上起伏。车窗外不见高山，只见昂首挺胸的桉树林，似南海舰队的官兵，守卫着祖国的南大门；含情脉脉的甘蔗林，长长的叶子随风摆动，像好客的徐闻人在挥动着丝巾热情地喊着："欢迎，欢迎，热烈欢迎！"还有那不畏烈日，举剑直刺青天的剑麻，更像是"辽宁"号上的军人正在列队誓师；成熟了的菠萝香味，透过车门的小缝隙钻进了我的鼻孔，令我有一种饥肠辘辘的感觉，我连忙从背包中掏出一个绿豆饼解馋。

　　终于要到徐闻古港了，我的心中又生了许多期待。车子刚到徐闻古港的大堤前，我们就被大堤前三座巨大的石狗雕像所吸引，石狗作为一种原始的图腾，被百姓立在村头路口，无非是想祈求出入平安、风调雨顺罢了，它寄托着村民们美好的愿望。聪明的雷州半岛人民却把这种"石狗文化"搬进了博物馆，让更多的人去了解"雷州文化"，进而了解雷州半岛的人民，这一点我是由衷赞赏的。

　　走下开着空调凉快的中巴，我们漫步在徐闻古港的大堤上，阵阵椰风夹着太阳火一般的热情还有海水的咸腥味向我们袭来，猝不及防，我的脸上热辣辣的，毛孔处沁出了一颗颗汗珠。然而，我的心情却是喜悦的。我们沿着凹凸不平的石板路，来到立有"广东十大海上丝绸之路文化地理坐标"之称的徐闻古港标志前，感受千年的沧海桑田，心灵是何等的震撼。徐闻古港作为汉代海上丝绸之路始发港，有着悠长而厚重的历史，她见证了时代的变迁，从秦汉时期丝路古港的形成，到三国至隋朝时期的迅速发展，再到唐宋时期的繁荣昌盛，最后在明清时期由于海禁政策而走向没落。徐闻古港，作为一部活着的历史书，在向我们娓娓地诉说着或喜或忧的往事，我很想走近她，帮她梳理一下凌乱的发丝，抚平她满脸沧桑的皱纹。

阳光下的古港静谧安详，那沙沙作响的椰林，那宽厚的城墙，那搁浅的木船，那造型别致的万岁瓦当，无不展现着史诗般迷人的风韵，令我迷醉。看着"大汉三墩"周围的红树林郁郁葱葱，树上有鸟儿优雅娴静地小憩着，树下泥沼上笨笨的一群红钳蟹横趴在那里，憨厚可掬。听着徐闻县文联主席符国立先生生动的解说，我仿佛穿越了漫长的历史长廊，来到了雄风漫卷的大汉。也是脚下这片地方，也是眼前这个港口，通往港口的街道上，人声鼎沸，往来马车喧嚣，商号旌旗猎猎，小贩的吆喝悠长，酒舍里觥筹交错，茶棚中轻烟袅袅，码头前上演着一幕幕的迎来送往，港湾中桅樯林立，海面上帆影绰绰。丝绸、黄金等物品被搬到了扬帆待发的商船上，金银器、宝石、香料、各种土特产从凯旋的船舱里搬了下来……不管是作为海上丝路上的始发港还是补给港、避风港，千百年来，徐闻古港用她独有的魅力、超凡的毅力、坚强的意志以主人翁的心态去抒写着这一片土地的精彩历史。

站在长堤上，我仿佛看到了唐代 61 岁的名相、诗人李德裕风尘仆仆地向我这边走过来，边走边吟唱着："岭水争分路转迷，桄榔椰叶暗蛮溪。愁冲毒雾逢蛇草，畏落沙虫避燕泥。五月畲田收火米，三更津吏报潮鸡。不堪肠断思乡处，红槿花中越鸟啼。"字里行间，对前途充满愁苦和畏惧，还有深切的思乡之情。眼前一晃，高唱"大江东去，浪淘尽，千古风流人物……"的苏轼与我擦身而过，这时的他已经 62 岁了，虽然被贬海南儋州，踏上了一叶孤舟，但苏轼天生的乐观，依然能给我"一蓑烟雨任平生"的旷达超脱的感觉。小小的徐闻古港，见证了多少被贬名人的思乡之泪，还有众多的英才从这里登陆上岸，从此飞黄腾达，扬名九州。

长堤尽处，有八角航标灯座遗址，高高耸立的灯塔早已经在历史的长河中倒下，只有宽阔的灯座还能想象到它当年的雄风。灯座遗址左侧有候神岭，小小的山丘有着动人的传说：相传汉武帝沉迷于长生不老药，派大臣寻至徐闻仕尾地，见此处山高石多，立于海岸，海上又飘着三岛（三墩），大喜，认为此为天赐候神岭，海上三岛即三仙境。汉武帝闻报后，大喜，即下令在三墩湾建港，一为通商，二为寻仙问药，并把此地赐名候神岭，希望有一天能迎候神仙的降临。候神岭虽然没有等到神仙，却见证了徐闻古港的兴衰，见证了千年历史的变迁、风云的变幻。登上候神岭，走进充满风情的金铜仙人承露台，只见4位仙女衣袂飘飘地站立着，她们长得花容月貌，风姿绰约，明眸皓齿，朱唇含笑，有种超凡脱俗的气质。她们双手高举，把铜盘托于头顶之上，以承甘露。汉武大帝欲求长生不老之心由此可见一斑。承露盘上的甘露并没有让汉武大帝益寿延年，长命百岁，他在64岁就驾崩了，金铜仙人承露台却在风雨中保存了下来，成为历史文化的瑰宝。

一眼千年。如今，世界最大客货混装码头徐闻港正在建设当中，预计年底运行；徐闻码头通往海口的跨海隧道也正式开工了。天之涯、海之角的徐闻古港处处焕发着蓬勃的生机，像一列正在开往春天的列车。

2019 年 9 月

瓦北的天空更蔚蓝

初秋的清晨，太阳像新嫁娘刚起床的样子，羞答答的，满面霞光。一缕缕阳光洒落在绵延的东平风车山上，风车被镀上了童话的色彩，山下瓦北村的田园顿时也充满了诗情画意。

我的车子沿着山边拓宽的水泥路，顺着瓦北河那蜿蜒的娇躯，向着瓦北村方向行驶。望着山坡上层林叠翠的荔枝林，像千军万马要冲杀下来似的，有一种不可抵挡的气势在其中，令人心生敬畏。微风拂过一大片青绿的禾苗，荡起阵阵的涟漪，就像刚刚苏醒的睡美人，一对酥胸在大地的怀抱里轻轻地起伏着。水稻的芬芳和草木的清香穿过车窗的缝隙，逸入我的鼻孔，顿觉神清气爽，心情舒畅。

啾啾的麻雀成群结队地站在电线杆上，像瓦北村的村民在召开大会，讨论着如何实施乡村振兴战略，让瓦北村村民的生活水平再上一个台阶。振翅高飞的鹭鸶是那样的优美娴雅，它们在空中尽情地跳着芭蕾舞，仿佛到了物我两忘的境界。累了的时候，它们轻轻地落在水牛背上，水牛非但没有用长长的牛尾巴赶它们，还朝它们友好地"哞哞哞"叫着，好像很欣赏它们的舞姿似的，我突然想起了"对牛弹琴"的成语故事，忍俊不禁。

车子停在瓦北村的村委会门前，我被村委会楼顶上大面积的太阳能光伏电池板吸引住了，听瓦北村党总支部书记邓德强介绍，这个 12KW 光伏电池板每年能为村里增加集体收入 1 万元，真是致富的法宝啊。村委会旁连着的是农产品流通中心和卫生站，我想荔枝收获的季节，这里一定会很热闹的。

瓦北村委会门前是一条清澈的小河，小河经过治理后，十分整洁美丽。雕栏玉砌的碧道，翠竹清影，游鱼戏水，这是一幅十分恬静的乡村田园图，是一首无字的山水田园诗，令人流连忘返、陶醉其中。

跨过连心桥，瓦北村的小桥流水人家就呈现在我的眼前。这是一幅天然的画卷，山清水秀，民风淳朴。鸡鸣狗吠声中，袅袅的炊烟升起，一股蒜子油锅的浓郁味道顺着风飘了过来，撩动着我的胃，哪怕刚吃过早餐的我也有点饥饿的感觉。

自从改装好自来水以后，村口的古井就被保护了起来，青砖环抱，与古井搭配起来显得十分和谐，我想这是一口有故事的井，它见证了瓦北村的过去与现在，见证了瓦北村的盛与衰，记载着村民的喜怒哀乐，它是一部活着的村史，系着瓦北人的无尽乡愁。

最醒目的是那彩色的太阳能灯光篮球场了，我走过阳江很多农村，很少见到有这么漂亮的篮球场，我想这少不了驻村扶贫工作队的一份功劳。听村民吴老伯说，每天傍晚，镇上很多年轻人都喜欢到这里来打球。俨然，这里成了年轻人运动的乐园。

我在村里转了一圈，村场虽然不大，却挤着4个自然村：上瓦村、瓦一村、瓦二村和地塘岗村，更是有好几姓。

瓦北村的村场很整洁、美观，外墙全部贴上了米黄而光亮的墙砖，显得斯文大方。村里的呇冏要么铺上水泥，要么贴上地砖，看起来很干净。光亮的墙壁配上灰瓦，以蓝天白云为底色，看起来真的很美。我连忙拿出相机狂按快门，想把这一美景留住。瓦北村的村民采用钢网圈养和护栏围种，鸡鹅鸭都被圈养了起来，不再是满村满巷走了。近年来，瓦北村按照"三清、三拆、三整治"的要求，全面开展农村人居环境整治工作，村容村貌焕然一新，先后获得"广东省卫生村"和"全国乡村治理示范村"的称号。

令我意想不到的是，瓦北村的村民家家户户门前都会摆上一些黑骨茶盆景。"口洋藕、平堤蔗、东北的大姐",那在东平乃至阳江地区都是出了名的,我没有想到黑骨茶也是名声在外。看到东平盆景协会的牌子挂在停办了的瓦北小学门口,我才知道瓦北村的黑骨茶盆景在整个东平镇的分量。透过铁门的缝隙,一盆盆造型别致的黑骨茶整齐地摆放着。村民蔡大哥给我科普了一下:黑骨茶,又名黑檀、黑骨香,是台山与阳江附近特有的树种,是近10多年新挖掘的盆景树种。它的特点是叶细绿,因树干黑色故得名黑骨茶。三四月份发新芽时非常漂亮,新芽叶嫩红色,老叶呈鸡心形,浓绿色。除了黑骨茶,我还看到了簕竹头、罗汉松、针仔簕、野生橘子树等做的稚趣盆景,可谓眼界大开。根据不同的造型及年份,黑骨茶的价格在几百至上万元不等,每年都会有很多商人上门收购,村里也有专门的网络销售平台。瓦北村的黑骨茶等盆景目前远销北京、天津、浙江等地,真正成为村民脱贫奔康的"摇钱树"。

在村中的广场,我遇到一位老阿姨正在健身器材前健身,从她的身上我看到了幸福与自信。她自豪地告诉我,他们瓦北村上过好几次电视呢,如果是荔枝成熟的时候过来,她一定请我品尝一下她家的糯米糍荔枝,那真的很甜,甜到心坎里。闲聊间,我从老阿姨的口中得知瓦北村委会共有11个自然村,全村共有331户1747人,曾经建档立卡贫困人口31户78人,现已全部实现脱贫。这是一件多么了不起的事情啊,我仿佛看到了驻村扶贫干部和村党总支带领村民脱贫致富的情景:插水稻、播花开、种荔枝、栽培黑骨茶、钢网圈养和护栏围种、建道路、建桥梁、改造自来水工程、污水处理、美化村场……正是有他们孜孜不倦的努力与贫困户的不懈奋斗,才会有瓦北村村民脱贫奔康的宏伟蓝图。

回来的路上,广播电台唱起了海来阿木的《别知己》,我情不自禁地哼着,而且将歌词改了:昨天已经过去,所有的贫困和落后已离去,瓦北的天空会更蔚蓝!

2020 年 8 月

游合山沿江路河堤

我好几次经过合山镇的沿江路河堤，只是每次都行色匆匆，未来得及细细欣赏那里美丽的风景。

趁着春节假期的最后一天，我独自驱车前往合山镇沿江路河堤。

虽然都叫河堤，合山的河堤和阳江的河堤相比，却别有一番风味。这里没有阳江河堤的拥挤，这里的空气更加清新，河水浅绿得像油嫩的荷叶裁成的长裙，拖曳在合山大桥底下。河中央有好几块沙洲，沙洲上芳草鲜美，小黄牛悠闲自在地享受着美食，一双大大的牛眼睛放射出雪亮的光芒，从它的眼神中，我读到了喜悦与满足。草足水饱后，小黄牛"哞哞哞"地叫了起来。我连忙调好相机焦距，为小黄牛拍下一张萌萌的"风吹草低见牛羊"。

合山沿江路河堤介于新旧两座合山大桥之间，岸上砌着长长的大理石护栏，走在路边的茂密树林间，我心情很是愉快。首先映入眼帘的是几棵高大的细叶榕，它们捋着长长的胡须，像一群饱读诗书的老学究在那龙河边欣赏着美景，不时摇头晃脑，似在吟诵着圣贤书；一排长长的非洲楝树威风凛凛地站在靠近江边的位置，它们霸道地诠释着什么叫"高大上"；挺拔婆娑的秋枫树在微风中轻轻摇曳着，似婀娜的村姑披着满头飘逸的秀发迎风微笑；令我惊喜的是长在树头间的那些龙船花，从不为自己当配角而感到自卑，它们也在怒放着，尽情地呼吸着春天里弥漫的水汽；长着肥大叶子的糖胶树下，细碎的金边黄杨和红背桂花也很可爱；散落在树木间的几株高大威猛英俊潇洒的木棉树，显得十分鲜艳夺目，像高高悬挂的大红灯笼，把长长的河堤照亮，把镇上居民的心照暖；旧桥头还种了几棵凤凰树，到了热情似火的夏天，想必这边风景独好……

"将军！"耳边突然传来了一名老者的哈哈大笑声，与其对弈的另一名老者的额头却皱成了"川"字形。看到这个情景，我微微　笑。树林下安装了很多健身设施，居民们正在做运动，好不热闹。河堤上不时传来小孩的笑声，声音在树林间回荡，滴落进那龙河中，晃出一圈圈的波纹，在我的心中漾起了涟漪。

下到河边的绿道，我能嗅到那龙河的味道，仿佛有一种甜甜的感觉在舌尖上打着滚，我闭上眼睛，反复地做着吐纳。近沿江路一侧，沿岸居民种满了各种各样的农作物。其中，秀丽坚挺的玉米最吸引我的眼球，长长的叶子像弯弯的柳叶眉，饱满的玉米棒长着紫色的山羊胡子很是养眼。进入玉米地，我仿佛走进了郭小川的《甘蔗林——青纱帐》，也很自然地联想到了莫言的《红高粱》。

一畦畦菜地里，凝结着居民勤劳和智慧的结晶。菜地里有一卷卷把心包得密密实实的椰菜，有绿油油的生菜，有长着长长叶子，给人一种粗枝大叶感的唛菜，有腆着"圆卜碌"大肚子的菜果（苤蓝），有像一叶绿色扁舟的荷兰豆……在众多的蔬菜中，我居然看到了久未谋面的猪姆菜（莙荙菜），它长着粗壮肥厚的菜梗，上部撑开青翠欲滴的大叶子，有点像《西游记》中铁扇公主亮出的芭蕉扇。看着猪姆菜，我突然闻到了家的味道，想起了小时候在我最饥饿的时候，母亲为我炒的猪姆菜，吃起来口感清爽，质地柔滑，在我童年的眼中，是难得的美食。

漫步合山河堤的绿道上，远离城市的喧闹，我觉得大自然是这样的美。"叽叽喳喳"的小鸟在山林间穿梭着，像是在赴一场美食盛会。河边零散地横着几只小舟，岸上晒着几张渔网，却不见淘蚬和捕鱼的人。河边沙地上竖着几根钓竿，几顶草帽下坐着耐心的垂钓者。突然，一只青色的翠鸟掠过水面，一头扎入水中，激起了一片小水花，翠鸟飞起来的时候，一条小鱼已经咬在口中，鱼尾还在不停地摆动着，洒落几滴水珠。

夕阳西下，半江瑟瑟半江红。华灯初上，映着碧绿的树；明月高悬，衬着蔚蓝的天。此情此景，我怀疑自己是不是到了郭沫若所描写的"天上的街市"。夜色渐浓，镇上的居民从家中走出来，散步、做运动、遛狗、跳广场舞，或逛商场、吃宵夜，沿江河堤更是平添了几分热闹。

热情奔放的广场舞和着 KTV 里传出优美动听的歌声，在春风的吹拂和那龙河水波的糅合后，袅袅娜娜地逸入我的双耳。此时，我的心情柔柔地舒展开来，无比的惬意涌上心头。

好美的河堤夜色啊！我好想睡在河边，吻着江风，在你温柔的怀抱中入眠。

2019 年 2 月

在高村聆听早春的声音

立春的早晨，我们从百里外的阳东赶来，只为看你一眼——高村。我身边很多同事、朋友、亲人到过这里旅游，都说"不虚此行"。我对高村也是充满了好奇，只是忙于工作或家庭的琐事一直未曾成行，趁着寒假，现在终于如愿以偿。

虽说我是初次来到高村，却早已在微信朋友圈中邂逅过高村美丽的容颜，内心里便滋生了些许的向往之情。这不，双脚刚一踏上这片美丽而多情的土地，便有种故人重逢的感觉。

高村依山傍水，风景秀丽。从 113 省道进入村中，首先迎接我们的是大片的花田和红色的风车，当然，还有田边造型别致的稻草人，好一派北欧的浪漫风情！只是成片的油菜花海含苞未放，有些许的遗憾，但这丝毫不影响我们游玩的心情。我们很快就被村口的古民居所吸引住了，只见青砖的照壁上写着"生活不止眼前的苟且，还有诗和远方"，村道左边则是一幅充满田园风光的墙画，画的是农忙时节村民在插秧的情景，栩栩如生的牧童骑着大水牛好像要从墙壁中走出来似的。

村口的左边是高村的文化广场，广场有一个露天的舞台和一个塑胶的篮球场，篮球场的旁边还有很多健身的器材。广场的舞台被村民晒满了像野菜一样的植物，透着淡淡甘甜的清香，刚开始的时候，我们都把它们当作一种不知名的蔬菜，后来村民告诉我们才知道是鼎鼎大名的板蓝根，大家拿起一棵，在手中好奇地看着，还不时地放到鼻子前嗅嗅。村中的少年在篮球场上快乐地玩着"投篮仔"的活动。几位老人家，有的在健身器材上压腿，有的在吊双杠。如果不是身后的田园背景，我们还以为这是城里某个社区的生活场景。

进村的主干道左侧铺着一条红木栈道，主干道把两口大池塘分了开来，两棵250多年的芒果树拱卫着进村的路口，让我想到了威武的秦琼与尉迟恭，不禁肃然起敬。两树虽然年长，却没有给我们一种老态龙钟的感觉，它们风骨遒劲，枝繁叶茂，繁花满树，树上挂满了喜庆的大红灯笼，两树像村里德高望重的长者站在村前，正以饱满的精神迎接远方的游客和美丽的春天。

我们沿着红木栈道进入村中，吸引我们的不是那些新建的小洋房，而是村中的古建筑。高村灯棚像一位慈祥和蔼的老者，在娓娓地向我们诉说着曾经的辉煌：灯棚始建于1902年，重修于1985年，过去出生的男丁，在年初八早上8点钟开始接土主公回灯棚、吊花灯，宴请亲人，每户早晚去拜神，初八晚上放烟花和鞭炮，到十八一早才送土主公回到原位。我们仿佛看到了高村人张灯结彩，锣鼓喧天，一派歌舞升平的祥和景象。现在，高村灯棚也并不寂寞，它是红声曲艺舞蹈社活动的地方，村中的音乐发烧友经常会在这里吹拉弹唱和表演舞蹈，哪怕在田间劳作，村民也能分享丝竹管弦之音的愉悦。

灯棚的门口左侧张贴着醒目的《高氏家训》："高家人，做好人。祭祖典，莫忘根……各尽责，共诚勉。同心立，天地间。"始建于明朝宪宗成化十九年（1483）的高村，经过一代代人的积累，总结出如今的家训，正是凭着这样的家训教育自己的子孙，才会有20年如一日坚持为村里义务扫地的高爱文，才会有如今文明的乡风。

村中的榕树广场，既是村民年年节节祭祀和祈福的地方，也是村里老人闲聊和小孩玩耍的好地方。我想，这里曾经极有可能放过露天电影，开过板凳会议，摆过新人酒席。

在村中的巷子里穿行，岁月的藤蔓爬上了屋顶的瓦面，它们凝望着村口，思念着屋子里的新老主人。村头巷尾的石磨、石碌，在无声的岁月中研磨着淡淡的乡愁。曾经的埕埕瓮瓮没有荒废在尘埃的角落，很多都被种上了美丽的花草。岁月就像一个顽皮的小孩子，把曾经美丽的画卷变成斑驳的涂鸦，留下断断续续的片段等着后人去解读。雕栏玉砌虽犹在，只是朱颜改！我们只能从斑驳的朱漆里，去遥想当年房子初建成时的碧瓦朱檐以及主人喜悦的心情。黛瓦青砖的屋檐下，仿佛回响着走村货郎与村姑风趣的问答。"荔下书吧"是一个有趣的地方，在那里，我们没有看到一本书，但在那里读书，的确是一个环境优美的好地方。

村中的民宿很有意思，如"望山客栈""老舍民宿"等，特别是"老舍民宿"真有点文艺的范儿。它既让人联想到大文学家舒庆春，又有回归老房子的意思。我们看着"老舍民宿"，不禁忆起美好的童年时光，倍感亲切。村中不但民宿多，而且翠竹也多。竹影斑驳，随风摇曳，与身后的喀斯特山头相映成趣。

我想，高村最大的"宝库"非后山的连片古树林莫属了。听村民说，这片古树林有 130 多亩，超过 600 年的历史。整个后山，就像阳春版的"华南植物园"。行走在山间的栈道上，米锥、猴耳环、白颜树、罗浮锥、青冈栎、肾蕨、显脉杜英等植物从不同侧面与我的视线相切。畅游其间，上有树荫蔽空，下有肾蕨吐翠，令人目不暇接，意醉神迷。这是植物的王国，小鸟的天堂！山中的空气很好，很多罗浮锥、青冈栎树上长满了类似青苔的植物，靠近细看，又不似青苔，有点像肇庆鼎湖山上的拟弯线藻，听说有这种藻类生长，证明当地的生态环境很好。这里不愧是天然的氧吧，负离子爆表，是洗肺醒脑的好去处。看着栈道旁爬行的蚂蚁，听着林间悦耳的鸟声，呼吸着淡淡的草木清香，令人神清气爽，烦忧皆忘。在这里，我见到了故乡的野生山竹子，勾起了一连串美好的童年回忆。

突然，树林里飞出一只黄鸟（黄雀），朋友笑着说："难道这是从《诗经》里飞出来的？"我的脑海中自然地浮现出了诗经中关于黄鸟的诗句："黄鸟于飞，集于灌木，其鸣喈喈"（《周南·葛覃》）；"睍睆黄鸟，载好其音"（《邶风·凯风》）；"交交黄鸟，止于棘"（《秦风·黄鸟》）……

顿时，脑中空灵，诗意横生。

高村人很注重细节，不单路边的水泥电线杆上绕着色彩艳丽的花朵，就连裸露在池塘边的白色自来水管道也被涂上了泥色的花纹，像一条正在爬行的大蚯蚓。菜园的篱笆既有别墅花园所用的白色小木栏，也有接地气的竹、木篱笆，给人的感觉很是雅观，勾起浓浓的乡愁。村里亭子的对联都是请当地书法名人所书写的，如龙迳亭对联为李太亮所书，天凤阁对联为黄锋所书，沐曦亭为颜克勇所书，三人都是中国书法家协会会员。村里的标语给人一种亲切的感觉，村中的壁画也很接地气，墙上画的不是什么高大上的山水，恰恰是村里人生活的情景再现，给人眼前一亮的同时，也拾起了一地的乡愁。

游玩完三炮石东面的牛窿山古人类活动遗址，我们在荔下书吧旁品尝了原汁原味的山水豆腐花、钵仔糕和萝卜牛杂，可谓大饱口福。

我们在高村游玩了大半天，竟然有种不想归去的感觉。有朋友提议："等到村前的油菜花烂漫的日子，我们再来！"大家都举双手赞成。

高村作为社会主义新农村建设的典范，真正把家园建成了"天蓝、地绿、水清、民乐"的幸福家园，在这里望得见山，看得见水，记得住乡愁。在乡村振兴的建设过程中，我们期待更多的"高村"出现。

2021 年 2 月

秀美田畔河

近段时间，水清景美的田畔河不断地进入我的视野，电视台、报纸、互联网、微信的朋友圈经常能看到关于田畔河的消息。遇见老家是田畔的同事，说起田畔河他们眉宇间总会不经意地流露出自豪与幸福的表情。我以前关注田畔，是因为田畔圩的牛头皮、纯手工做的豆沙月饼和九三村的砂糖橘，现在又多了一条秀美灵动的田畔河。

周末的清晨，我与朋友相约到田畔圩去赏美景、吃牛头皮。从市区出发，我们走的是325国道，大约一个小时的车程我们进入了田畔地区，车沿着田畔河水时而在蜿蜒的山路转着大弯，时而在平缓的河谷上前进，山、水、村庄、树木、花草变换着角度与我的视线交错，层林叠翠一平一仄地绵延，仿若张若虚《春江花月夜》般的长诗，诗情扑面而来。温柔的山风吹皱了平缓的一湾河水，也撩拨着行人的心弦。

适逢圩日，田畔桥周围很是热闹。虽然趁圩也是一件乐事，但是我们没有忘记此行的目的。我们开车绕过人群拥挤的肉菜市场，把车停靠在河边的水泥大道旁，便迫不及待地去观赏田畔河一河两岸的美丽风光。

田畔河发源于那龙镇竹山村附近，汇集了一条条晶莹透亮的涓涓细流，过那料、出峒尾、经那新、进九三、绕历屯、沿圩镇、越两安、至那顿，河道总长约26公里，一路欢歌笑语，一路广施雨露，滋润着两岸的青山和广袤的田园。

田畔河之美，美在自然，美在清纯，给人一种温馨舒适的感觉，犹如闺阁中的小家碧玉，温柔、恬静、曼妙、悠然、灵动、飘逸……我觉得怎样形容她都不为过。

我们行走在田畔河的大堤上，穿梭在绿树荫中，像行走在色彩明艳的山水画当中。一阵阵微风，拂过波浪形的绿叶，轻轻地抚摸着我的脸，像初恋情人般的温柔和体贴。我深深地呼吸了一口空气，清新、清爽、润泽，还有淡淡的草木香气，喉咙里觉得甜甜的，比含着"金嗓子"还舒服。负离子所散发出的清香萦绕着一河两岸，我们心胸中一切的忧烦顿时被抛到了九霄云外，一双双眼睛变得澄明了起来，眼球中写满了对美好生活的憧憬。

美丽的凤凰花一丛丛、一簇簇开满了枝头，映红了游人的眼睛，它们在微风中轻轻地起舞，像一群新娘子在迈着细碎的步子走向田畔圩，沙沙的叶子声像是新娘的亲友送上真诚的祝福。河水把这一美丽的画面收藏了起来，在平静的时候不断地回放，年复一年。这一切，凤凰树的年轮和岸边的大石头都记载得清清楚楚，每逢月圆之夜就向远方的游子娓娓道来。

优雅恬静的田畔河，宛如一位温婉文静的农家少女，身姿妙曼，明眸皓齿，含羞而矜持。河水静悄悄地流淌，泛着粼粼的水光，好像情窦初开的少女，在给心仪的情人暗送秋波。清凌凌的河水让圆润的鹅卵石无处藏身，细嫩的泥沙像村民撒向河中的一把盐，一脚踩上去十分柔软和清凉。几株瘦长的浅绿色水草在水中尽情地扭动着纤细的腰肢，似身材妙曼的少女在表演优美的舞蹈。此情此景，令我想起了《诗经·关雎》中的名句"参差荇菜，左右流之"。"镰刀屎""章公"在河中跳着"鬼步舞"；罗非鱼在靠岸的沙滩边正专心致志打造着自己甜蜜的漏斗状沙窝，弯着腰游走的小虾像稻田里收割稻穗的农民，脸上挂满了丰收的喜悦；明艳的要数河中张着圆嘴的大鲤鱼了，它像在和我们分享它那满满的幸福感；鲫鱼亮油油的鱼鳞在阳光下，不时闪出点点银光，使田畔河变得更加灵动，更加生机盎然。说到威风八面，还得数石头之间的小螃蟹，它守在小小的石缝中，大有"一夫当关，万夫莫开"的气势。朋友小陈说它有点像瓦岗寨拦路打劫的程咬金，逗得同行的两位女士哈哈大笑。同样盯着河中鱼儿的还有翠鸟，只是它身穿一身绿衣，又藏身在岸边的绿树林中，我们很难发现罢了。直到它急速飞掠而来，一头扎进河水中，溅起了白色水花时，我们才发现它的踪影。当翠鸟从水中飞起的时候，它的嘴中已经叼着一条小鱼，小鱼正拼命地挣扎着，身上的水珠不断地抖落河中，击起一圈圈的涟漪。此时，河面上一群鸭子游了过来，它们扑腾着翅膀，在河水中嬉闹，时而一头扎进水中，时而蹿出水面，朝我们"呱呱呱"地大叫几声。看着鸭子笨拙的样子，我们都爽朗地笑了。当我还没回过神的时候，同行的朋友已经在不断地按下照相机的快门，把这些精彩画面捕捉了下来。

大家都在忙着拍照，童心未泯的小林却弯腰捡起了一块扁扁的小石头，只见他侧身向河面上用力地掷出，力求让小石头贴着水面飞行，小石头所过之处，激起了一串串的水花，我们数了数居然有 9 处之多。大家看到小林在玩"打水漂"，觉得好玩，也加入这一阵营中，玩得不亦乐乎，仿佛童年的光阴又回来了。

临走时，我弯腰掬一捧河水，洗去脸上的风尘，恨不得喝上一口。

田畔河的水清，清得照进人影；田畔河的水美，美得鹭鸶飞翔。这里不仅山清水秀，而且人文资源丰富。前几年，我曾游览过田畔地区的大水田、石船顶、刘三尖等著名景点，探访过曾经有着"抬头八千租，九代不扶犁"辉煌历史的牛根村，感受过历屯村庄子文化的独特魅力，留恋过"汇聚三川水，龙飞一洞天"的垌尾村，这个不仅风光秀美而且处处充满诗情画意的"画家村"。

现在的田畔河很美，可是治水和治岸前的田畔河并没有这么理想。5年前，我来过田畔采风，那时河边杂草丛生，河中不仅有水浮莲，还有漂浮的垃圾，村民的生活污水也是直接排到河水中，有部分河段水体变得发黑，岸边经常浮着死鱼，路人经过，大多把口鼻捂住，更不用说到河中玩水和捉鱼了，电鱼和盗挖河砂的现象也时有发生。

近年来，随着我市推行美丽乡村建设、加大对农村人居环境整治的力度，尤其是2017年以来全面落实河长制，让田畔河迎来了"春天"。各级河长和监管员们，既是河道的美容师，更是水族种类的保护神。如今的田畔河，鹭舞长空，鱼翔浅底，虾壮蚬肥。碧道、长廊与小桥流水人家如诗似画，休闲公园与农家小院相映成趣。早晨和黄昏，这里成了沿岸村民休闲娱乐的好去处，也吸引来了一批批外地的游客到此观光和品尝当地的美食。

2020 年 7 月

冬日爬紫罗山

上一个月，我刚好看了吴京主演的《攀登者》，没有想到一个月后，我竟然也变成了"攀登者"。对于大名鼎鼎的紫罗山，我心中向往已久，一直想去爬山，只是找不到成行的机会。星期五的上午，我听同事芳姐说有驴友组队要去爬紫罗山，我也顺便报了个名，并在磨房保险的官网买了5块钱的登山保险。

诚然，冬天登紫罗山不是最好的季节，但冬天登紫罗山也有它的好处。比如说冬天的紫罗山天气不闷热，雨水又少，不用担心山洪暴发，也不用担心那令人毛骨悚然的三角口"吸血鬼"山蜞（旱蚂蟥）出来捣乱。

此次爬山的驴友们都很专业，防晒衣、防晒帽、登山鞋、手杖、手套、创可贴、小刀等户外装备一应俱全。而我只提着一个购物袋，里面装着两瓶矿泉水和两颗粽子，连登山鞋也没穿，只穿了一双皮鞋，可谓非常的不专业。队长笑我像考察紫罗山的"老干部"，还有一位女驴友则送了我一个"皮鞋哥"的雅号。我们一行12人上午9点多钟从紫罗山脚下的知青亭出发，走的是水路，沿着陡峭的山涧溯溪而上。

紫罗山的山石与泉水缠缠绵绵，分分合合，始终不离不弃，像一对热恋中的小情侣。溪流顺着山势，时而宽，时而窄，时而缓，时而急，溪声像大自然的钢琴，在不同的环境中弹出不同的歌曲。山泉水时而叮叮咚咚，仿佛有一位穿着旗袍的茶娘正在优雅地展现"韩信点兵"的茶艺；时而飞流直下，似天女散花，豪迈而洒脱。一群皮肤黝黑的山坑螺扭动着婀娜的腰肢慢慢地爬上石面，惬意地享受着冬日的暖阳。清澈的小水潭煞是热闹，小虾在水中威武地游弋，小鱼自由自在地嬉戏，偶尔露出水面吐几个泡泡。山风吹过，一阵阵"沙沙沙"的树叶声在山涧传递开来，有一种沙场秋点兵的阵势。随风轻轻地飘落的是一片片黄叶，有的落到石头上，有的没入水中，还有一片落到我伸出的手掌中。灵动的画眉鸟在山林间穿梭，一会儿轻掠水面，一会儿跃上枝头，洪亮悠扬的叫声似有人在吹口哨，这一情景令我想起了《三毛从军记》中的三毛在丛林中发出"咕咕"的暗号来寻找战友的画面，我想莫非画眉鸟也是在用叫声寻找自己的伴侣。

或许是画眉鸟的歌声太动听了，一位女驴友竟然也唱起了歌来。她唱的是《紫罗山下—家在新洲》，歌声婉转甜美，如紫罗山的泉水般清淳，听得我们如痴如醉，竟然忘却了当时正身在山涧的险石上，忘却了市井的尘嚣，忘却了身体的疲惫，完全沉醉其中。

溯溪而上，山涧的植物也是移步换景。山脚多是一些不知名的野生灌木林，矮小而婆娑。过了半山腰后，就能陆陆续续地见到野生的山茶树。快到山溪的源头，我们就能看到成片的野生黄篱竹，竹节瘦弱修长，竹叶翠绿青新。山石缝中的水草修长，鲜嫩而柔美。在山石表面稀薄的土壤上，我们还见到了叶片硕大、深绿而光泽亮丽的大吴风草（独角莲）正颤颤巍巍地在山风中抖落它那黄色的花瓣。

在山涧中，我们偶遇七彩瓢虫，同行的女士纷纷拿出手机拍照。令人战栗的是我们在野山茶树的枝丫间发现了长标蛇的蛇蜕，吓得胆小的女驴友尖叫连连。

我们走出溪涧，已经离山顶不足 100 米远了。可是就这短短的 100 米路程却并不好走，到处是长长的黄茅和野芒，它们长着锋利的叶子，一不小心就有血光之灾。我们行走在蜿蜒的山间小道上，坡度十分陡峭，正如《流浪地球》的经典台词"道路千万条，安全第一条"所说的，大家都小心翼翼，一步一个脚印，每一步都必须踩实，每一步都体验到成功的喜悦。

爬上山顶，我们不单见到了苍茫的高山林海、随风摆动的白芒花、枯黄的野草，我们还见到了遍布山头的奇石。山间的草甸中，我们发现了一小片殷红的野生茅莓，大家摘来补充能量，算是一场意外的收获吧。

站在山顶的巨石上，一边是茫茫的大海，还有横跨两岸的镇海湾大桥，一边是广袤的田畴，大地的调色板上缀满了稻穗的金黄。两颗蓝宝石南坑水库和夏水水库分列南北两侧，交相辉映，就像紫罗山的一双深邃而明亮的大眼睛在仰望苍穹。山风阵阵，脚底生风，有一种飘飘然的感觉。此时此地，我很自然地想到了杜甫的诗句"会当凌绝顶，一览众山小"，想到了林则徐所对的名联"海到无边天作岸，山登绝顶我为峰"，想到了毛主席的名言"世上无难事，只要肯攀登"……

下山时我们选择了崎岖的山路，不再走水路，一路上，一大片白山茶向我们挥手道别，有种说不尽的依恋之情。同样依依不舍的还有那些身材纤细的藤蔓，它们不时地挽一下我们的双脚或衣角，正如当年热情的村民挽留回城的知青一样，此时的我们虽然腰酸膝痛的，但我们的脸上堆满了幸福的笑容。

赶在太阳落山之前，我们顺利地回到了山脚下的知青亭。我看了看手机的步数，竟然走了大约17公里，26000多步。登山的过程中，有很多令我们感动的地方，比如以前驴友留下的登山绳索和指路标志，令我们少走了很多的冤枉路；又如遇到有隐藏的水坑或易滑的地方，大家都会相互提醒，互相鼓劲，互相帮助，团队与经验发挥了巨大的作用；中途休息的时候，大家所带的食物都会相互分享；遇到难以攀爬的大石头，大家都会相互伸出援助之手；尤其是我们所产生的垃圾，都一件不少地放在背包背了下来。

傍晚的山风带着透心的清凉拂面而过，我们的心却是暖暖的，大家不约而同地唱起了张明敏的歌曲《走在乡间的小路上》："走在乡间的小路上，暮归的老牛是我同伴，蓝天配朵夕阳在胸膛，缤纷的云彩是晚霞的衣裳……"

2019 年 11 月

烟雨蒙蒙雷冈行

阳春三月，阴雨绵绵，杨柳依依，小草吐翠，木棉妆红。

在这春暖花开的日子里，我撑着一把折骨雨伞，穿着水鞋，挽起裤脚，走进了大八镇雷冈古村落的蒙蒙烟雨中，开始了我的寻根之旅。

说到雷冈，还真的是和我沾亲带故的一个地方，我们村的太公就是从雷冈分出去的，雷冈的梁氏大宗祠里面供奉着我们共同的祖先。自小就搬到阳江城居住的我，对于雷冈只有模糊的印象，每次回老家都是匆匆地路过，并没有深入地去了解它，深感遗憾。

这次，趁着周末，我以一个游子的身份，好好地看一下这个祖先曾经生活过的地方。

首先，我怀着虔诚之心参观了雷冈的梁氏大宗祠。祠堂位于雷冈圩口的右边，由雷冈梁氏始祖宏斋公之孙、三世祖明昭武将军梁国初始建于明朝前期，距今有 500 多年的历史，大修过两次。

祠堂门口悬挂着两个红红的大灯笼，门口两边挂着一副气势磅礴的木刻对联：地号雷冈震出雷声惊万里，族居梁氏琢成梁干奠千秋。横额为：梁氏大宗祠。听管理祠堂的一位老伯说，这副对联为清代阳春"秀才村"水寨名人谢广绍所作。对文工整、大气，很有地方特色。

祠堂坐东向西，占地 1600 多平方米。祠堂带有前院，中轴主体建筑为三间四进，左右两边设有厢房。祠堂面宽 30 多米，纵深 50 多米。采用抬梁式砖木结构，镬耳式封火山墙。正脊则为龙船脊，两头刻有卷龙纹灰雕。祠堂建筑中广泛采用木雕、石雕、灰塑、壁画等不同风格的工艺做装饰。雕刻技法精粗结合，相互衬托，在庄重古朴中自然地流露出一种富丽堂皇的气势。

祠堂中的木雕，数量最多，且规模较大，内容丰富，色彩艳丽。刻有幡龙绕梁、凤舞九天、金鸡报喜（人公鸡）、鹤鹿同春（鹤、鹿、桐）、喜上眉梢（喜鹊与梅花）、鲤跃龙门（鲤鱼、龙、波浪）、金玉满堂（两条金鱼）等精致的图案。其中，最有趣的是一幅龙虾和螃蟹的木刻浮雕，图案中龙虾的身躯弯弯的，却顺畅自如，如竹节般一节比一节高，寓意遇事圆满顺畅、节节高升、官运亨通。同时，如蒲扇般的尾巴是龙虾在水里前进的航标，使它奋力向前，寓意力争上游、勇攀高峰。螃蟹是霸气十足地横着行走的，寓意纵横四海、横财就手。还有，螃蟹自古就寓意解元，也就是第一的象征，寓意金榜题名。每一幅浮雕，都藏着美好的寓意和祝愿，足见先人修祠堂时的良苦用心。

雷冈梁氏大宗祠在1908年曾为"养源初等小学堂"，后来成为雷冈小学的教室，直到2004年9月才搬走。在将近100年的时间里，为周边村庄培养了大量的人才，可谓功德无量。

祠堂的正前方和右侧各有一口大池塘，互为犄角，就像护城河一样拱卫着古村落。

遗憾的是，祠堂里很多壁画和书法在时间的淘洗下，湮灭不清，让祠堂建筑的部分文化知识出现了断层。门口有两组陶塑在"破四旧"时被人为损坏了，甚为可惜。

参观完祠堂，我顺着池塘边往门楼的方向走。突然看到一座三层高的长方形碉楼孤零零地矗立在池塘边，墙体上写满了岁月的斑驳，与旁边一树繁花的芒果树形成了鲜明的对比。听村里的老人说，雷冈村曾经在清末民初期间建有5座碉楼，村中挖有10口池塘，塘边种上簕竹，三者构成一个严密的防护墙，把山贼阻挡在外。令人惋惜的是，1958年"大跃进"时期，4座碉楼被拆，拆下的砖石被搬去建了集体饭堂。村中的4个闸口门楼也被拆了 3 个，水塘被填了 4 口。

沿着碉楼的塘基，我很快来到了雷冈村的门楼。这座建于 1948 年的门楼，现在看起来有些沧桑。三个弧形的门拱紧紧相依，头上"雷冈"两字端庄厚重，与两边的花纹图案相映成趣。走进门楼，右边的墙上还有毛主席的头像，我的口里情不自禁地哼起了《东方红》。

我带着愉快的心情，穿行在古村落淡雅的风景里，在残砖断瓦中寻找岁月的诗行。

雷冈旧村有 20 多条巷子，纵横交错，房屋分布错落有序。中间有好几条巷子长满了野草、杂树，有的房子全倒，有的倒了大半，还有小半在苟延残喘，有的只剩下一个照壁，有的只剩下门框，门框上还长了几朵木耳，看起来有点凄凉。令我感到欣喜的是，大部分明清时代的老房子还是保存完好的。这些房子的横梁上为石桥，下为厚厚的菠萝格，木梁雕刻精美，照壁顶端的灰塑还有精美的花鸟和色泽鲜红的卷草龙纹，栩栩如生，当年房屋主人的富足生活由此可见一斑。我很喜欢看这些横梁木雕，这些艺术经过岁月的洗礼，更加有韵味，令我百看不厌。横梁的木雕有的雕在横梁的正面，有的雕在横梁底下，有的两个地方都雕刻。内容多是花鸟、鲤鱼、镇宅灵兽、蝙蝠之类的吉祥图案。其中有一条木横梁底下雕刻着两只蝙蝠用红绳拉着两串铜钱的图案，把我深深地吸引住了，我侧着头看了好一会儿还是看不清楚图案的内容，只好用手机拍下仔细辨认，一枚铜钱为"乾隆通宝"的汉文，而另一枚铜钱则是"乾隆通宝"的满文，合起来正好是铜钱的正反两面。因为"蝠"字与"福"字同音，"钱"字与"前"字也是同音，整个图案寓意"福在眼前"。看着精美的木雕，我对古代工匠的敬佩之情又增添了几分。

漫步在古巷当中，听着屋檐滴答的水声，闻着淡淡的牛屎味和野花香，看着摆在村头巷尾的石门槛、石碌、石锥、石磨，仿佛时光一下子慢了下来，变得柔软了起来，浓浓的乡愁扑面向我袭来。

从古村的东门出来，便是眠牛山了，登上眠牛山的小山丘就可以俯瞰雷冈古村落的全貌。雷冈古村面向麦园坪，背倚大龙坎（山），右依眠牛山，遥望东岸岭，真的是一块环境优美的风水宝地。

眠牛山上长眠着梁国初将军夫妇，山脚下有两块石碑，一块竖着，雕有"梁公神道"字样，这就是族人口口相传的"下马碑"，经历了500多年的风吹雨打，依然字迹清晰。另一块横躺着，刻着"梁氏山界"。

眠牛山上有三棵参天古树，海红豆和榕树都生长了150多年，另外一棵则是见血封喉树，它更老，生长了250多年。远远望过去，一树繁花听鸟鸣的见血封喉树以雷冈的古村落为背景，很有诗情画意。

游览完眠牛山，我又到雷冈圩转了一圈，适逢"一、六"圩日，很是热闹，我在一间饭店点了一碟猪肠碌，回味着小时候在圩中跍（蹲）着吃猪肠碌的情景。

雷冈古村落之行，令我收获满满，也达成了寻根的意愿。蒙蒙烟雨中的雷冈古村落，处处散发着诗情画意，它就像东岸岭脚下的一幅淡雅清新的水墨画，正徐徐地向我们展开……

2021 年 3 月

第六辑　**人 生 百 味**

人生百味杂陈，可喜的是在忙碌的生活中
尚有书香，在尘埃之上，孕育着梦想。叩问初
心，才会更好地成长，在生活中学会懂得感恩。

书香做伴生活美

　　离开校园，走出象牙塔，有些人把书当破烂卖了，数着手中可怜的几张小面额钞票，却在沾沾自喜。书在他们手中只不过是就业的梯子，取得文凭的敲门砖罢了。有些人倒是没有把书卖掉，却把它们打入"冷宫"，让它们在书柜中成为陈列品，为自己的脸上增添点文雅气息。而书香对于我这样的书呆子来说，意义不输给老婆。在我结婚前，书香一直与我相伴，耳鬓厮磨，你侬我侬的，早就不离不弃了。

　　书香于我是老师，是亲人，是朋友，是很好很好的"哥们"！

　　小时候，由于家中贫穷，我很难接触到课外书。那时的我，对于课外书心里更多的是一种渴望。偶尔在垃圾堆看到一本被火烧了一半的连环画，我就欣喜若狂，全然不顾熊熊烈火，把半部连环画抢救出来，手却被大火烫起了几个大水泡；或许是太过着迷于连环画的精彩内容吧，当时的我竟然忘记了疼痛，读到精彩的地方，竟忍俊不禁地笑了起来。

　　爱上阅读后，我所得的奖学金大部分都用来买课外书看。每次走进新华书店，我觉得那里不是一间小小的书店，而是通向文化知识世界的大门，我进去了，就能在文化知识的海洋中遨游。我每次到新华书店，就像一个放牛的穷小子突然发现了一座金山银山，两眼放光，心中不由地一阵阵狂喜。

　　未进行课外阅读前，我觉得故乡的方圆十里就是我的全部世界，不管我怎么走，总走不出它那广阔的边界。走进阅读的世界后，我才知道自己一直在坐井观天。从此知道了故乡很小，它只不过是地球上的一个小得不能再小的点。是书本把我带向了广阔的世界，让我知道在遥远的英吉利海峡的另一端有座"呼啸山庄"，山庄里有一名叫希斯克力夫的男子，他为爱而疯狂；也正是阅读，让我知道了在高卢雄鸡的版图上有间"巴黎圣母院"，圣母院中有位面目丑陋、心地善良的敲钟人卡西莫多；阅读还让我知道了《钢铁是怎样炼成的》，深深地体味到《生命中不能承受之轻》……

我喜欢在雨天读书，风声、雨声、读书声，声声入耳，也入心。雨中读书，我会觉得有一种空灵的美，把雨声揉入书香中，会令你有一种奇妙的感悟，这种感觉有点像进入空山中遇到"灵雨"的洗礼一样，让人欣喜，浮想联翩。我也喜欢在刚睡醒的时候读一会儿书，清晨，是一个人精神最好的时刻，这个时候心无所挂，读书最入脑。闻着淡淡的花香与书的油墨香味，听着清脆婉转的鸟鸣，呼吸着清新的空气，手捧一本书在阅读，我觉得这是一天中最美的光阴，这个时候不管是读书还是创作，都很容易找到灵感。

当然，在床头柜上，我也会习惯地放上一两本书，那是睡觉前的精神食粮。有时，没有枕头的时候，我还真把书当作枕头用过。

记得有一年中考，我被安排到保密室看试卷，保密室就像一个大大的铁笼子，一进门就得上锁，坐在里面有种面壁思过或关禁闭的感觉。在里面不分日夜地守着，什么事都做不了，很是枯燥乏味。当然，看书是可以的，保密制度中也没有不能看书这一条规定。那段时间，我经常带两部长篇小说进去，一来解闷，二来做枕头。看累了可以在长长的板凳上躺一下，用两本书叠起来做枕头，微微地闭上眼睛。保密室里面通常都是两三个人守着的，我们轮流着休息，只要有两人同时看着就行。那段日子，幸好有书做伴，要不然比"坐牢"还惨！

读书其实是一件美事，书读多了，人的气质会有改变，就会潜移默化、一点一点地改造着人的精神面貌，就像仙侠小说中所说的"伐毛洗髓"的功效。我认识一个开五金厂的小老板，他以前不喜欢读书，文化水平又不高，一出口总离不开"生殖器官"，别人都嘲笑他是"暴发户"，厂里很多工人都受不了他的粗言秽语，陆续辞职，不久他的五金厂也关门大吉了。后来，他痛定思痛，不断地进修学习，通过大量的阅读来提高自己的修养。上个月，我在市区遇见了他，现在，他改行开了间二手车行，说话变得大方得体了。在他身上，我见证了书香净化一个人灵魂的作用。

阅读是一种精神积累，是一项心灵的修行工程。当知识积累到了一定厚度，就会体现出来。多读书的人一眼看过去，会有一种儒雅之气，举手投足间尽显无遗，这或许就是古人所说的"腹有诗书气自华"的最直接体现吧。多读书的人脑子会变得"灵光"很多，想问题的宽度和广度也会有所延伸。

有书香做伴的日子，我们的生活将变得更加有品位。

2019 年 8 月

渌水亭边念纳兰

喜欢《红楼梦》的人，必有游历大观园的雅兴，即便知道那只不过是曹雪芹笔下的太虚幻境；钟情于李白诗歌的人，必有身临天姥山的强烈愿望，即便知道那只不过是谪仙人的一丝残梦；而对于迷恋《纳兰词》的我，多么想漫步于词人用文字搭建的渌水亭边，沐浴在那漫天感伤的词"雨"，闭上眼睛，用心灵去感受那如落花般凄美的词章。

初见纳兰容若之名，乃是在梁羽生先生的《七剑下天山》，小说中的纳兰容若是位"手摇纨扇，儒冠素服，飘飘若仙，玉树临风"带有忧郁气质的少年公子。

"家家争唱饮水词，纳兰心事几人知？"纳兰容若虽然是开在明珠相府的"人间富贵花"，为什么却愿做一片"冷处偏佳，别有根芽"、随风漂泊的雪花呢？纳兰容若早期接受的儒学思想与现实生活中的矛盾是其心灵苦闷的根源，而当侍卫的扈从生涯却煎熬着他的心灵，父子间的志向不同，更是让他苦上加苦。再加上他自幼身患寒疾，这种病就像一颗不定时炸弹，这样他的性格中就平添了几分多愁善感。

泡上一壶"岩骨茶香"的东水山茶，燃起一炉檀香，我手中捧着一卷《饮水词》。袅袅升腾的香烟中，仿佛有一位高贵而眉宇间略带忧郁的翩翩才子向我走来，他一遍又一遍地吟诵着："辛苦最怜天上月，一夕如环，夕夕都成玦。若似月轮终皎洁，不辞冰雪为卿热。无那尘缘容易绝，燕子依然，软踏帘钩说。唱罢秋坟愁未歇，春丛认取双栖蝶。"声音幽怨，如泣如诉，充满了无奈与叹惜之情。

无独有偶，同为纳兰容若悼亡词的代表作《金缕曲》，一字一咽，血泪交溢，语痴入骨。不仅哀怨之致，也显示了词人的情真意切。以上两首词可以直追苏东坡的《江城子·记梦》。

自是天上痴情种，不是人间富贵花。纳兰容若一生为情所困，终身未能畅心如意。据传，他一生中有过关系的女人共有5位：一棵开在深宫的紫色丁香——初恋情人、表妹"谢娘"；一株灿烂而短暂的合欢花——元配夫人卢氏；两把秋天的扇子——官氏与颜氏；江南盛开的空谷幽兰——红颜知己沈婉。5位女子，在他的词中或喜或悲、若痴若醉、若即若离。叹也好，泪也罢，都无非是一个"爱"字在作怪。

如果说李煜的词就像国画中简练放纵的写意笔法，只寥寥几笔便形神兼备。那么纳兰便如精勾细描的工笔画，一丝不苟，曲尽其妙。我爱苏轼词的豪迈旷达，爱晏几道词的浓挚深婉，但我更爱纳兰词，因为它集豪放与婉约于一身，刚柔并济，形神兼备。与晏几道的《小山词》相比，《纳兰词》的内容更加丰富，既有婉丽清凄的爱情词，缠绵悱恻的悼亡词，又有雄浑苍凉的边塞词和寄托深远的咏物词。

"人生若只如初见，何事秋风悲画扇。等闲变却故人心，却道故人心易变。骊山语罢清宵半，夜雨霖铃终不怨。何如薄幸锦衣郎，比翼连枝当日愿。"纳兰容若的348首词中，我最喜欢的是这首《木兰词·拟古决绝词柬友》。而"人生若只如初见"又是我最喜欢的一句，虽然是整首词里最平淡的一句，但它却又是感情最强烈的一句。这一句让我有"返璞归真"的感觉，又似佛家所说的"刹那便是永恒"意境。邂逅意中人的惬意，如诗似梦，有种飘飘欲仙的感觉。佳人的一颦一蹙、一言一笑，犹如吹面而来的杨柳风，沐浴爱河的清波。心中那只不安分的小梅花鹿，似一团慢慢升腾的火焰，燃起了那无边无际的憧憬。初识是一种美好的时光，然而相处久了就会产生矛盾，当矛盾发展到不可调和时，什么"山无棱，天地合，乃敢与君绝"，什么"执子之手，与子偕老"，什么举案齐眉，只不过是空话一句。初见惊艳，再见依然，这只是一个美好的愿望罢了。当爱情渐行渐远，蓦然回首，人面已经不知何处去了，只留下红泪轻溻的桃花。爱情也好，友情也罢，如果能保持始终如一、生死不渝，那该多美好啊！

同为清初三大词人，陈维崧提倡"豪放"，朱彝尊追求"清雅"，而纳兰容若却独创"主情"的独特艺术观念。纳兰词的最大魅力在于"感情真率"，《长相思》"山一程，水一程，身向榆关那畔行，夜深千帐灯。风一更，雪一更，聒碎乡心梦不成，故园无此声"。上片写塞外行军的奇特风景，下片抒发刻骨的思乡之情，酣畅淋漓，不假雕饰，浑然天成。《浣溪沙》："谁念西风独自凉，萧萧黄叶闭疏窗，沉思往事立残阳。被酒莫惊春睡重，赌书消得泼茶香，当时只道是寻常。"作为纳兰词中经典当中的经典，更是集中体现了纳兰词的四个特点：真情、自然、追忆和伤心。

茶已淡，香将尽，而纳兰容若的影子在我脑海中竟挥之不去："近来无限伤心事，谁与话长更"的无奈，"我是人间惆怅客，知君何事泪纵横。断肠声里忆平生"的惆怅，"凄凉别后两应同，最是不胜清怨月明中"的哀怨。读着这些凄美的词，让我感动、心痛，不忍卒读。虽说男儿有泪不轻弹，但不知何时，我已"泪湿春衫袖"。

2016 年 1 月

风雨“鸭仔尾”

雨淅淅沥沥地下着，我用力地踏响了借来的那辆烂“嘉陵”，箭一般地飞奔向“鸭仔尾”的路上。这次，我要去那里说服一个辍学的学生重新回到校园。

在塘坪，提起“鸭仔尾”这个地方，多少有点让人色变。如果说大八的珠环偏僻的话，“鸭仔尾”也毫不逊色！连续几天的小雨，漫长的泥路已经变得坑坑洼洼的，车轮溅起的泥泞，早已把我的裤脚染成了黄泥色。淡淡的寒意涌上心头，我全身不禁打了个冷战。我咬紧牙关，非常小心地开着车，眼镜不时滑落几点水珠。尽管我已经非常小心了，车子在转弯的地方晃了好几下之后，最后还是抛锚了！我停车一看：“哇噻！车链脱了！”可是我这次没带工具，只能找来硬一点的树枝，吃力地把车链重新套上去，打着火，车继续在茫茫的雨中爬行……

约莫过了一刻钟，我才来到了“鸭仔尾”村口，见有一位老伯在泥砖屋旁避雨，我停了车，笑着走过去问道：“阿伯，您好！我是塘坪二中的老师，请问你认识缪祖富家吗？”“哦，你是他的老师啊？他家在后村那边，我带你去吧。”老伯非常热情地笑着。我一边致谢一边跟他向一片竹林走去。穿过这片竹林，我们又蹚过一条小河，来到一座小山丘旁。“那间就是缪祖富的家了。”老伯指着一间一层的青砖大瓦屋对我说。他又走过去敲门。“汪、汪、汪……”狗叫声从屋里传出来，接着，“吱呀”一声，门开了，一位老阿婆蹒跚地走出来，和老伯打起招呼来："三叔啊，捏两人来改做乜个罗（方言：你们到此有事吗?）"老阿婆边说边仔细地打量着我。当我们说明来意后，她非常热情，请我们入屋坐。在交谈中，我了解到缪祖富虽然在学校有点"调皮"，爱捉弄人，给人起"花名"，但在家里却是个孝顺、勤劳的孩子。当我得知缪祖富父子俩到后山种马水桔还未回来的消息，我决定亲自到后山和他谈谈，顺便帮阿婆把雨衣带给他们。

拐过两个小山丘，跨过一条小溪，爬上一个小石坡，只见一间沥青纸搭建的小屋立在半山腰。青衣草帽的缪祖富见到我的到来，颇感意外。当从我的手中接过雨衣时，他的眼睛有点湿润。经过近半小时的谈心，以及他父亲、老阿伯的耐心劝导，他同意当晚跟我一起回校。饭后，经过简单收拾，我们踏上了回校的路程。

其实，缪祖富平时"调皮捣蛋"是为了让同学和老师关注他多点，这一点，作为班主任的我是知道的，只是他用了错误的方式来表达，反而让周围的同学对他越来越反感。对于每一位"后进生"，我们要尽力发掘他们的闪光点，用耐心、爱心去点燃他们的希望，用正确的方式去引导他们，帮助他们树立自信，让他们懂得自尊。

雨依然淅淅沥沥地下着，我回来的时候，天色已经黑了。几点雨落到脸上，从胸中滑落，我的心却感到一阵阵惬意。

2011 年 6 月

凤凰花又开

宁静的夏天，校园里告别了"桃之夭夭，灼灼其华"，送走了"木棉花落鹧鸪啼"，迎来了"清风半夜鸣蝉"，收获了一树的凤凰花开。

18年前，我们在凤凰花开的季节里送别了我们的高中化学老师谭老师。他所上的化学课形象生动，适当的比喻把抽象枯燥的化学名词变得简单易记，风趣的实验风格又让我们眼界大开，我们班的同学都很喜欢谭老师上的化学课。

记得谭老师为我们上最后一节化学课的时候，他偷偷在卫生间吃了一瓶药，而这一幕正好被我发现。我当时关切地问："谭老师，你身体不舒服吗？""没事，只是小感冒。"他微笑着对我说。上课铃响了，谭老师平静地走进教室，他还是平常那样幽默风趣，把全班同学都逗笑了。这一节课，谭老师叫我和几个同学在黑板上分别做了一道不同的习题，并一一作了点评，同时他也表扬了班上几个平时上课调皮的同学。在上课的时候，我们发觉谭老师不时地看手表，我们还以为他有什么急事，可万万没有想到，这一节课竟然是谭老师人生的最后一节课。

夜深人静的时候，高大的凤凰树上，一朵朵殷红的凤凰花迎着凉风绽放着。

或许一朵花儿开，意味着另一朵花儿落。谭老师就在凤凰花开的这天晚上驾鹤仙游去了。后来听他夫人说，他走的时候很平静、安详，他是最

214

后一次批改完我们的作业时才睡着的，没想到竟然永远地睡着了。

谭老师正值壮年，奈何天妒英才。在得知自己处于肝腹水晚期的时候，他依然坚守在自己的工作岗位上，用自己的生命诠释了什么叫"师道"。如果教师行业有烈士的话，谭老师当之无愧！

谭老师很喜欢凤凰花，在殡仪馆送别谭老师的时候，我们班的同学用凤凰花编织了一个大大的花圈，如果谭老师在天有灵，看到这花圈一定会倍感欣慰。

14 年前，同样是凤凰花开的日子，我和另外几位同学送走了同学杨娟，她一个人到西藏支教去了。临走的时候，我送给杨娟一张用凤凰花做的书签。

受谭老师无私奉献精神的影响，我们班很多同学高中毕业时，都报考了师范院校。如今，他们在阳江各地任教，为祖国的教育事业奉献自己的一份力量。

13 年前，我也在一座开满凤凰花的乡镇学校当了一名教师。

现在我所任教的学校也种有凤凰树，每到 5 月，总能见到凤凰花开。在凤凰树下，我曾经举办过凤凰讲坛；在凤凰花开最灿烂的日子，我亲手送走了一批批的学子，他们从凤凰树下走出校门，或走向社会，或迈进更高的学府。

今年凤凰花又开，开得那么灿烂，美若朝霞，绚烂了整个毕业季。在那一片绯红的"火海"中，我仿佛看到了正在认真书写化学公式的谭老师，看到了在西藏支教的杨娟，看到了一批批远行的学子……

2018 年 5 月

红窗布绿窗布

小时候，我家里很穷，房子是没有窗户的，更不用说窗帘布了。泥砖砌成的房间，只有一扇木门和房顶一张透明玻璃做成的"门瓦镜"和外面沟通阳光，而空气只能从门口进入了。那时候的我们是多么地渴望生活在一座有窗户的房子里，哪怕窗户并不是很大。

我刚读小学的时候，学校的教室和老师的宿舍倒是有窗户，我当时盯着窗户左看右看、上看下看，眼里写满了好奇二字。我所坐的位置刚好靠近窗户，透过这一扇窗户，我看到了校外精彩的世界。

我读小学二年级的时候，学校里新来了一位姓麦的女老师，她正好教我们的语文课。与其说麦老师是我们的老师，不如说她是我们的大姐姐。刚刚师范毕业的麦老师扎着两条麻花辫子，皮肤白净，高鼻梁，弯弯的浓眉，一双眼睛漂亮而有神，椭圆形的脸蛋略显消瘦，她笑起来露出两个小酒窝，很是可爱。麦老师的脸蛋白里透红，红里透粉，艳似3月的桃花，她一走进教室，让我们有种如沐春风的感觉。麦老师既细心又温柔，深受同学们的喜爱。

我们当时很不理解，像麦老师这样漂亮而阳光的女孩怎么会心甘情愿地到我们这所穷乡僻壤的小学当老师呢？但我们这里的确需要这样的好老师，麦老师的到来可谓是"及时雨"。记得麦老师初来报到的时候，老校长是亲自去迎接的。至今我还记得麦老师刚跨过校门口时那妙曼的倩影和灿烂的笑容。

因为抄同学的作业，我第一次被麦老师"蕴晚"（方言：留堂）。麦老师的房间很简单，一床一桌一椅一布衣柜而已，唯一显眼的东西就只有那一张红色的窗帘布了，它正顶着夕阳的余晖，犹如一颗滚烫的红心正温暖着这清凉的傍晚。后来我们从麦老师的口里得知，这张红色窗帘布是有故事的。原来这张红窗布是麦老师的母亲出嫁时头上所盖的大红布，麦老师的母亲以前是一位民办老师，可惜后来遭遇了车祸，导致双脚残疾，永远告别了三尺讲台。麦老师说，她以前选择当老师是为了完成母亲未了的心愿，现在她想当老师却是纯粹喜欢上了天真烂漫的孩子们。

宁静的小山村，不乏潺潺的流水声，更有那清脆的鸟语，弥漫着泥土气息的淡淡花香。小山村的夜很静，即使是有虫鸣伴奏，那也是十分的清幽。

小山村经常停电，不知道有多少个夜晚，麦老师点着蜡烛熬夜为我们批改作业。在课堂上，我们多次看到过麦老师的"熊猫眼"，还有好几次发现她的头发有被烧焦的痕迹，麦老师的无私奉献精神令我们感动，每次上麦老师的语文课，大家都听得很认真，即使是平时调皮捣蛋惯了的时友同学，在这时也会乖乖地认真听课并做好笔记。

冬天的山村很冷，有些学生感冒了，鼻涕不自觉地流了下来，麦老师不单把她的一筒纸巾拿到教室给有需要的学生用，而且还利用课间煲红糖姜汤给风寒感冒的学生服用，我就曾喝过麦老师煲的红糖姜汤，那味道甜中带辣，却是十分暖心。

想起麦老师对我们的好，就像母亲织的毛衣、父亲炒的青菜、奶奶包的饺子、外公做的风筝一样，感觉刚刚好，不多不少。

大学毕业后，我成了一名乡镇中学的老师，那时学校的宿舍极度紧缺，我只能寄居在体育室的一角，幸好用木板隔开的这一片小天地还有一扇向阳的窗，而这扇向阳的窗子，我为它装上了一张绿色的窗帘布。我之所以选择绿色的窗帘布，是因为它意味着生命，代表着希望。在那段艰苦的日子里，是绿窗布陪伴着我一路成长。看到绿窗布，我就会想起麦老师曾经用过的红窗布，想起她为了乡村孩子的成长，十年如一日地在山村学校耕耘着，我吃的这点苦又算什么呢。

每次想起红窗布和绿窗布，我就会情不自禁地唱起那首动人的歌曲：静静的深夜群星在闪耀，老师的窗前彻夜明亮，每当我轻轻走过您窗前，明亮的灯光照耀我心房，啊，每当想起您，敬爱的好老师，一阵阵暖流心中激荡……

红窗布已经泛白，就像麦老师肩上的秀发，但它却仍然在温暖山村孩子的心。绿窗布依然养眼，它在岁月的河流里将卷起一朵朵浪花，串成孩子们琅琅的读书声。

2019 年 12 月

心中有朵大红花

北风那个吹啊，雨点那个飘呀。昨晚一波冷空气袭来，让我感受到了冬天的寒意。粉红的黄槐在枝头瑟瑟地颤抖着，含羞草早已经在风吹雨打中低了头、弯了腰，草地上的满天星早就蔫了，唯一淡定从容的只有校园里的大红花，它轻轻地摇摆着，像站在门口的值日老师，不时给问好的学生点头回礼，又似古代私塾里的蒙童，摇头晃脑地诵读着圣贤书。

看着红衣绿裙的大红花在风雨中谈笑风生，想起因天冷而赖床，被闹钟催促了好几遍才起来上班的自己，我内心感到羞愧，对大红花顿时肃然起敬，觉得它是那样的伟大。

大红花不仅开得端庄美丽，更是一种光荣与自豪的象征。

"戴花要戴大红花，骑马要骑千里马。唱歌要唱跃进歌，听话要听党的话。"这是小时候我常听爷爷哼唱的歌曲。爷爷当年做大队会计的时候，正是因为听党的话，勤勤恳恳地工作，兢兢业业地耕耘，全心全意地为人民服务，所以多次被公社评为先进个人，他每次到公社的小礼堂里去领奖时，胸前都会被领导戴上一朵鲜艳的大红花。

父亲入伍的时候，爷爷也亲手在他胸前戴上一朵大红花。听母亲说，父亲戴花的时候，激动得双眼湿润。进入部队一年后，由于父亲基本功扎实，作风优良，很快就被提拔为班长。这个班在父亲的带领下，个个战士都是顶呱呱的，在部队当兵的几年里，他们多次受到上级嘉奖，胸前的大红花一次次映红了他们的笑脸。

我刚上小学一年级的时候，有点笨，连"3"这个阿拉伯数字也要学一个月才会写，因此，班上调皮的同学给我起了个绰号"废柴3"。那时我想放弃读书，回家跟父亲种田。可我的班主任麦老师并没有放弃我这个不开窍的学生，下午下班后，她冒着凄风冷雨，走上几公里山路，来到村里找我。这位年轻、热情的女老师尽管很怕狗，但她还是在一片"汪汪汪"的喧闹中来到了我的家里。麦老师是一位很负责任的老师，她非常关心学生，她在我们的心中就像一位大姐姐。那个下午，麦老师给我和我的父母做了很多思想工作，令我茅塞顿开，知道不读书，日后必定跟不上社会的发展。在麦老师苦口婆心的劝说下，我终于同意回校继续读书。那时候的麦老师工作认真，教学、教研水平高，多次被地方教办评为优秀教师，她每次领奖回来，胸前都会戴上一朵鲜艳的大红花，同学们看了都十分羡慕，就连笨笨的我都想戴朵大红花在教室里走一圈，那感觉多好啊！

后来，麦老师不知从哪里弄来了几枝大红花的树枝，她把这些树枝插在教室前面的花圃里，经常浇水施肥，一年过去了，大红花变得枝繁叶茂，那里俨然成了一个小花丛。某个夏日的清晨，我发现花枝里竟然蹿出好些青绿的花骨朵来，花骨朵长得十分饱满，似肥肥白白的小萌娃正撮着圆圆的鲤鱼嘴，可爱极了。

读二年级的时候，麦老师还做我们的班主任。班里的同学自然成了大红花的"护花使者"。麦老师知道大家都喜欢大红花，便给同学们许下了一个承诺：只要学习成绩好的、表现好的、进步大的同学，都有机会站到讲台上，老师亲自为他（她）戴朵真的大红花。大红花的诱惑力果然与众不同，同学们都铆足了劲儿学习、表现自己，就连我这个"废柴3"也变得不那么"废柴"了，中段考的成绩一出来，我的成绩居然进到了全班前20名。这次，我如愿站在讲台前，麦老师亲自为我戴上了一朵她刚刚摘下的大红花，殷红的花瓣薄如蝉翼，粉色的花蕊上还有晶莹的露珠，十分美艳。看着同学们羡慕的目光，听着热烈的掌声，那一刻，我内心无比激动、兴奋、自豪，并暗下决心，将来要戴更多的大红花。后来，我们班以戴大红花作为奖励的经验被老校长推广到了全校，大红花也成了学校的校花，融入了我们的学习生活当中。

读大学的最后一年，我到潮州饶平一家小学实习。实习结束，当我要离开的时候，有一位女学生送了我一朵大红花，我把它夹在笔记本里，做成了书签。

参加工作后，我到了一所乡镇学校从教，生活条件相当艰苦，我住的是体育室的一角，用几张木板隔出一小块地方就算是宿舍了，冲凉要绕过学校的大操场。那时，我是真想辞职，车票都买好了，但当我背着行李踏出宿舍的时候，班里的几个同学竟围在了门口。我听到学生们激动的挽留声："老师，您不要走！我们需要您，学校也需要您！"我的心一下子就软了，行李也轻轻放了下来。就这样，我在这所乡镇学校里辛勤耕耘着，由于我工作的出色表现，多次被评为学校优秀教师，校长每次给我颁发荣誉证书的同时，也会为我戴上一朵鲜艳的大红花，令我十分感动。

在乡镇学校任教的日子里，我带来了几枝大红花，把它插到了宿舍前的空地里，如今花儿朵朵，灿若朝霞，明艳动人。

不知什么时候，大红花的种子已经在我的心中生根发芽，如今也绽放出艳丽的花朵，那一片殷红的光芒，将把我人生前进的道路照亮。

2018 年 11 月

萦绕在心间的师爱

世事茫茫，有多少事都如过眼烟云，而总有一些人和一些事令我们刻骨铭心，如一幕幕电影、一张张相片，印在我们的脑海里。每逢佳节倍思亲。在教师节来临的日子里，我的脑海中又浮现出我的初中英语老师李巧艳的笑脸。

李巧艳是我的第一任英语老师，而我们也是她所教的第一批学生。李老师是湖南人，大学刚毕业就来到我们家乡的中学当代课教师。开学前几天，她有点水土不服，生了两次病，但她仍抱病给我们上课，她偶尔所发的咳嗽声，也变成了我们耳朵中美妙的音符。

读小学的时候，我们是没有接触过英语的，对于学习英语我有一种莫名的恐惧感，总担心学不好它。英语不像语文，由一个个方块字组成，它像一株株的豆芽菜一样，成行成行地生长着。不知是哪位师兄或师姐给英语取了一个带有阳江特色的外号——英国老鼠。我细细读来，发觉读音还真的很像，禁不住哈哈大笑起来。于是，我便自我安慰：在农村，大水牛那么雄壮威猛都被我驯得服服帖帖的，难道还怕一只小小的"英国老鼠"！

一个混杂着书香与鸟鸣的清晨，李老师走进了我们班的教室。彼时我年少懵懂，只是呆呆地望着讲台上发着光芒的李老师，她穿着一袭白色的裙子，如校园里盛开的白玉兰一般，芬芳袭人。"大家好！我是你们的英语老师李巧艳，在未来的日子里，我希望与大家共同进步！"温婉而清脆的嗓音落在耳畔，虽然是金风荡荡的秋日，我们却有一种如沐春风的感觉。看着李老师那灼灼桃花般灿烂的笑容，我们紧张的心情一下子放松下来。李老师所上的第一节英语课并没有和我们讲"李雷"和"韩梅梅"，而是和我们谈心。她用流利的阳江话对我们说："我能学好阳江话，相信你们一样也能学好英语。"她还说："英语并不可怕，可怕的是你没有一颗持之以恒的心。"

为了消除我们对于学习英语的恐惧心理，她还精心为我们上了一节《英语与阳江话》的课程。在那节课中，她列举了好几个单词，它们的发音与阳江话非常相似，意思也相近。如英语单词"out"，有赶出的意思，与我们阳江人赶鸡时所发的声音（ɑo）非常相近，意思也相当。还有我们日常生活中经常所说的"科里"与英语单词"quality"发音是非常相近的，意思都是指有才能或能力。芒果的单词"mango"、玻（球）的单词"ball"以及呔（轮胎）的单词"tyre"，也好像专门为阳江人量身定制似的。听了李老师的这节课，我们学习英语的兴趣和动力一下子提高了很多。后来，我细细地回想，李老师作为一名湖南人，能把英语与阳江话联系起来，她一定花了不少的心血和精力。

李巧艳老师是我们班学习英语的引路人，我们年纪相差不大，代沟自然小些。一句"艳姐"连接着多少共鸣，一声李老师承载着同学们的尊敬。我们上李老师的课，心情总是很放松，她的风趣和幽默经常逗得我们心花怒放，在不知不觉中记住了陌生的单词或语法。李老师的英语写得很好看，就像她的人一样，越看越漂亮。学习英语前，我不知英语也有书法一说的，我平时的英语作业，把单词和句子都写成了 The Ugly Duckling（丑小鸭）。李老师为了培养我们良好的书写习惯，每节英语课上课前，她都会把一些书写工整的满分作业当场展示给我们看，为我们的学习树立榜样。

20 世纪 90 年代中期，农村学校要自己印刷一份试卷是很难的。两三份习题还可以用复印纸抄写，但要出一份全班学生做的试卷，那就要用刻蜡纸油印了。我曾帮过李老师印试卷，那工作真的是又累又脏，需要把蜡纸放在一个硬纸盒里，取出垫上专用的钢板，用专用的"钢笔"一笔一画地用楷书字体刻写，而且力度要把握得非常好才行，轻了刻不透蜡，印不清楚，重了蜡纸会被刻破，蜡纸破了就得作废。蜡纸印试卷是个细心活儿，考验着每个人的耐心。李老师克服种种困难，为我们印刷了很多试卷，对我们的学习起了很大的促进作用。至今，我还清楚地记得，我的第一次英语单元测试考了 63 分，班上合格的同学不多，优秀的同学更是少得可怜。到了期中的段考，我的英语成绩跃升到了 80 多分，全班也只有几个人不及格，优秀的同学将近 20 人，我想这少不了李老师为我们加班加点印试卷、出习题的一份功劳。

李老师除了为我们加班加点印刷试卷外，她还经常为我们录制听力，她把录音机的磁带洗了一遍又一遍，直到满意为止。我们上课时所听到的声音，都是李老师精心准备的，那时，我们觉得李老师读英语听力的声音比港台明星的歌声更加甜美。

不知多少个阳光明媚的早上，李老师带领着我们晨读英语，阳光透过窗户洒在她那充满激情的脸上，教室的上空弥漫着淡淡的芳香，不只是门外的花香，还是一种书香。

不知多少个风雨交加的夜晚，李老师端坐在窗台前，挥起红笔，指点江山，激扬文字，为我们批改作业，写评语。每一个作业本上，除了对与错、醒目的分数外，李老师温馨的鼓励从不缺席。

李老师从不在别人面前炫耀自己的教学成绩，但她桌面笔筒里一支支用光墨水的红油笔芯足以证明她批改了很多作业和试卷。

时光轻轻地从指间滑过，不知不觉我离开母校已经 20 多年了。纵然时光让许多记忆变得模糊，但却抹不去李老师对我们的谆谆教诲。

我想对李老师和像李老师一样爱岗敬业的好老师说一声："教师节快乐！"

2020 年 9 月

又见恩师"大树佬"

  暑假的最后几天，也许是出于怀旧的缘故吧，我回了一趟故乡的小学校园，准确地说，这里现在应该叫村委会办事处。在我读高中的时候，村里的小学由于人数少被镇里的教办撤并了，学校里的老师调走的调走、退休的退休，学校一下子又归于平静。后来，村委会见这里闲着可惜，就把办公室搬来了。

  我走到一棵高大的白玉兰面前，树丫间依旧吊着一个旧解放牌汽车的轮毂（铁轮圈），这是我们以前读书的钟，虽说是钟，但那声音有点尖锐沉闷，比敲击一块犁头铁的声音好不了多少。我仔细地端详着这口钟，我的小学语文老师"大树佬"的形象便浮现在我的眼前，他正拿着一个小铁锤用力地敲击着这口钟，"当当当"的钟声传遍了整个校园，哪怕远在操场角落里玩耍的同学也能清清楚楚地听到。

  "大树佬"本名梁奕，因人长得高大，一站在那里就站成了一棵大树，班里不知哪位同学帮他起个花名（绰号）叫"大树佬"，大家觉得有趣，也就跟着叫了起来。梁老师知道我们叫他"大树佬"，他并没有生气，反而在一节班会课上乐呵呵地说："我是大树佬，你们是小树苗，我张开枝叶为你们遮风挡雨！"大家听了，哈哈大笑。

  梁老师的语文课我们是很喜欢听的，上课钟声一响，教室里的同学们马上安静下来，文娱委员带领我们一起唱殷秀梅的歌曲《小草》："没有花香，没有树高，我是一棵无人知道的小草，从不寂寞，从不烦恼……"其实，这首歌曲也是梁老师教我们唱的，当时我们的音乐老师休产假，梁老师那段时间兼职了我们的音乐老师。梁老师的语文课上得很生动，我们班的同学都是他的"铁粉"，就连隔壁班的"叔伯同学"在没课的时候也会过来旁听。梁老师的粉笔字写得刚健俊美、结构精密、敧侧险劲，颇有魏碑《张猛龙碑》的几分神韵。他的简笔画风趣幽默，寥寥数笔就能勾勒出一幅美丽的山水画。每次教古诗的时候，他总喜欢先叫我们描述一下古诗的情景，然后就会照我们所描述的情景画一幅画出来，最后他把自己心中的情景也画出来，大家一对比，很快就能找出差距，我们也很容易记住了这首古诗。

梁老师的知识很渊博，他教我们诗词的同时，也教了我们很多关于诗词格律的知识，他还用我们班好些同学的名字作过藏头诗，也是在那个时候，我们知道了古诗词中有平平仄仄的格律一说，律诗、绝句要押韵，第一次听到了《笠翁对韵》《声律启蒙》《佩文韵府》等关于韵律的书籍，这些课外知识令我们眼界大开，我们对学习语文的兴趣更加浓厚了。梁老师的作文课有时喜欢在大榕树底下上，有时喜欢带我们到教室后面的小山坡上上，用他的话说是"贴近大自然，作文才有灵气"。梁老师的作文批改得很认真，每篇作文他都会圈圈点点，词句用得好，他会用波浪线画出来，并点明妙处所在。段落写得差，他也会用横线画出来，并建议怎样写；如果作文出现错别字，他会圈出来并要求我们重抄 20 遍；在每篇作文的末尾，他都会作一个中肯的总评。在梁老师的严格要求下，我们的写作水平有了很大提高，我们班同学的错别字也特别少，每次考试，我们班的语文成绩都是全年级最好的。

梁老师不但教我们知识，而且很关心我们的成长，每个学期，他都坚持到每一位同学的家里去家访，近的走路去，远的骑自行车，在我的记忆当中，他就来过我家里好几次。

春去夏来，花落花开，转眼间 30 年过去了。自从我高中毕业后，就再也没有见到过梁老师，心里难免思念。

我在小学校园旧址转了一圈，顺便到梁老师的老家看看，没想到在他们村前的凤凰树下，我见到了梁老师，他正教村里的留守儿童念《弟子规》："身有伤，贻亲忧，德有伤，贻亲羞!"村里的顽童却读成了"身有伤，贻春忧，德有伤，医春剖"，并做了个摸裤裆的动作，我看到这一幕，顿时觉得又好气又好笑，梁老师也气得直吹白胡子，瞪大双眼。

我走过去，主动和梁老师打招呼，梁老师教过的学生很多，但读大学的不多，我算其中一个，他略微回想一下，就记起了我。我们俩坐在凤凰树下聊了起来，我在聊天中得知梁老师退休后在市区里居住过一段时间，后来上了年纪，思乡之情日深。前两年，他独自回老家居住了，空闲的时候，他免费教村里的留守儿童读书，也算是一种生活寄托吧。他说自己教了一辈子的书，听到书声，心里就踏实、舒畅。

我离开的时候，梁老师又教孩子们念了起来："天对地，雨对风，大陆对长空。山花对海树，赤日对苍穹。天上众星皆拱北，世间无水不朝东……"琅琅的读书声在青山绿水间回荡，美过天边的朵朵白云，比山间潺潺的溪水更清澈、甜美。

2018 年 9 月

期待百花盛开战士凯旋

这个春节不寻常，周围的空气全变了样。

本来是普天同庆的春节，大家却被"新冠肺炎"病毒弄得宅在家里。小区的停车场停满了车，街道冷清清的，很多店铺大门紧闭，偶尔见到一两个行人，也是戴着口罩，行色匆匆。

花市最后两天冷冷清清地收场，年初二的烟花汇演取消了，年初五的同学聚会被迫终止了……在来势汹汹的疫情面前，一切都要让步。

每天宅在家里，我并不是除了睡觉还是睡觉，每天上午我得向单位汇报自己的去向和健康状况，特别标明有无感冒咳嗽，有没有接触疫区来人；除了管好我自己，还得向教育局汇报湖北籍和台港澳户籍学生的去向及健康状况。

每天早晨，我登录最多的是"学习强国"，关注最多的是全国疫情和微信中阳江本地的疫情最新数据。看着数据一天一天增多，看到在这场疫情中离去的同胞，我的心在哭泣、在淌血。这些可不是简单而冰冷的数字，这些都是一条条有血有肉的生命，他们曾与我们一起生活在同一片蓝天下，如今站在他们的背后，却是一个个支离破碎的家庭。

我有一个在阳江生活多年的湖北亲戚，他是"嫁"到阳江来的，因为他的车牌是"鄂A"，开到哪里都会受到特别"关照"。实在没有办法，他只能在小车后面挂个标明身份的牌子："长住阳江的武汉人，未曾接触湖北人！"在灾难面前，湖北人并不可怕，可怕的是那些病毒。

你我能岁月静好，皆因有人负重前行。"逆行"中，有政府官员、医务工作者、媒体人、基层的工作人员……他们也是人，他们也有家庭，他们也是肉体凡胎，他们也想好好地在家里"隔离"，可是他们选择了舍小家顾大家，戴上口罩奔赴前线。虽然我们没法上战场，但是我们可以为他们呐喊，为他们加油鼓劲。同样值得点赞的，还有那些为抗疫出钱出力的单位和个人，他们是寒冷冬日里的一股暖流。

非常时期，非常政策。我们不能怪城管把市场堵住，只留一个出入口；我们也不能怪政府把圩日暂时中止了，让商贩做不了生意，群众买不到东西；我们更不能怪居委会的工作人员打搅了我们的清梦，要我们开门登记；我们也不能怪民警设卡拦车测体温……他们其实也不是专业人士，也在冒着巨大的感染风险在为人民服务，他们的行为是可敬的。

能"宅"在家里最好，不能宅在家里的，要戴上口罩、经常洗手。我们要知道，你不单单是自己一个人，还有一大家子人在等着你，面对新型冠状病毒肺炎，我们可输不起！虽然我们不能上前线抗疫，但是我们能管好自己，不到处乱跑，不给社会添乱，不造谣、传谣，这对社会也是一种贡献。"隔离"不等于无聊，在家"隔离"也是一种幸福！我们能吃得好、睡得安，这是疫区群众以及奋战在疫情一线的医护人员所没法享受得到的。我们要懂得珍惜！好好利用"隔离"这段时间陪陪自己的父母，陪陪自己的孩子，让他们感受到亲情的温暖，我觉得这样会更有意义。

我们要有信心，也要有耐心！我们要相信党的决策，相信管理部门的执行力，"隔离"是为了阻断传染链，这是防止病毒扩散的最好手段。我们既要团结，也要积极配合，才能打赢这场没有硝烟的战争。

冬天已经过去，春天已经到来。我们期待着百花盛开，期待着战士们的凯旋。

2020 年 2 月

寻找年味

年味是什么？我一直在思考着这个问题。妻子说年味就是鸳鸯湖上空那绽放着的绚丽烟花，用流亮的光线把生活点亮；女儿说年味就是看舞司子（故乡方言：即舞狮子）、吃糖果、收利是、买很多很多的玩具；母亲说年味就是忙前忙后的一顿年夜饭；父亲说年味就是全家团团圆圆、围坐在一起过节的喜乐氛围。

我觉得年味不是一成不变的，年味伴随着我们成长而变化。

小时候，我的家境贫寒。我心中的年味是鲜美的鹅汤、吃得嘴巴爽歪歪的鹅脚，是舌尖上咀嚼猪油糖果时的甜蜜，是那甜甜的年糕、圆圆的叶贴，是穿着新衣服串门过户的自信，是跟随父母拿着扫把"蹢（赶）鹤神"时的好奇，是口袋里装着鼓鼓红包的兴奋，是捡了一地未燃尽鞭炮的喜悦，是兜里装满了玻珠、公仔（印有图像的小纸片）的春风得意，是买到心仪许久的新玩具时的激动，是跟着锣鼓、鞭炮声满村跑，去看舞司子（狮子）的开心，是"鲤鱼来，鲤鱼来"时的快乐……

在外求学的时候，我心中的年味变成了：回家时手里紧揣的车票，观看电视台里欢乐祥和的央视春晚，观赏村前一树灼灼其华的桃花，参加同学过节聚会时的青春飞扬，与朋友一起焗番薯的温馨，书店里寻找新书的渴望，偶尔上麻将台"砌长城"时的刺激，手机里飞信的一声声问候，贺卡中动漫的一份份祝福……

工作后，我心中的年味变成了：扫屋尘、洗邋遢时的忙忙碌碌，整理旧物时的难以取舍，花市里振翅若飞的蝴蝶兰、色泽金黄的年橘，年画中青春靓丽的女明星，春联中轮廓饱满、珠圆玉润的"花开富贵，竹报平安"，超市里琳琅满目的年货，公园中喜庆的迎春景点，电影院里搞笑的贺岁大片，酒店里热气腾腾、温馨撩人的团年饭，探亲访友的马水橘、皇冠丹麦曲奇，抖音中的贺年视频，朋友圈里的新年祝福，微信群中的抢红包……

近年来，我听到身边很多人发出"年味变淡了""年俗只剩下俗"的感慨。

其实，年味不是在变淡，而是我们的环境变了，心态也变了。童年的时候，物质匮乏，一年中，很多人只有在过年的时候才能吃上一顿丰盛的饭菜。小孩子更是像盼星星、盼月亮一样盼望着过年，过年意味着有好吃的，能穿上新衣服，有红包收，能买自己喜欢的玩具，很多愿望在过年时都能实现，当然高兴了。小时候的新年就像阳春的高流圩一样，一年中只能"等一回"，我们只有伸长了脖子等，哪怕是在做梦的时候，也梦着过新年。

长大以后，我们的生活变好了。很多人都不缺少那一口吃的，有了钱，很多东西平时都能买到，不用再等过年了，就像朋友所说的"有钱日日都过年"，所以对于新年的渴望就会变淡。还有，我们以童年时候过年的氛围与现在进行对比，当然变化很大。我们的心不再是童心，缺少了梦幻的色彩。童年的世界因为单纯，童眼看新年，就会觉得很美好，能不高兴吗？小时候，我们是过年的受益者，而父母是过年的施予者，他们为迎接新年忙前忙后，就是想为我们营造一个温馨、快乐的过节氛围。当时我们未能体味父母的这一份苦心，现在角色转换了，我也为人父亲，每次过年，也总想着让自己的孩子过上一个快乐的新年，给她将来留一份美好的童年回忆。

其实，家里的老人和孩子，对于过年是十分企盼的。我们平时忙碌于工作，陪他们的时间很少，难得过年休假，一家人团团圆圆围坐在一起吃饭聊天，这些"当时只道是寻常"的事情，现在变得弥足珍贵了。可是现在有些人，过年不是整天跑去打麻将、聚会、逛街，就是忙着自己拍照片发朋友圈、抢红包，没舍得花时间陪老人聊聊天，也没舍得陪孩子逛公园，这样的年味能不淡吗？日盼月盼，盼来的却是隔膜，是亲情的淡薄。

说白了，年味就是人情味。人情味浓，年味自然浓厚，反之，年味就会变淡。只有用心生活的人，才能在烦琐而忙碌的生活中享受它所带来的喜庆与快乐。

新年快到了，我们回到家中，不妨放下手机、离开电脑，陪陪父母，带带孩子，静下心来，过一个快乐而幸福的猪年吧！

2019 年 2 月

后　记

　　乡愁是一本写满了情感的书，在不同的人心里会有不同的解读。哪怕是同一个人，在不同的年龄阶段，所读出的乡愁滋味也是不尽相同的。自小在农村长大的我，不仅腿上沾满了泥土，我的灵魂也有泥土的烙印。虽然进城工作多年，但我身在街道上行走，心有时却在故乡的泥砖屋檐下听雨。乡愁于我，就像一幅幅挥之不去的泛黄乡村画卷，只要心念一动就会徐徐展开，故乡的一景一物以及曾经的往事浮现在我的眼前。

　　在我的精神世界里，我常常流连于故乡那漫山黄遍、层林尽染的橡胶林，弦月渐西，袅袅炊烟慢慢升腾下露珠里的村庄。思念荷风小院种丝瓜的如歌岁月，思念那甜蜜的甘蔗林，思念那像彩带般飘逸的鬶鬶屁，思念那淳朴得像泥土一样的乡情。无论是在梦境里，还是在深深的回忆中，总有一些画面令我感动：那些头顶高冠、屁股红艳灵动可爱的丁髻奴（红耳鹎），那些随风翻滚起伏的稻浪，那些婀娜多姿的荔枝树，那些质朴得像松树皮的乡亲……仿佛全部幻化成浓浓的墨水，从我笔端中轻轻地流淌，成为我创作不竭的源泉。

　　一年又一年，我转动鼠标的"年轮"，满载着键盘敲打的记忆，垒成故乡稻草垛式的文字塔，存在电脑的硬盘中或发表于报刊上。同时，我的脑海也进一步加深了对故乡人物的印象。我突然感到乡愁更加香醇，有些快被遗忘的记忆，又在岁月的尘埃里被我打捞了出来，让我的回忆更加丰满。

我把它们分为 6 辑，分别为"童梦斑斓""亲恩难忘""田园村居""花果飘香""人在旅途""人生百味"。虽然分为 6 辑，但它们都有一个共同的灵魂，那就是欲罢不能的乡愁。

虽然早在去年我就着手做了一些出书的准备工作，但由于各种原因耽搁了。在阳江市作家协会主席林迎等的大力支持和热情鼓励下，使本书的出版得以从愿望走向现实，在此表示衷心的感谢！

尤其让我感到高兴和感激的是，广东省作家协会会员、阳江市阳东区作家协会主席冯瑶女士在百忙中为本书作序。简洁、优美、灵动的文字，既是对《最忆故园情》一书充满思想性的解读，也饱含了前辈作家对后辈的关怀和爱护之情。本人在感到无比荣幸的同时，也深深感受到出自大家之手文字的温暖。

梁宗强

2021 年 8 月